完美世界17

PERFECT WORLD

辰东◇著

山东画报出版社
济南

图书在版编目（CIP）数据

完美世界. 第17册 / 辰东著. — 济南：山东画报出版社, 2017.7（2023.9重印）

ISBN 978-7-5474-2476-6

Ⅰ. ①完… Ⅱ. ①辰… Ⅲ. ①长篇小说—中国—当代 Ⅳ. ①I247.5

中国版本图书馆CIP数据核字(2017)第134724号

WANMEI SHIJIE 17

完美世界17

辰东 著

责任编辑 郑丽慧
装帧设计 周艳芳

主管单位 山东出版传媒股份有限公司
出版发行 山東畫報出版社
社　　址 济南市市中区舜耕路517号 邮编 250003
电　　话 总编室（0531）82098472
市场部（0531）82098479
网　　址 http://www.hbcbs.com.cn
电子信箱 hbcb@sdpress.com.cn
印　　刷 湖南天闻新华印务有限公司
规　　格 169毫米×233毫米 16开
20印张 357千字
版　　次 2017年7月第1版
印　　次 2023年9月第5次印刷
书　　号 ISBN 978-7-5474-2476-6
定　　价 34.80元

CONTENTS

目录

第729章 神王崛起

石昊悄无声息出关后，并没有惊动其他人，无人知道四大天神陨落了。

他第一时间直扑宁川所在的古地，前往那处适合圣祭的地方。

那个人绝对是大敌，他想尽早解决。可惜，他扑空了，只见那里的数十株圣人木暗淡无光，近乎枯萎。

宁川已然离去，若无意外，他应该也进入圣祭领域了。

石昊在那里搜索了一番，没有久留，也未失望，正是因为对方这么厉害，修行速度猛进，才被他认为是一个可怕的对手。

当然，他无惧。毕竟对方积累了六世，能有这么快的速度理所当然。

“该起一些风浪了。”石昊说道，他冰冷的声音似乎能让小千世界都结冰。

随后，他一步迈出，连山地都变模糊，天地因此倒转，他很快就从这里消失了。

石昊要前往寒界。

他曾在那里闭关，他怀疑几位天神引动的太阴神水就是来自那个小世界，在大开杀戒前他要去看一看。

寒界，天寒地冻。果然，那成片的雪山发生了异常，化了很多，形成一个黑色的巨湖，里面都是太阴神水。

看着雪山，望着黑色的湖泊，石昊一阵出神。他想到了清漪与月婵，她们曾在这里发生过激战，这个小千世界也曾有无尽的旖旎风光。

即便此时战力比肩天神，他心中也是一阵荡漾。那一日发生的事匪夷所思，清丽脱俗的仙子，雪白晶莹的肌体，动人心旌……

“清漪去了哪里？”石昊神色古怪，这样自语。

说这话时，他神色一动，因为感应到了天神的气息，就在不远处。

他抬头，看到一个男子黑着一张脸，正神色不善地盯着他，双目中有怒火。

“你在说什么？”那男子这般说道。

“关你什么事？”石昊睨视了他一眼。

数月前，他见到天神还得躲避呢，而现在根本无惧，任何一人敢来到他的面前，他都可以直面。

“怎么不关我的事，清漪是月婵的次身，你这小魔头对她做了什么？”此人很激动。

石昊诧异，这是一名天神，应该城府很深才对，现在却恶狠狠地盯着他。此人为何这么气愤和失态？

“你是补天教的天神？”

“是！”那人冷哼道。

“哦，这就难怪了。清漪无恙，倒是月婵，可能有了，快成为我孩儿他娘了，你看到没有？”石昊笑着说道。

他自然是说反了，其实他跟月婵没什么关系。

“你在说什么？再说一句试试看！”这个看起来年轻又英俊的天神大怒，额头青筋都在暴跳。

“你急啥！那是我孩儿他娘！我都没着急呢，你乱跳干吗？”石昊一副很不爽的样子，警告道，“你少打我孩儿他娘的主意！”

“胡说八道，小魔头你纳命来。竟敢如此诋毁我教圣女，镇压！”

这年轻又英俊的天神冲了过来，直接就祭出一座四象塔。塔身发出炽烈的玄光，弥漫着丝丝混沌气，欲镇压石昊。

“找揍吧，提我孩儿他娘，你激动成这个样子干吗！”石昊自然是故意嘚瑟，气死人不偿命。

当然，他手可没闲着，一瞬间爆发出天神级的战力。

“轰！”

古昊用力举起山岳高的四象塔，然后一巴掌扇飞了出去，打得那古塔铿锵作响，火星四溅，当场残缺了一块。

“咦，这么硬，没有毁掉？”石昊相当惊讶。

这个看起来很年轻的天神更是大吃一惊，这塔可不是凡物，居然有一角被打碎了，这实在有点惊人。

而且，他一下子惊醒了，这家伙难道拥有天神的实力了？未免太快了，这是要打破古代纪录吗？

补天教这个人真的很强，在天神中不一般，武器受损，也没影响到他的斗志，反而激起了他的怒火，他喝道：“小魔头，快说你将月婵还有清漪怎样了！”

说话间，劈来一记大神通。

石昊并不在意，施展雷帝宝术，掌心发出一道刺目的光束轰向此人。

此人也不躲闪，反而迎着他冲了过来，且手中宝术更加璀璨了，不顾一切地杀向石昊。

石昊眉毛一挑，迅速躲避，因为他知道，对方肯定拥有补天术，跟敌人玉石俱焚时，最后的刹那能够补救，可以逆转一切。

果然，石昊刚错开身子，对方的补天术就绽放出不朽符文！

这个人的确不凡，居然能够跟石昊对攻，实力非常强大。

即便石昊还不是真正的天神，但是圣祭后已经有了相应的战力，实力恐怖。可是这个人居然支撑了片刻，且怒火中烧，显得格外猛烈。

“你这老小子，身为补天教天神，打别人媳妇的主意，是不是有点老不羞啊，我教训你一顿！”

在一阵乒乓叮当声中，石昊全面爆发，将此人的数件法器全部震裂，如同打铁一般。

即便此人很强，还是被石昊轰得横飞出去，口中淌血。

那人踉踉跄跄站起身来，神色复杂，震惊地看着石昊。这小子才二十岁左右，竟将他击败了？

他有点无语。但是想到那小子说的话，心中的那点佩服又消失干净了，怒目而视。

石昊干净利落，结法印，而后将此人拍进地层中。这一番折腾，打得他浑身是伤，眼睛都乌黑了。

不过此人有秘宝，护住了躯体，性命无忧。

“说，你到底对月婵还有清漪做了什么！”这名天神大吼。

“老小子，你谁呀？你都问多少遍了。”石昊满不在乎地扫了一眼，随口问道。

“我是月婵的舅爷！”这个看起来年轻又英俊的人怒道。

石昊闻言，顿时一呆，踏出去的脚收了回来，拳头也放下了。

他倒吸一口凉气，月婵的舅爷不就是清漪的舅爷吗？结果让他给揍了一顿，看着对方的乌眼青，他真不知道说啥好了。

“你跟仙殿、冥土那些人联手，想除掉我？”好久后，石昊问了这样一句话。

“我没有参与，只是路过这里，碰巧看到你！”这名天神咬牙道，再次追问自己外甥女的下落。

“我还没杀月婵，你若寻到，可以赶紧带走。至于清漪，不知道是不是有了。”石昊说道。

“我跟你拼了！”这天神气坏了。身为清漪与月婵的长辈，他恨透这小子了，他觉得石昊太缺德了。

“我说的是真的，不是造谣，也不是占你们补天教便宜，你别气。”石昊说道。

听到这话，月婵的舅爷怎会不气？二话不说就出手，这两人噼里啪啦一顿交手，月婵的舅爷又被放倒了，这次英俊的面庞都被打肿了。

最后，石昊对天发誓，说所言都是真的。

这位天神就更气了，恨不得跟他拼命，按照天神的说法，他外甥女是圣女，圣洁无瑕，却被小贼惦记，有了这个结果，不可忍。

“那天是我吃亏好不好。那是我的人生耻辱，被人禁锢了！”石昊叫道。

结果，一没留神，又将这位舅爷揍了几拳。

最后，他撕开空间，将这位舅爷扔走了，不跟他纠缠了。

“等补天教这家伙冷静下来后，就知道不应该跟我拼命，也许外界的补天教会站我这一边？”石昊无比乐观地说道。

当然，他也只是说说而已，无论结果如何，他都不怕。

最后，石昊一个猛子扎进太阴湖中。费了半日工夫，破开法阵，取出一块太阴本源石。

这就是昔日飞仙失败的那个部落强者留下的至宝？石昊想了想，可以送给太阴玉兔。

“我的！”打神石怪叫。

“等小兔子参悟完给你。”石昊说。同时，他也想研究一番。

石昊离开了此地，打算大开杀戒。

“魔王来了！”

石昊凶名赫赫，威震八方！

因为，他已经接连击杀三名天神，都是在众目睽睽之下，这震撼了所有人。

“荒怎么样了，还没有把他解决掉吗？”冥族的天神跟人说道。

“不好了，荒来了！”有人传音。

下一刻，石昊杀到了。他追击一位天神到此。

他想要找这些天神太容易了，因为这些外界来的天神自认为可以俯视仙古了，都在一些净土寻机缘。

“荒？”

冥族天神浑身乌黑，皮包骨，看起来如同一个骷髅，目中鬼火幽幽。

到了这里，石昊只盯住这尊天神。因为他知道，主要发起者是冥族还有仙殿的天神，既然遇到了，就要干掉他。

“小崽子，难道你还成气候了不成？”冥族天神阴恻恻地说。

下一刻，他知道了事情的严重性。荒爆发后，血气滔滔，直逼天神，丝毫不弱于他。

“铛！”

两人对击一掌，这位冥族的强者是由尸而生的，虽然前世金身坚固，现在依旧保持着躯体的强大，但还是吃不消。

他觉得手臂剧痛，仿佛要折断了。

这一战，冥族天神竭尽所能，但是最后还是被折断了一条手臂，黑色冥血从干瘪的皮肤中透出。一见状态不妙，他转身就逃。

石昊一路疾驰，追杀冥族天神。不紧不慢，就在后面跟着。

一路上，许多人见状不由得发起呆来，那是荒？他靠自己的实力追杀一位天神？太不可思议了。

他才多大啊，居然有了这样惊人的战力。

他要是能活过百岁、千岁、万岁，会有怎样的成就？

这是一个活着的神话！

石昊故意放慢一步，任他奔逃，去寻求救援，免得他一个一个找。

果然，这一路不断有一些天神加入进来，阻击他。

这一次，石昊动了雷霆之怒，大开杀戒，一连又击毙四尊天神！

这实在震撼人心！

最后，冥族的天神被石昊击杀。

沿路上，所有见到这一幕的人心中巨波汹涌。

“不知里面如何了，天神入场，应该会有巨大的收获。”在外界的无人区，有教主说道。

“砰！”

说话间，一位天神被人从那入口扔了出来，元神已灭。

“嗯，冥族的天神？”

“什么？这是谁做的？居然敢这般大胆地把天神扔出仙古？”

无人区中，那些人彻底沸腾了。

“不怕死的话，就将天神都送进来，来一个我杀一个，来两个我杀一双！”有人在界壁这一边冷幽幽地说道。

这是挑衅，是在赤裸裸地下战书，针对的是那些教主。

第730章 **叫板教主**

什么人敢如此大胆？敢挑衅教主？战书就是一位元神已灭的天神！

冥主就在此地，这个时候，他一句话也没有说。他盘坐在一座悬浮于半空中的白骨山上，黑雾汹涌，附近温度骤降，凛冽得吓人。

那位冥族天神是他座下弟子，就这么被人杀了，不光是击毙，还将尸身扔了回来，这不是针对他是什么！

无人区，一片沸腾。

人们在讨论是谁干的，胆子也太大了！

其他教主的神色也很不愉快。刚才里面说话的那个人很强势，传出的声音针对的是在场的很多人。

“轰！”

冥主出手了！

他眉心发光，一道黑色的火焰席卷而出，如同一股洪流冲向入口。那是可烧死教主的冥焰。

然而，界壁发光，其中蕴藏着符文，阻挡过强的力量进入。不然的话，这些教主怎会等到现在，他们早就进去了。

最终只有少许黑色的火焰闯进去，威力已经不足，更是超出了外界的人的掌控范围，只是在仙古的地面上燃烧。

“谁家孩子在玩火，怎么没有大人管一管？”石昊在里面说道。

他心中有一股怒气。几个大教一直在出手对付他，弟子也就罢了，而今更是派遣天神指名道姓要杀他。

此外在下界时，冥土、仙殿的人就一路追杀他，七神下界直接导致他身死，被埋身黄土一年多才复苏。

如今，这些道统变本加厉，一而再再而三地派人要将他杀掉，怎能容忍？

因此，他说话相当不客气。

无人区中，个个目瞪口呆。

就是一些教主嘴角也在抽搐。有些人彼此对视了一眼，什么都没有说。

冥土的人坐不住了，全都怒了，有人向冥主请命，要进去击杀这个狂徒，以振冥族威严。

毕竟，那人太嚣张了，居然将冥主视作孩童，这样揶揄和讽刺，够狂妄。难怪该族上下会全部震怒。

就是冥主自己心情也颇为沉重。

虽然没有说话，被黑色雾霭淹没的白骨山，只能看到一对可怕的眼睛在闪动，但他的杀意有多么强烈，可想而知。

究竟是谁？有人在猜测。

可惜不能透过仙道花瓣观看仙古内的情景了。

自从出现一道大裂缝，一群天神被送进去后，仙古遗地逐渐发生了神秘变化，什么都看不到了。

仙道花瓣变得朦胧，不能再显示仙古内发生的事。

所以外界的人近来只能静心等待，而无法第一时间了解情况。

倒也有天神回来过，在出口处告知了一些情况，但毕竟不是第一时间的消息。

人们在数日前传来的秘闻中得知，天神降世，已经掌控大局。无论是十冠王还是谪仙等皆已隐伏，不再出现。且，有天神成功夺到了绝世道书，甚至送出了一本。

所有这些都在向好的方面发展，人们不知这突来的挑衅因何而起。

当然，也有人想到了荒，但是从未听到过他的声音，并不能确认。

只有极少数人确定，那就是石昊！

“诸位道友，助我一臂之力，我们共同打开界壁，我等真身降临过去。”冥主说道。

这一刻，有人响应他的号召，跟他走到了一起。大家一同发力，盖世玄功催动惊天宝术，成片的符文涌向入口。

一时间，这个地方仙音隆隆，大道气息弥漫，异常的可怕。

那界壁龟裂，却很难被真正开启。虽然在此刻，符文交织，强大而妖异。

“玩火那孩子又捣乱了，还有一些小伙伴跟着淘气，就没有人劝阻一番吗？谁家孩子赶紧领回去，别在这里丢人现眼。”石昊漫不经心地说道，却足以得罪一片人。

若非那几位教主心思深沉，早就暴怒了，会竭尽所能强行攻伐。

即便如此，几个城府很深的教主也目光阴冷，杀意滚滚，若是捉到那小子，绝对让他生不如死。

因为这家伙太会奚落人了，竟敢这样小觑和羞辱他们。

“诸位，他可能是荒！”天人族一位天神开口，大声说道。

里面的石昊闻言，目光森寒。这一族知恩不报，还曾将他扔进黑牢中，害得他险些死在天之城，现在依旧为众人分析局势，在针对他。

毫无疑问，只要石昊出去，必须跟这一族死战。

外界的那些教主都没有说什么。虽然他们也在心中猜测，里面的多半就是荒，但是一直没有表态。

他们没有必要跟一个小辈多说，那在他们看来有辱身份，所以不想理他。但如果真正擒住他时，自然会上前，而且会以非常手段镇压。

“几位小朋友还想出手？还要过来吗？我在等你们！”石昊出言挑衅，依旧不停地叫板。

“冥主，让我进去！”有人请命。这是冥族的一个强者，浑身发出各种氤氲霞光，他所走过的道路皆被腐蚀得不成样子。

这是一条毒虫，虽然化成了人身，但是天赋本能与神通等还在，所过之处，万物皆损。

“虫王，算了，你这样进去容易出问题。”有人道。

虫王，仅次于万虫之帝，实力不俗。而且，这是一条古虫的尸体通灵后蜕变成的天神，地位尊崇，异常可怕。

“小朋友，要放虫子了吗？让他进来，我陪你们过家家。”石昊的嘴巴很毒。

一边称呼冥主等为小朋友，这般蔑视，一边将虫王视作普通虫蚁，一副浑然不放在心上的样子。

“小辈，我等成就天神位时，你祖上都不知道在哪里穿开裆裤呢！别不知天高地厚，自寻死路。”虫王冷声道，再次向冥主请示，要进仙古。

虫王，绝对是特殊的天神，不同于一般的高手。冥主嘴唇翕动，对他传音，让他出动一道灵身，真身莫要进去。

“轰！”

众位教主合力，在后方相助虫王的灵身。

“一群调皮捣蛋的小家伙，真放一条虫子进来啊，不知天高地厚。”石昊在里面格外嚣张。

而后，虫子在界壁洞口探头的刹那，他一巴掌就拍了过去，裹着仙气，以最强手段攻击。

“噗！”

虫王发光，嘴里喷吐出成片的霞光，饱含至毒，就算是天神沾染上都得死。这是它成道的绝技，为一身精华所在。

可惜，石昊肉身不坏，仙气可以避过诸多诡异法门。

在虫王原本的预料中，那只手应该被腐蚀得烂掉，化成血水。它非常有信心，可是现在并无变化。

“砰！”

大手照常落下，打得它肉身龟裂，苦不堪言。

这只虫王身上有鳞甲，比诸多天神的甲胄都要坚硬，但还是被拍得龟裂了，让它遭受重创。

石昊大吃一惊。换作一般的人，这一番重击之下，绝对成为血泥了，但此虫竟挡住了。

“噗！”

可惜，虫王虽然厉害，但石昊那只大手还是不断拍落下来，最后，“轰”的一声炸开了。

外面的人又惊又怒，尤其是那虫王，它的本体夸下海口，结果被人直接灭掉灵身。

仙古内，石昊身体一阵摇晃。那霞光未曾近身，只是一闪而过，就让他有些眩晕，这毒霞未免太厉害了。

金色符文绽放，运转柳神的法，他立刻又有蓬勃的生命力了，身体完全恢复，丝毫不受影响。

外界有点宁静，很多人沉默了。

连教主都阴沉着脸。里面那人堵住了入口，都不能进去了。这真是要跟他们长久战斗下去啊！

要知道，各教经过协商，虽然送进去了一部分天神，但是远没有达到目的。

因为这通道不稳固，每次都只能送几名，而且需要相隔很多天。还有大批人想进去呢，结果此人堵在这里，扼住了咽喉要道。

“报——不好了，天神在被屠戮！”

仙古内，有人从远方疾驰而来，大吼着冲向入口这里送信。

“轰！”

就在此时，一只金色的大手横空出现，一把将那人抓在手里。“噗”的一声，来人殒命了。

果然，教主的猜想成真了。这家伙守株待兔，准备在这里灭掉一批人。

接下来，陆续有人前往此地送信，结果全部被一只大手覆盖，拍死，没有一点悬念。

甚至有几位天神亲自来此，想将仙古内的消息传出来，以告知各位教主。结果，很惨烈！

几位天神全部被击杀，被石昊扔出仙古遗地。

这在外界又引发了轰动。

冥族、天人族等更加愤怒了，杀机毕露，但是此刻都没有办法，奈何不了石昊。

“诸位，还送人进来吗？不然的话，我便去清场了。什么天神，什么精英弟子，统统不值一提！我要横扫仙古！”石昊冷冰冰地说道。

此时，没有人来送信了，因为，前往出口这里的人全被他杀了！

横扫仙古？外面的人脸色变了，这是多么大的口气啊！

可是，他们不认为石昊是开玩笑的，而且，下意识地觉得，这多半会变成事实。里面的弟子门徒也许要倒霉了，会遭到清洗，这是大祸！

怎么办？教主进不去，其他人不是对手！

“诸位，还记得那几名降临在我三千州的神秘访客吗？这些人强大得离谱，那些年轻人都是修出仙气的天神，若是将他们引来，也许可以驱狼吞虎。”有人突然这样说道。

这一席话过后，许多人眼睛都亮了起来。

但并不是每一个人都认可，有人道：“就怕狼狈为奸！”

“诸位好自为之，我准备去横扫仙古了！”里面传出石昊的声音，他已经起身，要出击了！

第731章 **黑暗日**

这一日，对在仙古内的天神来说是黑暗的一天。石昊留下三道灵身守在出口，真身则撕开虚空，返回仙古深处大开杀戒。

荒，出关了，血战天神，震动仙古！

各方的人都在猜测，如今他的战力究竟有多么强。

一日间，多位天神陨落，血洒大地，着实引发了巨大的轰动。

石昊找到了八臂魂族，暗中跟他们交流，请他们相助，寻找那些天神的下落。

毕竟，仙古太大了，有诸多小千世界，一旦天神有心隐藏，想要发现他们，难度太大了。

这一日，他强势出击，在接连击杀天神后，剩下的人要么立刻远遁，要么隐藏起来。

毫无疑问，仙古发生了大震动。

荒横扫仙古，引发惊天波澜。

“又杀了一个，又一位天神死去了！”

一日间，这种级数的强者接连遭劫，死讯不断传来，实在是惊呆了很多人。

天神何其强大，高高在上，跟真神隔着一道天堑，一旦死去会造成天地异象。

在一个小千世界中，有天神陨落，会电闪雷鸣，红雨倾盆，天象恐怖！

“火云洞的天神正在被追杀，那是一只太古凶禽！”

“荒，好强势啊，太厉害了，他在追杀一只天阶神禽啊！”

一只火红的巨鸟横贯天地，羽翼若云朵般巨大，破碎虚空，在诸多小千世界大逃亡。石昊则紧追不舍。

这一只猛禽，他盯上很久了，一路马不停蹄地追杀。

不过，火云洞这只神禽保命本领超强，先是断羽，而后断尾，不断有替死妙招，虽然浑身染血，但终究还活着。

“哪里走，留下唯一真羽，留下神禽肉！”石昊大吼一嗓子，差点把这只天阶神禽气晕过去。

它乃是天地间强大而可怕的生灵，谁见到不犯怵？可今日被此人盯上，当成了盘中餐。

石昊自然不会手软。他早已探明，究竟有哪些大教的天神曾经联手想杀他，现在开始回击，展开复仇行动。

“哧！”

一条金色的神链飞出，击穿这只火红的神禽，将它锁住。

长鸣震天，这只纯血太古凶禽震怒不已。它知道逃不了了，于是想鱼死网破，竭尽所能反抗，掉过头来跟石昊决战。

“哧！”

石昊相貌庄严，站在那里，身后浮现一株金色的柳树，随着他而结印，催动宝术。

一瞬间而已，数百条金色柳枝飞出，聚在一起，化成一道道匹练，全部刺进这只天阶凶禽的身体，场面触目惊心。

它尖声大叫，其声音仿佛能震裂天地。下方诸多山峰在音波中爆碎，苍宇也裂开了。

可是，这改变不了什么。尽管它浑身发光，动用最强大的宝术等，但就是难以摆脱金色的柳枝，一时间，它的法力快速消失。

这就是柳神的法，不仅可以让自身血气恢复、急骤提升，而且还有至强的攻击力。

特别是石昊身处圣祭领域中，对此感觉更是明显。这桩宝术让他如虎添翼，实力暴涨。

“噗！”

一道柳条挥出，如同一口天刀，将这只凶禽斩落，一代天神就此毙命。

石昊拔下了这只天阶凶禽的唯一真羽，收藏了起来。

而后，他取出一口鼎，将这只恐怖的神禽躯体收了进去。对他来说，这是美味，值得保存。

随后，石昊开始追杀一条蛟龙，那也是他重点惦记的猎物，并且由于对方来自妖龙道门，所以他出手时毫无心理负担，一路追杀。

“嗷……”

在一个小千世界中，石昊一番征战，这条蛟龙法力不俗，但还是不敌。沾着血的鳞片脱落，飞向四面八方。石昊在这里屠完这条蛟龙，意味着击毙了一位很强大的天神。

“哐当！”

鼎盖打开，流光溢彩，他将这条蛟龙也收了进去。是猎物，也是仇敌。

其实，石昊一直在寻仙殿的天神。此人对他杀意最浓，在其闭关时就曾出现，三番五次要杀他。

可是到现在还没有找到，八臂魂族发动力量，动用了仙古一些交情，也仅仅有了一点点眉目。

“轰！”

另一场战斗开启，石昊追杀魔葵园的天神。

“卖瓜子的你给我站住！”石昊在后面大吼，杀气腾腾。

魔葵园的天神这叫一个气，恨不得回头一巴掌拍死那小子，但是忍住了这股冲动，因为他知道自己真不是那小子的对手。

那小子已踏足圣祭领域，实力能与天神比肩，而且还拥有三道仙气绕体，这样一来，实力完全超越了天神。

要知道，他们虽然拥有惊艳的实力，但是没有一人能修出仙气来。那是一道难以逾越的天关。

“卖瓜子的，你逃不了，早先不是跟仙殿的天神等一起要对付我吗？”石昊喝道。

这一战，风云变幻，天地失色！

魔葵园的天神被逼入绝境，身后一轮黑色的太阳发光，且有一颗又一颗晶莹的黑色玉石飞出，打向石昊。

毫无疑问，全都是葵花子，每一粒都拥有一股本源精气，在石昊近前炸开，威力绝伦。

“收！”

石昊轻叱一声，大袖一挥，法则交织，将所有葵花子都收了起来。这葵花子好比神丹，价值超凡。

可以说，这是一位天神的气血结晶！

石昊收走了他半数的葵花子，让他元气大损，后来石昊抡动大罗仙剑，一剑斩杀了他的元神。

这一战，魔葵园的天神毙命！

仙古大震，四方皆惊。

不要说是来自三千州的天才，就是原住民也呆住了。这位真的太凶猛了，连杀天神，这是要将天捅破吗？

自有仙古遗地以来，约有三千次大战。纵观那三千次争霸的场面，从来没有一次像这一次这么惨烈。

在过去，哪会有少年强者追杀天神？可是今日，这个魔王血洗各地，一路击杀天神。到现在没有人能够确切指出他究竟杀了多少天神。

尤其是三千州的天才，简直惊到浑身冒寒气，从来没有见到过这样的煞星。

被杀的人，哪有弱者！都来自大教，有谁敢惹？可是他像在切菜一般，上去就噼里啪啦一顿杀，惊呆了所有人！

“轰！”

忽然，虚空爆碎，一只巨大的手掌出现。太突兀了，那是想要一把将石昊抓走，然后镇压他。

教主级人物出手了！这种气息绝不会有错。

便是天神也无法对抗。这种力量太强横了。

“哧！”

出乎意料，石昊像是早有防备。一道破界符祭出，他瞬间消失了。

他现在可不是真神了，实力比肩天神，又拥有三道仙气绕体，远超其他人。即便不能与教主对抗，但是想逃还是有先天优势的。

与此同时，八臂魂族的古祖出现，一掌迎了上去，天崩地裂，日月摇动，鬼哭神嚎。

石昊目光冰冷，斩开虚空回来时，他只是匆匆一瞥而已，就知道是谁对付他了——银血魔树族的古祖，早先就去魂岛捉拿过他。

而不久前，在仙古擂台上，石昊更是击杀了该族一个重要弟子银坤。此事一出，自然难以善了。

很显然，这棵老魔树看到了石昊的可怕之处，不惜用偷袭的手段干掉他，怕他继续成长下去，危及该族。

石昊上路了，没有在这里耽搁。因为八臂魂族的古祖告诉他，尽可放心。

而且，他得到了消息，仙殿的天神出现了，正在往出口的方向逃。

石昊笑了，就等这一刻呢！

他在那里留下了三道灵身，就是防备有人逃走。而且此前去那里的人都被击杀了，不曾走漏风声。

如今，他真身在此，其他人都以为无人看守出口。现在被逼到这一步，有天神萌生了退意。

石昊一路杀了过去，在此过程中，又解决掉了一位天神。

这一日，对外界的强者来说，是一个黑暗日，可怕又糟糕。何曾听说过天神接连被一个少年屠戮的？

这也能算是历史上最黑暗的年代了吧！

玄明界，仙古出口所在地。

仙殿的天神遇伏，还有一名跟他一同回来的天神已经战死。

看着对面两道身影出现，之后一步一步逼来，仙殿的天神又惊又怒。他是何等的身份，居然被逼到了这一步。

这一日，石昊是无情的，果断出手，没有一丝的仁慈。

因为，这些天神皆是大敌，他们以及他们身后的道统一直想击杀他，他又何必手软呢。

仙殿的天神法印祭出，他在施展禁忌绝学人仙印！

“轰！”

这个地方沸腾了。不得不说，此人很强，不然也不可能毫发无损地就从教主级紫貂手中逃走。

“什么，仙殿的天神被拦住了？我的天，居然真的在跟人激战！”

外界，有人透过入口见到了那一幕，有强者截断前路，阻击仙殿天神，使他不得归来。

仙殿的人自然震怒，但是毫无办法。毕竟，连教主级人物都进不去！

“哧！”

在这关键时刻，石昊真身回来了。一瞬间而已，他的身体周围就出现上百道金色的柳枝，化成秩序神链，横空杀了过去。

仙殿天神虽强，但是又怎么抵挡得住拥有三道仙气的石昊真身。这才一交手，身上就有血洞出现。

一场大战下来，仙殿传人满身是伤，最后“噗”的一声，他的法印被破，掌心被洞穿，伤势更重了。

“啊……”他大叫，向着出口处逃去。

可惜，石昊已经展开绝杀。对方以光幕防御，但架不住飞出的上百条金色柳枝，有半数都击中在那光幕上，刺穿了对方的防御。

这一击下来，足有数十条柳枝洞穿仙殿天神的躯体。

但是，此人真的很强。燃烧自身，同时又施展秘法，震出所有枝条，虽然他伤痕累累，但还是疾速冲到出口这里，想要向外冲去。

“噗！”

一根特别粗大的柳枝化成一杆战矛飞出，无坚不摧。任他甲胄发光，任他宝术防御，都在瞬间将他洞穿。

这根金色柳枝化成的战矛击杀了仙殿天神的元神。

“出来了，逃出来了！”外面的人还在惊喜大叫呢。

这是仙殿的天神惯性使然，那动作，正好在向外冲击、逃亡，事实上，头骨内的元神都被绝杀了。

“怎么回事？”人们大叫，发现逃出半截身子的天神又被扯着后腿，生生拉了回去。

外界，仙殿的人震怒。外面有封仙殿的强者出手，结果发现他早已毙命。且就在此时，他倒下了，仙殿天神就这样死在了众人眼前，那失去元神的躯体被里面的人生生拉了回去。

“杀！”终于，仙殿的人忍不住了，有人大喝一声。

可是，终究进不了仙古。

至此，谁都明白了，进入仙古的重要天神应该都被横扫了，重要人物皆陨灭。

对于很多人来说，这一日无比黑暗，说是黑暗日一点也不为过。

第732章 各方心态

仙殿何其强势，核心人物虽然不多，但是威震上界，哪有多少人敢招惹?

尤其是仙殿还有一个恐怖的人物存在，虽然他自太古年间就已经陷入沉睡，但还在世上，这令十方强者心存忌惮。

要知道，那可是敢跟至尊殿堂昔日的无敌教主厮杀的可怕人物！面对他时，诸多教主心中都会沉重。

可是，就在此时，竟有人当着仙殿的面将该教挣扎、逃脱出来的天神又给拖了回去，灭掉元神后扔了出来。

这是怎样一种气魄？！

太不可思议了！各教都在热议，一片喧闹。

一座青铜殿悬在虚空中，混沌气四下弥漫，在这广袤的无人区中有一种惊人的气息震慑四方。

此时，虽然里面的人一言不发，但是所有人都无比惊悚。他呼吸的时候，这片山川都随之起伏。

其正常吐纳竟然如同汹涌的汪洋!

有人在从沉眠中复苏!

所有人都惊住了!

那个人来了！虽然这几年他一直在蛰眠，但有仙殿中另一位教主人物守在旁边，代他关注这里的一切。

可现在，这个人似乎被惊动了，他要觉醒了!

“好恐怖，上界风云将起！”有人低语。

这个人物一醒，注定是惊涛拍岸。他要是震怒，群雄都会心惊胆战。

“半人半禽半兽，吃不下，跟冥族一样，废物种族，一点用处也没有。”界壁内，传来这样的声音。很随意，也很轻佻，一副满不在乎的样子。

正在热议的人都停了下来，一个个神色古怪。

这个魔头太嚣张了，竟敢这样说话，将仙殿的天神当成什么了？完全是把他当猎物看待啊，而且，这种口吻充满了蔑视。

同时，他还捎带上了冥族，使得这一干冥族众人脸色铁青，个个怒目而视，恨不得冲进仙古将他撕碎。

从来没见过这样的人，张扬而强势，将一位天神杀了，还敢这般挑衅，来叫板外界的几个古教的人。

要知道，仙殿的人号称是人仙的后代，身上淌有仙血，种族天赋绝伦，结果反被鄙视了。

“一定是荒！”有人猜测。

“自然是他，我敢肯定！此子当诛，诸位同道务必联手除魔。”天人族的修士火上浇油。

因为，他们害怕了。石昊成长的速度太快了，照这个趋势下去，要不了几年就敢挑战天人族，登临天之城发威。

这一刻，天人族的一些重要人物有那么一刹那的恍惚。

他们非常后悔！当年他们鬼迷心窍，没有压制心中的贪婪，为了十凶宝术等不惜污蔑和加害这个护送族中明珠回来的少年，继而招惹了这个魔王，结下了天大的梁子。

至于火云洞、妖龙道门、罗浮真谷等道统，更是因惧意而滋生出无穷的压力。那是罪血后代，必须要镇压，不然他们这几教都将危矣！

从来没见过这么惊人的罪血后代，二十岁而已，就已经可以追杀天神了，说出去的话，足以吓住一群人。

这等大凶之人一旦成长起来，也许比边荒的人还恐怖！

他们怕了，无比担忧，所以，必须要除掉石昊。

至于冥族、魔葵园、神庙等就更不用说了，都与石昊结下了仇。

就连天国的主人，这个冷血残酷、心比铁硬的杀手至尊都动怒了，手持一柄剑器，站在滴血的古老战车上，目光幽幽，像是要看穿仙古，看透那个人！

石昊的表现，最终引起了众位教主顾忌，这个被教主们忽视的少年，其崛起之势让教主这等人物都有些忌惮了。

因为再这样下去的话，这个少年就不仅仅是天神的敌手了，甚至有挑战在场这些大人物的可能。

那个局面很不好，一个年轻人叫板他们这群从古代一直斗争、厮杀到现在的强人，令他们心中不舒服。

故此，有不少人恨透了他，但也很焦急，心中隐隐有些不安。

“不听话，那就杀了！”天国的主人说道，很霸气。

“我冥土损失不小，需要一具拥有三道仙气绕体的年轻尸骸，然后将他埋下，也许成千上万年后会造就出一具无敌奇尸！”冥主开口。

“死！”青铜仙殿内，该教的第二号人物只说了一个字，杀气腾腾，群山皆崩裂了。

各方都在表态，一些超级大势力在下决心，必须要除掉石昊！立刻！马上！

“喂，外面的小朋友，还有不服气的吗？可以进来，我免费带你们逛逛仙古。”界壁那一边传来荒的声音，有点慵懒，还有些漫不经心。

这一边，各教修士咬牙切齿，相关道统的人鼻子差点气歪了。在场的人，哪一个不比他年岁大，竟敢如此老气横秋地占众人的便宜。

这是撩拨，也是轻视，更是挑衅！

“无趣，我去横扫仙古，再见！”说罢，石昊转身走了，也带走了灵身。因为时间一到，战力衰退，留下灵身会出问题。

此时的仙古，大兴波澜，浩瀚起伏，全都是因为荒的崛起导致的。

清漪，站在雪山上，冰清玉洁的她一个人看着雪花飞舞，不知在想什么。

月婵，听到消息后阵阵出神，此时她正跟亲舅爷站在一起。这个平日间不食人间烟火的仙子有点烦躁，心情久久不能平静下来。

“婵儿，你跟他不会真有什么吧？”补天教的天神问道。

“我跟他能有什么？”月婵心不在焉地回答，头都没有抬。

“孩子啊！”补天教的这位天神，修为很高，但是同后辈的沟通与交流能力着实不怎么样，一句话而已，就让对面的外甥女如被踩了尾巴般一下子跳了起来。

“舅爷，你在说什么！”月婵又羞又怒。

“其实，这小子也算不错，潜力大得一眼看不到头，古来有几人能敌，又有几人可比？若非你是我教圣女，还真可以商量，实在不行去找教主通融一下……”

“舅爷，你走火入魔了吗？”月婵满脸通红。

“什么走火入魔！我恨那小子还来不及呢！我被他揍了一顿，鼻青脸肿，气死我了，连教主都没这么对过我！”补天教这位天神愤愤地说道。

另一处遗迹中，一个紫衣女子轻轻一叹，她也听到了外面的传闻，得知荒已经强势崛起，正在追杀各路天神。

而且，现在还在进行中，荒所向披靡，不知道杀了多少天神了，甚至有她同族的人！

云曦看着这片遗迹，叹道：“就知道你会一飞冲天，却没想到会这般霸道，有直上九霄之势。我想，族中的大人们后悔了吧！只是，你的处境也越发危险了。”

她神色恍惚，心情复杂，随后怔怔出神。

“这个人的确很厉害，比我在古代见到过的那几人还要强！”在遗迹中，还有一个青年，正坐在一块紫色大石上，看着天边的火烧云。

“三石前辈，以你的恐怖实力该不会要去挑战他吧？”云曦一惊，这般问道。

“现在不想。”这个青年摇了摇头，又道，“我沉睡了太久，心理年龄不比你们大很多，不要叫我前辈。”

若是有其他人在此，一定会无比吃惊。此人乃是曾经消失在时间长河中的三石天君！

遥想太古，天人族之所以崛起，是因为有六大无敌天人，故此被尊为皇族。

那六人都曾得到过天命石。

而在后世，该族还有一子弟独得三块天命石，震古烁今，被尊为三石天君！

这个人很强，深不可测，被誉为天人族中兴之主。可是后来，他莫名消失了，再也没有出现。

“哇哈哈哈，石昊崛起了！以后他要是能平推了仙古，横扫了天下，我是不是可以去各教的药园子随便遛弯了？拔两个萝卜，吃一个扔一个！错，那是圣药，随便折腾。那感觉，想一想就美妙！”小兔子也在大笑，眨着火红的大眼睛，一副憧憬的样子，乐得满嘴漂亮的牙齿都露出来了。

曹雨生、雪琳都很无语。

这一日，各方反应不同。

石昊大开杀戒，无人可挡，早先进入仙古的那些天神被击毙了不少，被追得上天无路入地无门。另一些人自知不敌，故而彻底隐藏、潜伏下来，让石昊无法寻到他们的踪迹，这才使得石昊有了收手的想法。

后来，他第一时间前往魂岛，跟该族的老天神交谈一番，并向八臂魂族的古祖请教。为了自己更加强大，他准备渡劫了！

他需要询问清楚各种注意事项，也想请他们暗中护法。

虽然他无惧什么，但是有防备总胜过自己一个人渡劫。

毫无疑问，八臂魂族上下都无比振奋，激动到了难以复加的地步。所有人都在等着那一刻来临。

因为，那关乎着他们的生死，是否能化解诅咒，全在此一举!

为了这一日，他们等了太久了。

而今，石昊即将渡劫，第一时间找上他们，这说明他视他们为自己人。

这让老天神还有族中的古祖欣慰。早先为石昊出手，不惜得罪外界人，这样的付出没有白费，这个少年果然念着他们的好。所有这一切都值了。

八臂魂族不敢大意，暗中联络其他族的人马，要为石昊护法，助他顺利过关。

同时，他们也很担忧。因为这个少年依旧要渡最强天劫，他的路注定很艰难，谁也不知道在那神秘的雷霆中会出现什么，不知他能否活下来。

第733章 神王劫

“咚！”

平地一声惊雷，震动仙古，击穿某一小千世界，让各族都为之震动。

发生了什么？难道外界在攻打仙古，想要进来不成？

人们心头一紧。此时此刻，说不紧张那是不可能的。

接着，雷霆如瀑布，从天而降，一方小千世界内被炽盛的光照亮，而后又像是点燃了，那光芒太过璀璨。

光芒过后，便是雷声。那雷声太响亮了，震耳欲聋。

这不是外界攻伐，也不是神鼓，而是真正的天雷。

这一刻，所有人都明白了，有人在渡劫，引动了九天上的雷霆，使得闪电如长河，滔滔而下，不绝不灭。

难道又有天骄踏足真神领域渡劫了？

荒、谪仙、十冠王开了一个头后，一些人纷纷效仿，想要借此提升实力，成为生灵中的王者。

可惜，太多的人因此而死去。并不是每一位先人都能成功，并不是每一族的年轻至强者都可渡劫。

不久前死了很多人，都是名动三千州的奇才，都是名气很盛的人物，结果没有一个人成功。

不要说是他们，就是古代强者也是如此，折损严重。能成功的，屈指可数。

于是，再也无人去挑战，也因此平静了很久，大家都老老实实修到真神大圆满，没人去抗雷霆。

可是，今日是怎么了？为何又有人踏出这一步了？难道说有绝世妖孽刚出关，或者说有天纵奇才自认为可比肩宁川等人吗？

“不对，这雷霆未免太恐怖了，天神进去都可能要被劈死！”突然，有人脸色苍白地叫道。

可是，这才刚开始而已，闪电就已经这般炽盛，后面那还了得！绝对要死人，这雷霆可怕得有些过分。

有天神在渡劫?

当想到这一可能，一些人脸上的表情凝固了。这得是多么自信的人才敢如此，这是不将性命当一回事吗?

须知，修行如登天，越向上越难。若是渡劫，遇到的危险那也更大。在仙古纪元时也如此，境界每高一层，渡劫死亡率就会提升一大截。

渡天神劫，那绝对恐怖!

“不对，原住民中有哪个人敢如此?即便突破进天神境了，也不会拿命来开玩笑吧。”

因为人们知道，外来者没有人最近突破到天神境。

“是荒!”

一瞬间，人们想到了他，虽然不是天神，但有比肩这一境的战力!

人都没有见到呢，但群雄一下子就猜到了是荒。

“绝对是他!不久前他还在大开杀戒，没想到现在又开始渡劫了!”

许多人惊颤不已，尤其是对他有敌意的人，个个头皮发麻，面色惨白!这家伙太惊人了，所做之事令人难以想象。

当然，也有人猜测是十冠王、谪仙，因为这两人做出这种事也绝不意外。

“轰!”

仙古沸腾，许多人得到消息后向某一小千世界赶去，想要见一见渡劫的人。

“这……是神王劫，是圣人劫啊!”有人长叹。

圣祭，这是一个特殊的境界，不用踏足这一领域的人，可以忽略它。

一旦踏足，那会面临很诡异的境界，实力会忽高忽低。最终的超脱者可以被誉为神王，而失败后跌落到神火境的人则会特别惨。

圣祭本就诡异了，在此境渡劫自然也有一些变数，会很可怕。

神王劫，很艰难!有人曾推演，不好渡，不能渡。

“那可是神王劫，他真的去尝试了?”

一瞬间，消息传开，四面八方诸多种族的强人都赶来了，要见证这一盛况。

人们来了，见到了万丈雷霆中的那个人，独自屹立于闪电海中。

果然是他!就是荒!

三千州的天才们一个个心情复杂。在他们眼中，那个少年看起来这般清秀，比他们都年轻，却有了这番成就。

这让众人感到绝望。这还怎么去追赶?作为跟他同处一世的同代人，实在有点可悲。

尤其是一些自负了得的年轻人，一望之下，双目暗淡。他们长叹一声，自知此生无法与那人相比了。

“他的敌人，已不是吾辈。他的目光已望穿虚空，盯上了从古代活下来的那些超凡的生灵。”

有人叹息，未免有些苦涩。

很快，不少人重新抬起了头。因为，这样的人不用去追赶，也没有必要去比较，毕竟他是荒，独一无二的荒。

若要对比，也只有谪仙、十冠王才有资格。那是他们该考虑的事，与绝大多数人都无关，无须气馁和嫉妒。

“轰！”

天崩地裂，水倒流。那种异象，让所有人都瞠目结舌。

“这是怎么回事，发生了什么？”许多人惊讶万分。

天空中，仿佛大河滔滔，向高空席卷，化成汪洋，清洗苍穹。

但，那不是河水，而是真正的雷霆。从地面腾起，打向高空。

“神王劫果然诡异，不可以道理来论！”

很快，人们醒悟了，神王劫与众不同，有各种奇异的景象，哪怕雷劫来自地面也不稀奇。

“哐！”

一声锣响，震得人耳膜都要破掉了。

虚空中，突然出现一对铜锣，撞在一起，将石昊压在当中。一时间，雷霆交织，铜锣巨大如山，景象吓人。

那是雷霆所化！以铜锣下压，盖住石昊，要将他活活震死。

下一刻，又有天雷演化成为一片沼泽，困住石昊。此后，沼泽中腾起一头鳄祖，一口将他吞了下去。

众人惊呆。这才一开始，雷霆就已经化形，成为器、生灵等，绝对难以闯过。

“轰！”

石昊发威！而今他的战力处在巅峰状态，以自身的符文震散闪电，之后从鳄祖口中脱身，欲摧毁这片虚空。

当闪电爆开时，天空中传来禽鸣，一群“太阳”从天而降，实在太过璀璨，无比刺目。

那是金灿灿的骄阳，当中皆孕育着神禽，都是金色的躯体。神禽此时破开烈日，展翅翱翔，俯冲了下来。

一群金乌，带着天地之火，带着无尽雷霆，铺天盖地地将虚空淹没。一时间，天地间皆是金黄色的光芒。

众人的脸色一下子就变了，这样的天劫未免太惊人了，实在恐怖。

因为，那些金乌竟有天神气息。这是怎样的一种场面?

要知道，可是有一群金乌从天空中扑击下来，带着闪电，带着毁灭之光，撞向石昊。

这完全是必杀死局，一般的人根本不是对手，更是无从躲避。

在场的一些天神当即脸色大变!

“这不是为一般人准备的！这是专为修出三道仙气的人降下的劫难！”有一位老者轻叹道。

这种劫，绝对可以灭杀其他人。在他们看来，根本就不可能渡过去，是一场死局。

果然，石昊长啸，他施展至强宝术，拳头发光，三道仙气冲出体外，来对抗那成群的金乌还有雷霆。

这是一场激战，是一种生死考验!

此时石昊神色凝重，他杀进了金乌群中。顿时，金羽飞舞，带着血，凋零而下。

这些血有金乌的，也有石昊自身的。在这一场大决战中，他迎战这群雷霆生灵，对抗密集的闪电，受伤了。

一时间，天空中人影来回冲击，金乌长啸，景象骇人。

到了最后，石昊宛若一尊少年天帝，此刻，他披头散发，带着血迹，大开大合，在这里迎战八方来敌。

“轰！”

他站在虚空中，将那一个又一个金色的太阳轰爆，一拳一个，场面可怕。一只又一只金乌，就这样被轰杀了!

众人看得瞠目结舌！这就是荒吗？恐怕，这才是他的实力吧!

这一战很难，雷霆十分密集，又太过强盛，久战之下，石昊肉身有损，肌体有裂痕。

不过，当金太阳都消失后，神禽鸣音敛去，意味着石昊渡过了这道关卡。他冲天而上，穿过闪电，登临第二重天。

若是别人，也许算是彻底结束了。

可是，最强雷劫拥有超乎想象的惊人之处，这才是开始而已。

若无意外，需登临九重天，才能完满。

人们都以为石昊会很艰难，比如，第二重天就将耽搁他很长时间，他也会受更重的伤，可是这些人预料的事情并未出现。

石昊一声长啸！这一次，他在众人面前施展柳神的法，加持己身，顿时血气滚滚，而后又动用其他宝术，一路向天轰杀。

他接连过了数重关，势如破竹，早已登临第五重天！

虽然，在此过程中他也负伤，也曾战衣破碎，肉身满是伤口，甚至骨折，但是这雷霆并不能阻挡他的脚步。

“轰！”

第六重天，他遭遇对手。有生灵端坐天马上，手持黑色天戈，纵马而来。天戈冷森森的，割裂了长空。

“铛！”

石昊与他激战，火星四溅。

才片刻而已，又猛然出现九尊这样的人物，只不过变换了兵器，蜂拥而上。

“杀！”

这些对手可不一般，一个个强得离谱，可与石昊硬撼。

这是一场苦战。石昊洒热血，运法力，舍生忘死，拼尽全力，只为超脱，闯过难关，熬炼自己的至强神王身。

这是神王劫，他需要雷霆来淬炼身体，磨砺元神，让自己更强！

他激烈搏杀，即使负伤也不退缩。恍然间，外面的人仿佛看到他的鲜血染红了虚空。

远处，云曦来了。她一身紫衣，凌空而立，风姿动人。

她轻轻一叹，昔日那个少年竟成长到这一步了，远远超出了她的预料，实在强大无比。

云曦在仙古中时常听到石昊的事，因为他太出名了，每一次风云涌动，都少不了他，却一直没有再见过。

当年的事，让她心中有愧疚。

这是分开数年后，她第一次在仙古见到石昊，见证了他的无敌风采，也仿佛看到了族人的悔恨与无奈。

另一方，月婵也到了。她目光闪动，一句话也不说，就这样安静地看着。

只是，她身边的舅爷正在说个不停。虽然他被石昊暴揍了一顿，但对石昊的强大不吝赞叹之辞，不时还扯上月婵。

这让补天教的圣女气恼得很，同时心绪也因此变得很乱。

“什么最强，他说不定就会倒在这里，被雷霆轰杀。”月婵反驳自己的亲舅爷。

话音刚落，下一刻，石昊绝杀了那群对手，登临第七重天，且捉了一匹雷霆天马，他尝试了一下，居然想把它变作脚力。

这让人目瞪口呆。

当然，他也为此付出了代价。那天马长嘶，而后爆碎，化成雷电。

还好，他早有准备，一跃而起，杀向第七重天的雷海。

“坏了，在第七重天，荒被雷霆击中了躯体！”有人惊叫。

这是一场恶战，他不仅要面对生灵，还要面对山川，这些都是闪电所化，时不时炸开。有时候，他还会遇到所谓的飞仙之光。

这一下，他被斩中了腰！

但是，他强行凝聚躯体，让身体愈合，挺了过来。

在众人不敢相信的目光中，他闯上了第八重天。

太快了，这种速度简直让人震惊！

“这是要打破纪录吗？都是直接硬闯，耗时极少。”

“九重天上，他会遇到大劫的，能否活下来还未知呢！”也有人这般说道。

第734章 八九重天

第八重天，石昊见到一抹流光裂开了山脉，而后他看到了前方有一座宏大无比但城门紧闭的城池。

四野山脉起伏，古木参天。毫无疑问，这些都是雷霆所化，并不是真实的场景。也正是因为如此，才越发显得可怕。

偌大的山林静悄悄的，仿佛没有任何生灵。

石昊踏出山林，走向那座神秘巨城。他皱着眉头，这座城池镇压第八重天，需要从这里闯过去才能得见更高一重天。

神王劫，就是这么妖邪，会出现各种异常状况。

石昊来到了宏大的城门前，见到了色彩黯淡的斑驳的城墙，那上面满是刀痕剑孔。

他默默打量了一番，不禁来回思忖，现实中曾有这样的一座城池吗？

他总是觉得，雷劫中所见到的东西应该会与外界对应，故此才能留下烙印，有各种体现。

突然，一声沉闷的响声传来，之后，那城中腾起雪白的光芒，接着浮现出一个庞大无比的器物。

这是一个头骨，简直快抵得上一座城池了！白如羊脂玉，透亮若晶石，虽然是滚落过来，但是，在石昊看来，与砸过来没什么两样了。

他无论如何也没有想到，这样一座巨城会有这么一个雪白的骷髅头骨出现，并且就这样翻滚着出来。

“砰！”

石昊一掌拍去，打在那个头骨上，就跟击在一块仙金上似的，铿锵作响，火星四溅。这坚硬程度，有些吓人。

以他现在的实力，居然没能将其直接击碎。

这头骨内一下子亮了起来，特别是双眸，猛地射出犀利的光芒，且张开了下颌，雪白牙齿发光，向着石昊奔来。看这架势，是要把他吞掉。

这是什么东西？

石昊迎着它冲了上去。只见这头骨发出刺目的光泽，七窍皆喷出瑞霞，向石昊笼罩过来，让这个地方氤氲朦胧起来，越发显得诡异莫测。

这个时候，石昊感觉到了强烈的不适，如坠泥沼，又像是落入蛛网中的蚊虫，越挣扎越紧。

"咔嚓！"

终于，它得手了，下颌闭合，将石昊含在口里。

而后，它快速化形，如同一座烈火腾腾的丹炉，将雷霆之力沿着七窍吸取进去，开始炼化里面的石昊。

头骨炉。

这是一件妖异的宝具，发挥出深不可测的威能，仅凭它就镇压了石昊。

"轰！"

下一刻，天地震动，漫天的雷光都变得井然有序，所有的闪电都冲向了那个头骨炉，沿着七窍没入，那场面，极其璀璨夺目。

"第八重天，所有天劫之力凝聚到了一起，要集中全力击杀荒！"

人们发呆，震撼莫名。

同一时刻，在人们的视线中，那座古城如同灶台般托着头骨，吸取诸天之力，不停地熊熊燃烧，越发显得诡异和恐怖。

庞大的头骨，架在古城上，竟然铿锵作响。原来，是石昊在不停抗争，在用力击打这头骨。

"这是怎样的一种力量？"

别说是一般的人，就是天神等都倒吸一口凉气了。他们自问，若是自己身处当中一定会难以活命。

这可不是一道闪电、两道雷霆，而是集合这天地所有的神光与电芒，一起镇压向石昊所在的地方。

这是第八重天的合力，是所有天劫的融汇，它们攻向一处，威力自然强大无比。

任何人渡劫对抗的都是一道又一道闪电，哪里见过这样惊人的情景，天上地下的雷霆竟然融汇起来轰向一处！

这是一场生死考验，就连石昊自己也没有想到会这么被动和危险。这凶险程度，超越以往。

头骨炉中，电闪雷鸣，刺目的雷光化成了液体，将石昊淹没，巨大的天罚之力足以粉碎一切有形物质。

这一刻，石昊是危险的，所有雷光凝聚在他的身上，片刻时间而已，他的肉身就遭遇了极其强大的攻击，骨头折断，浑身焦煳，几乎熟透了。

要知道，他现在的实力比肩天神，拥有三道仙气，实力惊人，在此境界中绝对古今罕见。

可他还是承受不住这种攻击。

像是不给人活路，要将他生生碾压，活活击杀。

“噗！”

石昊的眉心裂开了，元神都被轰了出来。

“啊……”

这元神没入雷霆中，饱受摧残，简直要炸开了。

神王劫，这是炼狱般的磨难，让人生不如死。

倾尽天之力，有无穷雷霆，在这头骨炉中沸腾。

石昊肉身破碎，元神也龟裂，如同风中的烛火，生命随时会熄灭。

“愈合！”

石昊大喝一声，原始真解运转起来，再加上柳神的法，竭尽所能修补自己的伤体还有元神。

不得不说，他的骨文造诣精深，原本四分五裂的肉身还有那元神再次聚到一起，生长了起来。

但是，没有多长时间，只听见“轰”的一声，雷霆再次将他击开。他肉身焦黑，元神亦如此，暗淡无光。

石昊低吼，他不屈服，在这里竭力抗争，又一次凝聚躯体，重组自身。

结果，不久后，他的肉身又裂开了，元神也四分五裂。这种景象有点恐怖，这折磨如同炼狱。

一次又一次，石昊在这里遭劫。他的躯体，他的元神几乎快被毁灭了。

但是，从中也可以感受得到，虽然在一次又一次的冲击中血肉变得暗淡，但是有一种难言的气息在弥漫。

而元神也是如此。这样的淬炼下，尽管可能会被斩杀、击毙，但若是最后能熬下来，就有可能会更上一层楼，实力越发强劲。

石昊咬着牙，不屈不挠，对抗天劫。他不是被动承受冲击，每次重组好自身时，都会冲向炉壁。

被动防御不是他的风格，主动出击，击穿一点突破出去，才能显示出他的风采。

他动用所有宝术，聚集全身力气，轰向这骨炉之壁。

石昊从来没有这么狼狈过，不知道多少次被震得肉身破裂，但是一往无前，始终攻向一点。

九死一生，到了最后，他的力气被耗尽了，生命也快走到了尽头。

“轰！”

这是第十次了，他将所有宝术合一，终于击开了一道缝隙。

接着，“咔嚓”一声，骨炉裂开了，而后爆碎，万重雷霆随之剧烈汹涌。

石昊被炸飞了，直接掉了出来！

站在最高处向前眺望的那些人全都吃惊地睁大了眸子。

“荒，他死了吗？”

“肉身被炸成九块，元神也散开了，成为一片火光，荒要陨落了？”

一群人万分震撼！

不愧为最强天劫，让修出三道仙气的荒都遭遇了这般劫难，眼看就要死去了。

“嘿！”

有天神躲在暗中，发出一声冷笑，之后果断出手，祭出秘宝，打向雷劫中。

“轰！”

石昊的九块肉身还有元神冲到一起，快速躲开了这一击。那秘宝在雷霆中闪耀，擦着他的躯体而过。

“咔嚓！”

最后，这秘宝爆碎，且有一道雷霆打向远空，想击杀那天神。因为，他干预了这里的雷光。

不过，这个人手段通天，相当了不得，竟有神秘的替死符代他遭劫。

要知道，这种宝符在诸多大教中都极其罕有。

那场外出手干预的强者刚才竟然想要击杀石昊。

“轰！”

血气滚滚，石昊的肉身强行拼接在一起，且元神归位。此时，他浑身焦黑，无比虚弱。

石昊睁开眸子，冷冷地扫了一眼刚才天神偷袭的方向，却没有追过去。他知道，现在不宜动武，他需要恢复。

此地寂静无声，再无人出手了。八臂魂族捏了一把冷汗，他们举族皆出动，在这里巡逻、守护。

也不知道过了多久，石昊脱落下一层焦黑的老皮，露出玉石般晶莹的躯体，且眉心发光。

他又恢复了。

他依旧没有妄动，不曾去寻觅出手者，而是登临第九重天。只要过了这一关，那么几乎就功行圆满了。

因为，九天之上虽然还有第十重天，但似乎其并不会镇杀他。他记得，上次经历简单考验后，就得到了雷劫液。

这一次，关键就是这第九重天。

让石昊哑然失色的是，九天之上，虽也有危机，但冲过来对他围杀的竟然是植物类生灵。

相对第八重天来说，它们很弱。

他应付自如。这根本不是磨难，反倒像是一种锤炼，实在没什么危险。

这让其他人也愕然，怎么回事?

这也太容易了吧，难道老天都要放水了吗?荒的运气未免太好了。

然而，下一刻，石昊毛骨悚然，脸色有些发白。他终于知道问题出在哪里了，这简直是大祸临头!

因为，他忽然发现自己战力锐减，从比肩天神一下子坠落到真神境，而后又跌落到神火境。这太糟糕了。

在这种地方，在这种关头，这简直是死路一条。

唯一值得庆幸的是，除却那些生灵外，这个地方的其他闪电都还算平静，不曾击杀他。

逃!

石昊只有这一个选择。他不能跟那些生灵靠近，不然的话，绝对是死路一条。

他终于体会到神王劫多么变态了，让一个神火境的修士面对那些强大生灵的冲击，这实在是难有活路可言。

“咦，怎么回事？”有人惊讶，目中露出精光。

“圣祭，一个特别的境界，难以预料，修为忽高忽低，他现在跌落到谷底了，要完了！”有人幸灾乐祸，无比兴奋。

这个地方一下子沸腾了，所有人都知道，荒多半真的要死掉了。

只有石昊自己知道，这是天劫造成的。根本还没有到时间，原本他距离谷底还需要一到三日呢。

这可怕的雷劫，居然可以这样，让他道行减弱，境界跌落，这才是真正的绝杀。

“哈哈，这等天劫，威力不强，我等也能应付。走，过去助荒一臂之力！”暗中有人传音，冷笑不止。

“哧！”

就在这一瞬间，一下子飞出五道身影，闯进雷霆中，去击杀石昊。

这几个外界来的天神，在早先石昊大开杀戒时，着实惊呆了，见他击杀了很多人，这部分人就都躲了起来，直到此时才有人现身，抓住机会要绝杀他。

“你们敢！”八臂魂族的人怒喝，也出手了。

“诸位，少安毋躁。”原住民中的至强者出手阻拦八臂魂族。

危局到了，石昊遭遇了最可怕的麻烦！

这一刻，云曦变色，月婵目光大盛，群雄吃惊，全都盯着前方。

第735章 劫毕

五大天神突然入场，速度极快，超出人们的预料。

雷霆化成的生灵冲来，打在他们的身上。他们闷哼着，踉踉跄跄，身上出现了焦痕。

他们没有反抗，任那些雷霆落下，因为在这个地方抗争，就等于是干预了天劫，会引发不好的后果。

任何人干预天劫，那雷霆都会对他降下相应的天罚。

他们怎敢那样做？故此宁可身遭雷击，也不对抗，硬接下来，同时冲向石昊，对他出手。

因为他们已看出，第九重天的雷劫有古怪，并不是很强，随着石昊修为跌落，雷霆也弱了不少。

这是击杀石昊的最佳机会！

他们硬扛雷击，而后出手杀向神火境的石昊！

要知道，他们可不惧怕诅咒，因为他们是来自外界的天神，能抵御那强劲的诅咒之力。

此时八臂魂族的其他人来了，他们虽焦急万分却无计可施，只有一个被石昊救治好的老天神敢进去，其他人都没辙，因为诅咒的力量实在太强了。

八臂魂族的教主法力通天，但是此时却被人挡住，不能涉足。

“哧！”

石昊化成一道光，在雷霆中冲击，一面躲避后方的追兵，一面避过那些雷霆化成的生灵。生死关头，他的速度到了极限。

还好，雷霆演化为生灵，速度居然降了，不然以闪电一般的速度攻击，谁能逃脱？

“轰！”

即便如此，雷霆爆发之时，石昊还是被周围各种植物扫中了躯体，道行减弱，法力下降，身为一名神火境修士，在这里绝对是死局。

即便天劫已经减弱，但还是远高于他这个境界，以他的实力根本没有办法化解，即便是闪电化成的一株植物都能将他消灭。

“情况不妙，速战速决！”

五大天神变色，因为他们预感到，即便不抵抗天劫，任它劈落在身上也不行，那样似乎要引动某种因果。若再耽搁下去的话，便等于卷入了此地，参与了渡劫。到了那个时候，他们将对抗与自身实力相符的天神劫，到了那个时候，必死无疑！

要知道，他们可不是石昊，不可能渡过天神劫！

“轰！”

一位天神催动大法力，向着石昊轰杀过去，暴虐无比，宝术化成一张大网，绚烂中带着星光，妄图罩住石昊。

此刻石昊的心脏剧烈跳动，他虽然拥有疾速，逃得极快，但是依旧受到了不小的冲击。

“快，他不行了！”

另一人喝道，手中神剑发出一道巨大无比的剑芒，贯穿天地，直击石昊的躯体。

石昊竭尽所能，避过了这一击，但是强大的杀气还是袭了过来，这是无形杀意，使得他的身上出现了不少伤痕。

远处传来惊呼声，云曦以手掩嘴，月婵眉心发光，曹雨生握紧了拳头，长弓衍瞳孔收缩……众人反应各不相同。

“石昊难道要殒命于此？”

有人吃惊、有人焦急，自然也有人大笑，幸灾乐祸：“哈哈，他在劫难逃！”到了这般境地，他还怎么扭转乾坤？

“可惜，可叹，太过自负的人就是这个下场。非要渡劫，还是最强天劫，他以为自己是谁，是战仙？”有人无比畅快地奚落道。

不用多说，所有人都能看出石昊处境糟糕透顶，随时会丧命。

“滚开！”

八臂魂族的老天神大喝，随之出手，但是对面有五人，还都是天神，他做不了什么。

“祭古宝！”

八臂魂族这一方有人低喝，绝不能让石昊死去。同时他们请来的盟友也在布阵，想参与进去化解危局。

“噗！”

可就在这电光石火间，那五大天神对石昊疯狂出手，尽管没有击中，但是余波再次将他重创。

这一拨攻击，使石昊最起码断了十几根骨头，伤势很是严重。

他暗自咬牙，一语不发，继续逃遁。

“不好！”

五大天神中的一人脸色苍白，发出惊呼。因为他们在雷霆中这样追击渡劫者，也算是参与了天劫，所以现在有雷霆冲着他们劈去。

一群人快速后退，脱离了天劫范围。

但其中一人还是卷了进去，刚才数他出手次数最多，遭遇雷霆攻击的概率自然也高。

瞬间，天神级天罚降临。闪电铺天盖地，只听到一声惨叫，他连挣扎的机会都没有就倒下了。

远处，寂静无声，人们看得浑身发凉。

不是每一个人都是石昊，都能渡劫，这个人仅片刻而已，就死于非命。

而在此时，石昊感觉有点不对劲，他的法力竟然在飙升。

“吼！”

石昊血气翻涌，仰天长啸，身体所受到的创伤正在急速修复，而后他以一身分四身，催动出三道灵身一起向前杀去。

“坏了！”

那四人吓得冷汗直流。石昊恢复了过来，居然又恢复到了圣祭领域，比肩天神。

在这个境界，他有无敌之姿，无论是仙殿的天神，还是冥族的天神，都曾被石昊斩击。这四大天神怎不害怕？原本想趁他虚弱时取他性命，谁能想到，他这么快就恢复了，重回圣祭领域！

这简直是一场灾难！

四大天神慌忙逃遁，但是石昊的一道真身与三道灵身化成四道光追了过去。

这是一场铁血的征伐，任他们法力通天，可结果遇上天劫，遇上石昊，依旧只能逃亡。

“一个也走不了！”

石昊传音八臂魂族众人，让他们闪开，无需出手。

“轰！”

他的真身最先出手，一拳轰出，天地失色，风云变幻，致使虚空粉碎！

那天神虽然竭尽全力对抗，但是身上还是出现了一层细密的裂纹，并且在慢慢扩散开来。

“砰！”

石昊接连出拳，最后一拳贯穿其躯体，一冲而过。

“杀！”

另一边，石昊的一道灵身手持大罗仙剑，催动无上法，以雷帝秘术驾驭剑胎，跟一位天神激战。

最终，剑胎一转，寒光耀十州，“噗”的一声，那天神顺势倒下。

“走不了！”

另外两名天神也被截住，跟石昊激战。

“噗！”

石昊站在那里，撑开唯一洞天，没有任何一种法术能够伤害他，且自身飞出一道又一道金色的柳条，如同秩序神链般，将一名天神贯穿。

那人大叫，终是无力挣扎，倒在了地上。

还剩下一人，在石昊灵身归一的刹那，承受了他施展的八九成功力，被横扫而过。

“轰！”

一切都结束了。

天地间逐渐安静下来，此时人们已经不知道说什么好了。石昊太厉害了，刚才还险些死去，只是给了他一个喘息的时间而已，就恢复了如此实力。

第九重天一片安宁，雷劫退去，不再轰击他。

过了这一关，石昊可以继续登天了。他咯了一口血，盘坐下来，将自己调整到最佳状态，肌体泛出光彩。

片刻后，他起身，迈步走向九天之上的那一片高云。

这是第十重天，也是最后一重天劫。

不过这个地方很特别，不止有古木参天，城阙无数，各种仙家洞府都悬于高空，更是有诸多飞禽走兽，甚至还有真龙、天凤的存在。

在这个地方，出没的生灵，全都强大无比，虽有危险，但是一般生物不会攻击他。

石昊曾经测算过，这么多生物若是一起暴动，便是他也难以幸免，因为那些生灵都太强了，不乏仙禽、长生兽等。

而在这里，还有一座古台，巍峨宏大，发出刺目的光。

斩仙台！

那里有飞仙光冲起，可怕的杀气四处弥漫，就算强如石昊也不敢靠近，只是溢出的些许气息就让人感觉身体要崩裂了。

石昊绕过，这个地方遇到的危险不是很恐怖，可以对抗。

前方，有一口古池，五色霞光冲霄，彩雾弥漫，混沌气息涌动，看起来无比的神圣与祥和，驱散了所有的诅咒之力。

仙池！

传说中，这是无上宝池，内蕴雷劫液。

石昊这是第三次见到了。这池子不过数尺见方，内蕴五色液体，非常黏稠，如同玉浆。

石昊知道，他成功了，这次的天劫通过了。

“咕咚！”

他先尝了一口，芬芳无比，甘甜润喉，他身上的暗伤迅速愈合，所有的疲惫顷刻间一扫而光。

在之前的激战中，他付出了极大的代价，虽然以秘法强行催动符文将自己治疗好了，但这注定会伤元气。

可现在有五色雷劫液在手，这些都不成问题了！

石昊笑了，守着这样一口古仙池，什么样的伤不能好？他不禁看向远处，所有原住民的眼睛都红了，都在盯着他。

别说天神，就是八臂魂族古祖的眼睛都炽若骄阳。

这是他们的救命神液，关乎甚大！

其他各族的大天神此刻一个个都站不住了，焦急无比，恨不得立刻扑过去将雷劫液收入囊中。所有人都对石昊面露善意，希望他能分享这些琼浆玉露。除了人马族的马跃、古魔族的魔洛，他们面露悔恨之色，懊恼无比。

第736章 宝液风波

岩石开凿的池子灰扑扑的，黯淡没有光泽，有一种岁月积淀下来的古意。

这是闪电海中的仙池，内蕴的雷劫液却不同往昔，仙雾腾腾，瑞光四射，馨香扑鼻。

这东西是无价之宝，石昊喝了一口又一口，他觉得自己的状态很快就恢复到了巅峰，无论是肉身还是元神都被滋养了。

感觉到四野那无数炽热的目光，他不动声色地闭上了眸子，在这里打坐，认真地感悟天地规则。

这一次渡劫他收获颇丰，肉身和元神不断碎裂，又不断重塑，百般锤炼，以雷霆炼肉身、淬元神，这是古法，对自身有莫大的好处。

仙古纪元之所以强，有长生者，那也是因为天地环境使然，但凡强人必渡雷劫！

这一世，天地条件不允许，无论谁引劫，所爆发的雷霆都会凶猛无比，超越应有的天罚等级。

石昊每一寸肌肤都隐隐发光，身体内部光华流转，神秘符文绽放，越发显得强大与不凡。

他能够感觉到自身变得更强了，三道仙气在头顶浮现，隐约间有凝聚成大道之花的趋势。

神王劫，就这么闯过来了！

“神王竟然是一个如此年轻的修士，仅仅二十岁而已，着实震古烁今了！”

他实在年轻得过分。这个年龄段有如此修为，非常吓人，让老辈人物都只能长叹，这是何等的机缘！

云曦站在远处，神色复杂。这位故人太惊人了，她一瞬间想到了很多，曾经数十万里同行，两人关系走得很近，最后却因族人与之决裂而引发一系列后续事情，令她轻叹。

看着那盘坐的身影，无须多想，她知道，天人族如今一定很悔恨错失了一位震古烁今的强援。

谁能想到，昔日的平凡少年崛起竟如此之快，不但没有夭折，而且一路闯关，二十岁就成了神王！

“月婵，你跟他真没什么吗？”补天教的天神低语道。

“舅爷，你再乱说话，我就不理你了！”月婵实在被气坏了，自己这位亲舅爷居然这般看重石昊。

“你还年轻，脸皮薄，即便不好意思也正常。不过我是你舅爷，你尽可以跟我说实话。你虽为圣女，但若是与他有什么关系，也不是不能通融，我可以去请求教主，让他重定圣女。这样一个有实力的年轻人，若能入我补天教，一切都值啊！”这个看起来很正经的天神说道。

月婵莹白的额头上冷汗直冒，差点将拳头砸在自己舅爷的脸上。

她跟石昊势同水火，中间发生了太多的事，想让她屈服那是不可能的。

不过，每次想到在寒界的经历，以及跟清漪还有石昊纠缠不清的事，她就有些心慌意乱，却又恨得咬牙切齿。

“唉，我师傅说，最后有一个特别能吃的人会将我埋了，该不会就是这浑蛋吧？”曹雨生叹毕，瞪起了眼睛，盯着石昊。

“真是没有想到，他走到了这一步！”龙女一头漂亮的蓝色长发披散到腰际，双眸眨动，跟长弓衍对视了一眼，都很吃惊。

一世崛起，傲视天上地下，这就是石昊，他一路走来，太惊人了。

“嗯？”

石昊缓缓睁开了眸子，他已经喝下很多雷劫神液，确信自己道行增长了，且继续喝也不再管用，故此停了下来。

“我想，在这圣祭领域内，我的修为稳固了很多，比肩天神应该可以持续很长时间，且不会突然跌落。”

这是石昊的一种感觉。他坚信，这就是圣祭领域的突破。只要他实力不再忽强忽弱，就会直接成为天神中的王。

“咦？”

石昊惊讶，仙池中有五色彩霞腾起，化成氤氲雾气飘向远方。这雷劫液在蒸发吗？

过去从未有这样的事，今朝怎么如此了？

很快，他发现闪电异常，一时间噼啪作响，宁静的第十重天居然汹涌了起来，雷霆猛烈，声势浩大。

“有人在盗取我的雷劫液？”石昊震怒。

那氤氲雾气溢出，都是没入一个方向，虽然不多，但也让他相当的心惊，这个人手段了不得！

“轰！”

石昊出手，直接镇住仙池，不让一丝雾气飘出。这些都是天价宝液，任何一滴都足以让仙古各族天神为之折腰。

“轰隆！”

这天地像是要翻转了过来，不远处有一股巨大的吸力，撕扯着虚空，扭曲了苍穹。

“这是？”其他人被惊动了，终于明白发生了什么，面面相觑，愕然无比。有一些原住民中的强者跃跃欲试，希望趁乱分得一杯羹。

一个以五色神骨打磨而成的聚宝盆从乌云中冲出，如山岳那么大，绽放光彩，照亮天空。

尤其是盆内规则秩序交织，快速地吞吐天地间的灵粹，想强行收取雷劫液。

这是典型的半路摘桃子，在石昊渡劫成功，最终得见神液时，有人从中作梗，在此洗劫，想要夺走他的战利品。

这自然引得人们哗然，令仙古遗民躁动。

至于八臂魂族等则又惊又怒，他们守护石昊，却有人拦路强取神液，粗暴地横插一手，他们怎能甘心？

“雷劫液属于我等，能化开诅咒，请他交出来！”暗中有人鼓噪。

石昊目光凛冽，站在仙池旁，牢牢地封住了宝液，不让它溢出。

那聚宝盆的确惊人，发出的威能让天神都叹服，却也因此而引动了雷霆，即将遭劫。

那暗中出手的人有些忌惮，立刻松开聚宝盆，不敢过分逼近，万一引来与他境界相对应的天罚，那后果不堪设想。

“交出雷劫液，它属于我仙古遗民！”有人大声喊道，目光热切。

这一声大吼，的确引发了不少共鸣。不管它是谁造就出来的，他们只渴望获得新生，希望解除诅咒。

此时，八臂魂族的古祖开口道：“我当是谁呢，原来是银血魔树族，你们还真是胆大妄为，竟然想要强抢石昊的雷劫液？我倒是很想看一看你能否成功！”

此话一出，各方皆震。

很快，石昊也明白过来，之前五大天神入天劫中追杀他时，也有强者干预，挡住了八臂魂族古祖救援，想必就是此人。

“银血魔树一族！”石昊目光渐冷。

“小道友，你本身并不需要这么多雷劫液，何不送给各位同道，解救我等于危难中，到时候很多人都会念及你的好。”银血魔树族的古祖说着显化了真身。这是一个老者，精神矍铄，在其背后有一株巨大的银色古树，与天齐高，璀璨生辉。

“我的东西，我自然会处理，送给谁不劳你操心。”石昊平淡地说道。

银血魔树族的古祖已经是数次对他出手了，先是去魂岛想要将他强行掳走，而在外界天神进来引发大乱时，又曾探出大手想击杀他，而今渡劫他也要干预，石昊怎能对他有好脸色？

“小道友，你需有一颗仁慈之心。现今这么多的同道饱受诅咒煎熬，你有大量雷劫液，难道就眼睁睁地看着这一切，不想救上一救？”银血魔树族的古祖叹息。

“你倒是很仗义，拿我的东西卖人情，拉拢所有人，却好意思将我置于不义。”石昊冷冰冰地回应。

接着，他又开口了：“雷劫液我不会带走，全部送给原住民。但是，绝对没有你银血魔树一族的份，一滴也不会给！”

说完，石昊脸上露出了冷笑。

“小道友，你的心未免太冷了，何至于此？你若有心，就应该在此平分宝液，将它送给各族同道，而不是你随意挑选的一些人。”银血魔树族的古祖说道，声音冷淡，话里却一直在拉拢一些人，离间一些人。

“既然你这么想要，我就送到你的族中，我看你们敢不敢要！”石昊说着，就开始横渡虚空，带着雷海，从此地消失了。

该族暗中几次加害他也就罢了，现在这个老家伙更是不顾身份强取，还想让他成为仙古遗民之敌，他怎会罢休？

石昊很果断，冲向银血魔树一族的古地。

第十重天劫还没有消失，他闯进了一片山脉中，这个地方银光璀璨，霞光冲天。一眼望去，银血魔树成片，扎根在山岭间，精气蓬勃，蔚为壮观。

除此之外，还有大量的宫殿和悬空的岛屿等，说明此处正是该族重地。

“小辈你敢！”许多人都追了过来，银血魔树族的古祖自然知道他要做什么，这个家伙想在此引动天劫。

“我有什么不敢？”石昊冷笑道。

第十重天雷海原本很宁静，但此时忽然袭向一些生灵，一下子引发了震动，无数道雷向着下方山川劈去。

“速退！”

银血魔树族的古祖大吼，这个年轻人的行动超出他的预料，居然敢再次引动雷劫，如同不要命了一般。现在银血魔树族的古祖反而不敢上前，因为石昊的教主天劫一到，那伴在天劫中的诅咒之力会让他形神皆散。

“小辈岂敢如此，九天十地中都将再无你容身之地！”银血魔树族的古祖怒喝道。

“是吗？你做得了初一，还不允许我做十五吗？”石昊声音冰寒，望向远空，看着密密麻麻跟过来的修士，道，“无论是谁，只要能将他打败，就是我的朋友，我马上送他那一族雷劫液！”

石昊的声音震动了长空。仙古种族众多，的确不乏高手！

第737章 群雄来投

石昊觉得，八臂魂族的一个教主不足以打败银血魔树族的古祖，应该拉上更多人，围攻他，彻底解决大患。

八臂魂族的古祖第一个站出来，尽管知道石昊不会亏待他们，但此时也要表明一下态度。

下一刻，人影攒动，又有人登场，果然是冲着银血魔树族的古祖去了。

仙古纪元有诅咒，蕴含着莫大的危机，一般古祖这个级别的人已经很少了，大多都不能离开部落，多沉睡于浑噩之中。但是今天很特别，他们的族群都在关注石昊能否渡劫成功，连教主也亲自登临此地，故此要出手。

“道兄，你们要做什么，难道就这样被一个外人挑拨吗？那雷劫液注定是我们的，何需伤了和气？”银血魔树族的古祖急忙说道。

“你我两族本就有仇，此时正好解决！”八臂魂族的古祖说道。

“诸位，我不止渡这一次劫，日后还有最强雷劫。我答应，可将你们的族人都慢慢治好！”石昊传音。

“轰！”

下一刻，另外一族的教主出手了，疾驰的身影如风暴般，向前攻去。

“你们……”银血魔树族的古祖震怒，但是此刻情况危急，他不能留在此地，转身便逃。

教主大战，场面绝对震撼，三道身影从此地消失，所有人心中凛然。

“轰！”

天劫降世，雷光万重。

第十重天雷劫比之前的九重天恐怖得多，所以石昊并未招惹这雷劫中的真龙、天凤等生灵，更没有去触碰斩仙台。

这层天劫不去触怒便不会降临。他引动的只是较弱的雷霆生灵，即便如此，这也是一场灾难，山岭中此时雷光闪烁，乱石迸溅，那些银色的巨树全都拔地而起，向远方逃遁。

石昊对抗闪电，同时眉心发光，全面开启神觉。

他锁定了两名天神，都由银色的巨树化成，此时那两人正在逃遁，冲向远方。

石昊嘴角噙着一丝冷笑，疾速追了过去。银血魔树一族屡次针对他，他不得不给他们个警示。

“轰！”

没有什么悬念！

在雷光中都不用石昊动手，那天神就熬不住被雷霆劈中，最后形神俱灭。

“哧！”

大罗仙剑斩出，追上了逃向另一个方向的天神，剑芒惊世。

此人化成一株参天古树，妄图封住剑胎，遁地而走。

“砰！”

雷芒炸开，这是石昊灌注在当中的雷道力量，此时爆发，瞬间引动了远空的雷海。

“不好！”这名天神大喝一声，疾速远遁，但还是晚了。

石昊已经解决完另外一人，一路追过来，抬手间，一把巨大的雷道光剑成形，猛然向前劈去。

“轰！”

整片山脉化成飞灰！

至于此人，身受重伤还想逃，但是石昊真身到了，也意味着雷劫来了。

“噗！”

石昊猛地一拳将他震得飞起，跌入雷海之中。

当石昊返回时，银血魔树族举族皆逃，他倒也不想造孽，只是带着雷霆，疯狂轰击，让所有山峰都化成了灰烬。

一族古地彻底消失。

人们发呆，这可是银血魔树一族号称圣地的地方，居然就这么被攻破了。

石昊很平静，他取出玉鼎，开始收集雷劫液，因为不想耽搁下去了，要尽快结束这一切。

不多时，八臂魂族的古祖还有另一位教主回来了，身上都有点点血迹。

“解决了吗？”这是所有人的疑问，要知道这两人可是去追银血魔树族的古祖了，这是震撼仙古的大事件。

“他逃得太快了。不过已遭受重创，即便活下来，起码一两年内无力再战。”

八臂魂族的古祖有些遗憾地说道。

但是，细想的话也该满足了，毕竟那是银血魔树族的古祖，修为无比强大，怎么可能轻易被击杀？

若非是身有诅咒，银血魔树族的古祖绝对死不了，可以恢复过来。但有诅咒不一样，一旦负重伤，就会被诅咒侵袭，极有可能殒命。

八臂魂族的古祖还有那位教主他们身上的血都是银血魔树族的古祖的，并非自己所流。

此时，石昊身上的雷光终于消失，第十重天的整片雷海不见了。

一瞬间，大旗猎猎，法阵遮天，将他笼罩其中。

这是八臂魂族与另外几族联手所布下的大阵，是早先跟石昊沟通好的，用以守护住他，怕有人乱来。

这时候两位教主上前，都带着喜色，心中激动。

现在并不是每一族都有教主，而能够出战的就更稀少了，这样两个教主守在这里，绝对算是巅峰战力。

“小道友果然是潜质不凡，连神王劫都可渡过，震古烁今啊！”八臂魂族的古祖赞叹道。

“真是一表人才，人中龙凤，不知小道友婚否？我族有位神女天生丽质……”另一位教主很直接，大笑着说道。

他们的赞赏皆出于真心，同时也的确想拉拢这个年轻人，因为族人人数众多，想要全部救治好，一两次雷劫怎么够？

两人都希望跟石昊打好关系，日后才能改变一族命运。

“两位前辈无须客气，请化解诅咒！”

石昊取出玉杯。杯子很小，不过一寸高，给他们各自装了一杯雷劫液，分别递到了他们的手中。

“这位前辈是？”他认识八臂魂族的古祖，但不知道另一人是谁。

“他是丽人族的老族长。”八臂魂族的古祖笑道，接过玉杯，一口饮下五色宝液，当即就盘坐在此，开始运转玄功。

丽人族的老族长未动，为八臂魂族的古祖护法，防止外面有人偷袭。

八臂魂族的古祖早先就已经陷入浑噩，是被石昊赠送的少许雷劫液救活的。

如今，这五色雷劫液明显比上一次的更好，药效更大，故此虽然只是一小杯，但是发挥出了巨大的作用。

一瞬间，他体内便排出阵阵黑雾，化成乌光，在体外燃烧。

"吼！"

一声大吼，八臂魂族的古祖睁开了眼睛，腾跃而起，激动又振奋，他忍不住长啸数声，震得群山都倒塌了。

困扰多年的诅咒，今日终于除了个干净！

"老友帮我护法，该我了！"丽人族的老族长声音有些发抖，见到熟人成功了，他心中骇浪滔天。

片刻后，又一声长啸，又多了一位成功化解了诅咒的教主。

下一刻，所有大旗、阵台都被收走了，此地恢复清宁。有两大教主在此坐镇，根本不需要这些了。他们化解了诅咒，比以往更加强大，再出手时将无所顾忌。

"诸位道友，请上前。"石昊说道，冲着早先一直维护他、有联系的几个大族的族人微微一笑道，准备派发雷劫液。

八臂魂族、丽人族等族的族人全部蜂拥而至，激动得浑身颤抖，话都说不出来了。

两大教主及时拦住了混乱的人群，指了指其中的天神，让他们上前。

瞬间神光滔滔，在场的天神纷纷化解了诅咒，气息震动着这片古地。

这是仙古的大事！

无论多少年过去，人们都不会忘记，一个年轻人分发雷劫液，为仙古原住民化解诅咒，让许多人热泪盈眶。

对于这一切，他们已不知道期盼多少年了，他们之前一直希望有朝一日可以恢复正常，能像外界的人一样不再被诡异力量困扰。

这一日，将会被永远载入史册中，绽放出璀璨的光彩！

"诸位，目前形势不容乐观，仙古遗地出现裂痕，外界的至强者随时可能会进来，当务之急是我们应想办法为最强大的人化解诅咒。"八臂魂族的古祖对众人说道。

化解诅咒必须先从实力强大的人开始，以应付不久后可能出现的变局。

征得各方同意之后，一下多了不少天神，全都盘坐在虚空中，云雾蒸腾，在此化解诅咒。

但凡来这里的原住民，很多大族都有收获。尤其曾对石昊友好以待、暗中没有使绊子的族群都有天神彻底解决了自身的大问题。

当然，还有一些族群眼红，但也只能干看着。这些族群或是攻击过石昊，或是与他曾有过不愉快。

很快，场面沸腾了。石昊被簇拥在中间，被一群天神环绕，此时看起来他是如此的高大与神圣！他解除了一些人的诅咒，自然得到了大家的支持和善意。

“坏了！”不少有敌意的人看得心惊肉跳。

因为石昊周围强者越聚越多，天神林立，怎能让人不畏惧！

到了最后，他甚至又救活两名陷入浑噩的教主！

四大教主并肩而立，场面震撼得不禁让人感叹。

“小道友，我人马族还有古魔族也一直在积极协助、守护小友，还请帮助化解诅咒。”

这两族的人坐不住了，急忙上前，因为他们似乎被遗忘了。

“我曾说过，人马族的马跃、古魔族的魔洛都曾截杀过我，我不可能送给这两族雷劫液！”石昊面无表情地说道。

“你想在仙古作威作福，让所有人听命于你吗？”马跃在远处传音。

“一个外来者，凭什么这般嚣张，雷劫液是仙古所有人都需要的，你这样等于是逼迫我等出手了！”魔洛也传音。

这一次，没等石昊开口，也不用四大教主表态，一些天神就直接动手了，追击而去。

那两人神色顿时大变，亡命而遁。

远空，三千州的修士看得目瞪口呆，石昊就这样聚集起了一股庞大的势力。

无论是云曦，还是月婵，抑或是石昊所认识的其他人，全都陷入了沉思。

这样一股力量，若是带出仙古，绝对是一场大风暴。更可怕的是这股力量还在不断增长中！

此次渡劫，石昊所得雷劫液不仅较上次更多，质量更是远胜上次，故此可以帮助更多人化解诅咒。此时，他直接将雷劫液送给了八臂魂族、丽人族的一些真神。

“小道友不要这样，太浪费了。”八臂魂族的天神赶忙劝阻，希望他先多解救一些高端战力出来，这样就算跟外界发生冲突，这些天神可以保护族人的安全。

“八臂魂族、丽人族等都曾经尽心尽力地保护我，这些宝液一定要分发！”石昊坚持道。

他就是这般，但凡曾经极力保护他的族群，都得到了格外照顾。这样做，此后会有更多人站到他这一边，期待他下次雷劫时多送雷劫液。

果然，这句话引发了轰动，越来越多的人冲来将他环绕在当中。

“这样的联盟，如此庞大的势力，势必要搅动起三千州可怕的风云啊！”远处有人叹道。

第738章 波澜

一场雷劫，影响深远，仙古原住民为之震动。

多少岁月流逝，谁愿走上浑噩之路？又有谁甘心在死亡阴影中叹息？没有人愿被诅咒缠身，都渴望自由与光明。

如今有这样一个机会摆在眼前，各族自然蜂拥而来！

石昊成为中心，被人环簇在当中，受四方瞩目。

当然，并不是每族都真心与他结好，对他们来说，这些举动不过是权宜之计，只是为了换取雷劫液来解救族人罢了。

因为，各族心中都有盘算，仙古遗地若真裂开，与外界相通，那时外界的大教闯进来，一定会有大麻烦。

而且他们已经了解到，石昊与外界的一些道统不睦到了不死不休的地步。

故此，有些族的天神表面亲近石昊，关键时刻会如何那就不得而知了。

当然，也不乏有些大族真的是将自己一族与石昊绑在了同一辆战车上，因为他们还想继续解救族人，他们看好石昊的未来，认为他只要活下去，什么都可做到。

这也是一种押宝！

外界的教主若是杀进来，可能会产生剧烈冲突，但是若能守护住石昊，将来得到的回报注定无比惊人。不用说那药效越来越强的雷劫液，单单只是石昊自身就值得各族庇护。他有三道仙气绕体，若是荣登教主大位，将来谁还会是他的对手？

石昊自然清楚，有些人在浑水摸鱼。此刻他身边虽然高手林立，但是真正的同路人并不多。

沉思了片刻，他便嘴角带着笑意道：“谁将马跃还有魔洛击败，我便将剩下的雷劫液送给他们所在的族群。”

虽然送出了不少雷劫液，但他的手中还有剩余，格外优待了八臂魂族还有丽人族后，剩下的将留给真正出力者。

想要雷劫液，你得拿出诚意来！

早先虽然就有人追击那两位天神去了，不过大部分人都已经回来了，这些人做样子更胜过实际付出。

石昊在心中记住了真正追过去的几人。此时，他抛出这个诱饵，一些人迟疑，一些人毫不犹豫，再次出击。

人马族、古魔族的族人心中难以平静，脸上都露出挣扎之色。

那是他们的天神，自然不想他们死去。

同时，这两族中也有一些人暗中大骂那两人，若非昔日马跃与魔洛贪婪，截杀石昊，想夺其仙种，怎会如此？

这一日，仙古波澜激荡！

石昊去了魂岛，如今他与八臂魂族彻底站在了一起。

“诸位道兄，你们甘心吗？一个外人而已，对我仙古遗民指手画脚，倚仗自己有雷劫液便对各族威胁，分派任务，我等怎能听他驱使？”

这一日，有人走访各族，暗中进行联络，撺掇各族联合起来对付石昊。很明显，这都是对石昊有敌意的人，或者曾经与他发生过剧烈冲突，比如被石昊打败的仙古七天神的后裔，此外还有类似银血魔树一族的强者等，这样的人不可能从石昊那里得到雷劫液，故此极尽所能，从中挑拨，为石昊树立更多的敌人。

而在此期间，马跃还有魔洛暗中更是走访了一些古地，希望将一些沉睡中的教主唤醒，请他们出山。

“石昊手中还有雷劫液，可以解救您和您的族人，掌控他就能得到一切，让您的族群兴盛起来！”

他们很直接明确地告知了已经发生的事。

“不过，石昊与丽人族、八臂魂族走得太近了，不能指望他们主动让出雷劫液，唯有先下手为强！”

马跃还有魔洛寻访的都是与八臂魂族、丽人族等有仇的古地，就是为了激化矛盾，希望战时可以牵制那两位教主。他们声称若可以击败石昊，便可以直接取走雷劫液，不一定非要在他这一棵树上吊死，因为还有可替代石昊的人，比如说他们正在积极联系的宁川。

仙古风云涌动，各方皆不能平静，因为雷劫液的原因，导致一些教主从沉睡中复苏。之前这里的原住民太多了，种族林立，但是教主数量却极其有限，不是死了，就是疯了，再不然就是陷入浑噩了，只有极少部分还能出现。

这是一场风暴！

石昊自然得到了消息，目光冰冷。竟敢这般推波助澜，那两人必须得除掉！

当日，八臂魂族的古祖便亲自动身，本以为那两人不过是天神，翻不起大浪就没放在眼中，不承想他们敢搬弄是非，惹怒了老头子。

杀意骤起，弥漫仙古！

在可怕的荒漠中，几位教主杀到天崩地裂。

居然有人抗击八臂魂族古祖，这出乎所有人的预料。奈何，解除诅咒后，八臂魂族的第一高手实力更可怕了，可以毫无忌惮地出手。

这时那人以灵身扮作真身，缠住八臂魂族古祖，真身竟早已暗中杀到了魂岛，想要偷袭截杀石昊，夺走雷劫液。只是，他失算了，丽人族的教主坐镇在此，而且早先传言早已离去的两位教主竟也现身！

谁都知道，石昊共救了四位教主，结果竟有三人在这里！

“轰！”

一场激战后，此人留下一条断臂，重伤突围而去。

八臂魂族的古祖击败那人的灵身后，寻到马跃还有魔洛的踪迹，隔着无尽远的距离，将他们震得身体龟裂，险些爆碎。但是，他终究没有下毒手，而是将其交给了一直在追击这两人的天神。

“不，你们不能这样，我们是天神，同为仙古遗民，怎能如此！”两人知道害怕了，忍不住大叫。

可惜，那几名天神早已得知他们的所作所为，便不再留情面。

当他俩被送到魂岛，石昊依言送出了雷劫液。

这件事影响巨大，各族无一例外的都心惊肉跳。特别是来自三千州的天才们，一个个直冒冷汗，那可是天神啊！根本就不用石昊自己动手，就有人将对方为他送了过去。现在谁还敢得罪石昊？要是让他不自在了，立马就有人会为他而战啊！

古代的王者，曾经渡过雷劫的强人，就这样避退，一句话都没有留下，更加让人目瞪口呆。

“封住出口，别让宁川逃了！”石昊说道。

当他的话传出时，在人群中引发了轩然大波。人们知道，石昊这是要对六冠王宁川出手了！

果不其然，有天神就开始在这仙古中寻找宁川的踪迹了。谁都知道，想从石昊那里得到雷劫液，必须得有所表示。即便不能击败宁川，也得将其踪迹找到，告诉石昊。当然，还有一些人早已跟石昊绑在一辆战车上，想直接除掉宁川，也在四处寻觅着宁川的踪迹。

这天深夜，有人偷袭魂岛，差点闯进石昊的闭关地，还好有教主坐镇，才阻止了这次偷袭。

石昊蹙眉，感觉情况有些复杂与危险。尽管在三千州的天才看来，他现在势力极大，才二十岁而已就能号令各方天神，但是他知道，自己如今被架在了火炉子上，情况并不是那么乐观。

仙古一旦与外界相通，外界的教主杀进来，那他多半会危在旦夕。此外，这片遗地中也还有其他教主盯着他手中的雷劫液，比如刚才的偷袭者，因与八臂魂族等有仇，只能强抢。在这里继续待下去的话，也许一个疏忽就可能会有性命之忧。

即便如此也还是有好消息的，第二天又有一位教主登门拜访，这个教主本来已经处在浑噩的边缘，却被石昊援救。现在他这一边有了五位教主坐镇，实力更胜从前。

“有两三位教主是不可能化敌为友的，与你追杀的天神有关——他们与银血魔树族的古祖是莫逆之交。”丽人族的第一强者说道。

石昊蹙眉，道：“我不想在魂岛待下去了，是否有更好的地方能阻挡敌对教主的脚步？”

“有是有，但是太危险了。”八臂魂族的古祖说道。

当石昊听他详细讲述后，立刻心动了。原来他从几位教主口中得知了几处古地，那里虚空不稳，对任何境界的修士来说都有危险。他原本就想去寻机缘，得造化，磨砺己身，进行蜕变。

“还有一株天神树？我必须得去！”石昊说道。

当得悉其中一个地方有天神树，另一个地方有仙家洞府时，他觉得无论如何都要走上一遭。他有一种预感，自己马上就要离开仙古了，在离去前，尽一切可能了解得更多。

“唉，白龟驮仙，若是能捉到就好了！”这是石昊一直以来的愿望。

“我告诉你一个秘密，这世间天神树只有四株，但属性不同，若是合一便可演化为一株母树，成为真正的长生药！”丽人族的教主说道。

“什么，还有这种说法？”石昊目瞪口呆。

“没错，分别对应地、火、风、水，原本是一株无上仙药，结果曾被人以大法力分开，化成了四株。”另一位教主补充。

石昊思忖，他曾经见到过一株，跟“白龟驮仙”在一起。现在，他又得悉了其他天神树的消息，怎能不动心？

“仙古破开后，那只白龟肯定也会出现的，想办法跟它要那株树。”石昊说道。

“报！寻到了宁川的踪迹！正在被几位天神追捕！”忽然，有人登岛，禀告消息。

石昊本想离去，突然得到这则消息，顿时大喜，道：“我先解决掉他！”

第739章 古地

人们纷纷猜测，宁川可能是受圣祭影响严重，目前处在虚弱期，不然一般的天神少有人敢追捕他。

只有石昊清楚地知道，此人利用圣人木突破到了圣祭领域，成就了神王位！

“不能让他跑了，追！”石昊很迫切，这是追捕此人的最好机会，不然的话，此人将来必定成为心腹大患。

“你要亲自动手吗？”丽人族的古祖问道。

石昊心头一动，道：“还得有请几位前辈一同前往，免得他逃脱！”

“好！”

“过去看一看！”

有两位教主跟随，要过去一探究竟。他们马不停蹄，疾速赶向某一小千世界。

这一天，各方小千世界都被搅得一片嘈杂，天神追捕宁川引发了巨大波澜。白衣六冠王，那是何等的辉煌，号称同境界中古今无敌，在同辈中就没有遇到过可以击败他的对手，而今却是如此的狼狈，被人追逐。有消息称，他原本在闭关修炼，结果意外被人发现正处在虚弱期，因此引动一些人数十万里大追捕。

“石昊来了，要亲手格杀宁川！”

“那个渡过天劫、成就神王位的年轻至尊真身驾临，要与宁川了结恩怨，果然有大事情发生！”

许多人都充满了期待，想见证两强对决。

不过，大多数人都不看好宁川，因为他虽然踏足圣祭领域，但毕竟一直还没有渡天劫，仅凭这一点就说明他落后了一步。最为关键的是，他正处在虚弱期，若是他不能立刻复原，则必死无疑，怎能对抗石昊?

所以，他何时复原是关键。现在外界都在传言，白衣六冠王将死，这丰神如玉、比女子还要美丽的至尊要殒命于此了。

“可惜了六冠王，难道就要这样折在此地？六世称冠，号称不败，这样落幕未免太可悲了。”即便是三千州的天才们也都露出复杂的神色。如今他们心中的一座巍峨的武道丰碑要被人撞塌了，心中岂能平静?

所有人都觉得，宁川要完了！

“出现了，宁川被人锁定，出现在青灵界！”

“坏了，这下他必死无疑啊，被人跟踪彻底锁定真身，再也无法逃了！”

不断有消息传来，各方震动，修士蜂拥而去。

石昊他们已拍马杀到，马上要去结果宁川的性命。

“轰！”

突然，一阵可怕的声响传来。居然有人袭击石昊！是教主级的波动，剧烈无比。

这一刻，所有人都愕然，张口结舌地望着天空。

那是一只手，遮天蔽日，方圆足有数千里，将一切都覆盖在下方！

那种气息太过强大了，强大到让人窒息！

原来是无上教主出现，在此截杀石昊。

“是宁川！”有人惊叫。

因为，那无上教主是从宁川身边显化而出的，显然是一直与宁川同路而行。

这一刻，许多人汗毛倒竖，打了个冷战。原来这就是一个局！宁川与教主合谋，以自身当诱饵，引石昊出现，而后由至强教主竭尽所能出手，在此劫杀石昊。早先还在说六冠王将要殒命的人，现在反应过来了，这根本就是为石昊准备的葬身之地。

“原来如此，石昊躲在魂岛，那里不仅有几位教主，还有护山大阵，很难击败他，现在则不同了！”

好一个引蛇出洞！

此时大手遮天欲覆盖着石昊，然而一道犀利的剑芒冲天而起，刺向那只大手，抵住了教主的威压。

“哼！”

天空中强者无惧，且有人相助，冷哼传来，一杆金色战矛从天外刺下，气息恐怖滔天，也是刺向石昊。

很显然不止一位教主在此。

“轰！”

接下来，人群沸腾了，天空中出现了三大教主，包括那银血魔树一族。

而地上只有两位教主守护着石昊，很明显实力不对等。

“快走！”忽然，天空中传来喝声，一位教主抓起宁川，立刻远遁。

“追！”

地上有人喝道，一晃眼间，又有三大教主现身。

“你不是得到消息，说只有两人跟他出来吗，现在怎么五人都现身了？”银血魔树族的古祖愤怒了。他请来帮手，想要击败石昊，绝了八臂魂族他们那几族的希望，谁曾想事情有变?

三大教主狼狈而遁，不敢停下来拼杀，火速突围。

遭此阻截，石昊并不意外，在出门前丽人族教主就已经点醒他了，故此他表面请两位教主跟随，事实上暗中将几大高手都带来了。

“没想到一个疏忽，可能就会遭遇不测。”石昊轻叹。

有些可惜，这次没有拿下宁川，对方根本不是被发现的，而是自己故意泄露行踪，与教主合谋，想要引他出来。

“下次再办你！”石昊咬牙自语道。

只是宁川踏足圣祭领域，手段通天，又有教主庇护，若是有意隐藏，很难将他寻出，只能另等机会了。

不久后，石昊秘密上路，冲着那大机缘而去。

这是一片古地，地上没有植被，也无水泽，放眼望去都是大戈壁，缺少生机，甚至连太阳都不可见，飞沙走石，整日被风暴所淹没。

在那虚空中，有一些裂缝，正在向外吹出罕见的黑色罡风，威力可撕裂真神，非常恐怖。

很早以前他就已经知道天神树的一些情况，是在葬界得到的消息，甚至见过残缺的古图。今日果然得到证实，此处虚空不稳，别有玄机，这罡风就是从里面吹出来的。

石昊顿了顿，从一个虚空黑洞闯了进去，进入一片奇异之地。

刚一进来，就有虚空大裂斩劈来，响声剧烈。

果然像丽人族教主所说那样，这里面太危险了，空间波动，一般的神祇进入，动辄就会被撕成碎片。

石昊的肉身经历过最强天劫的洗礼，如今踏足圣祭领域，已成为一尊神王，自然无惧。

他闯了过去，冲进这片古地较深处，看到了各种破败与荒凉的景象。

大地焦黑，像是被焚烧过，也不知道过去了多少岁月，至今依旧寸草不生。

石昊踏足进去，“轰”的一声，一片烈焰倏地腾起，差点让他肌肤爆裂！原来是太阳火精，璀璨无比，金黄盛烈。

他急忙撑开唯一洞天，进行对抗。

这种火焰很可怕，不过他历经过诸天道火洗礼，早已适应了，还好这里没有遭劫，不然一般人闯进来很可能对抗不了。

一路上，他遇到了各种凶险，这让他有些怀疑，是否真有天神树存在。

“咦，到了！”石昊停下了脚步。他见到了密集的闪电，在虚空中交织，化成狂雷，呼啸而过。这是一片诡异之地，充斥着暴烈的雷电，带着天劫属性。

石昊进入当中之后，立刻明白了，这东西太诡异了，有些地方只是一般的闪电，却引来了与境界相符的天劫。

这是什么地方？竟如此可怕！

雷暴很多，天上地下到处都是，轰隆隆作响。

在这里，石昊看到地上有很多发光的粉末，仔细察看了一下，竟然是骨粉！

天神的骨粉！

可以想象，当年贸然闯进来的人遭遇了怎样的劫难，才会惨死在此地。

然而也不是每一寸空间都会引来天劫闪电，此地也有普通雷电，但是想要借此进去却要靠运气，不可预测。

“难怪自古以来也没有几人能在此地采摘到天神果。”石昊自语道。这太艰难了。

这片地域很广袤，石昊疾速穿行，硬扛雷劫，走了足有数千里。

闯过这片区域，他身上的衣衫早已化成灰烬，皮肤也略带焦黑色，但并无大碍。

略微休整，石昊继续上路。

终于，他看到了植被，这土地不再焦黑，没有了火焰，也无雷光，有郁郁葱葱之色。

可惜，他没有见到什么天神树。快速闯过这片绿地，他又遇到了雷霆阻隔。

“真是怪了，怎么会有这么多带着天劫属性的闪电，难道仙古一战打坏了天地，让天劫都出了问题？”

石昊继续赶路，两日后又遇到了异常的景象。

前方，有一座山，巍峨无比，超过了云层，仿佛与天齐高，有强大神灵的气息，在这片长有植被、却缺少强者的地带，自然显得很诡异。

于是他冲天而上，越过云层，当看到了山顶的情况后，顿时睁大了眼睛，露出喜悦的光芒。

那里有一株古树，苍劲如龙，比在仙药园中见到的那一株还要粗大，枝丫绚丽，光芒耀眼。

这是一株天神树！

其叶片为土黄色，摇曳时，会放射出金黄光芒。当光芒闪耀到极致时，金色中带着炽热，万千金黄叶片摇动，哗啦啦作响。

最让石昊高兴的是，树上开满了花朵。除此之外，在他仔细观察之下，居然在树叶掩藏的枝丫间看到了一些果实，正如同太阳般发光，虽然不多，但足以让他心头震撼。

那是天神果！

这株有花与果实的古老神树，居然真被他寻到了！

第740章 天神树

真的寻到了！

石昊又惊又喜，看着巍峨神岳上的那株古树，心中无比激动。

他一步一步接近，隔着很远就能感受到那株神树独有的气息，古树的金色叶片、花朵、枝干、果实等莫不弥漫着精气。它很高，也很粗大，树皮开裂，如巴掌大的鳞片展开，整株树体呈金黄色。

“年轻人，你是幸运儿，居然走到了这里。”古树开口。

很明显，天神树不是一般的药草，是真正的强大生灵，仅结出的果实都可以让人成就天神位，更不要说它自身。

“见过前辈。”石昊相当的客气。

他已经看出，此株古树比之前在仙药园见到的那株要强大很多，因为那一株遭受过重创，树干都快断裂了。

眼前这一株如同一条黄金天龙在蛰伏！

“唉，老天真是不公，看你小小年岁就快比肩天神了，枉我修道无尽岁月却始终不能突破。”古树叹息。

身为天神树，可结出大道果实，能让别人成为天神，这是何等的惊天？

可是它自己却被天地压制，很难修行。它的路早已断，不能成为真正的无上高手，如今也只是天神巅峰，一只脚迈进教主行列而已。

但总的来说，它比其他神药要幸运，总算有强大的战力。

须知，无论是虚天神藤、渡劫神莲等神药，还是白龟驮仙这种无上长生药，虽然有惊天的药性，但都不可进行深层次的修行，实力不强。

“我辈虽可修行，却被生老病死困扰，不得长生。而前辈生而为天神，自古不朽，寿元绵绵，无穷尽之时，坐看世间一代又一代天骄归于黄土，实属超然在上。”石昊说道。

“你倒是会说话，我的境地不过如此，有苦自知。若非扎根在这劫土中，早已被人掳走，当作神药栽种。”黄金古树答道。

“罢了，既然你能来此地，你我就是有缘，我送你一颗天神果，让你稳固道行，成就天神位。”它这般说道。

石昊心头火热，他自然也想尽快突破，时不我待，越是强大越好。因为他知道乱世要来了，唯有自身修为达到巅峰，才能更好地活下去。

他委婉地表达，可否能多得几颗果实，因为他见到那树上黄澄澄的果实可不是只有一两颗。

“很不巧，只有一颗果实成熟，其他的不是花朵，就是还很青涩，服下也无用。”金色古树摇头，枝叶哗啦啦作响。

石昊闻言只能作罢，顺便虚心请教，服下天神果都有哪些妙用。

“最起码可以让你百害不侵，秽气不临体。”古树说道。除了能瞬间成就天神位外，还有这等妙用。

“百害不侵是怎么回事？”石昊问道。

“可避雷击，可挡火劫，可抗水祸……”天神树娓娓道来。

还未来得及听前辈说完，石昊脸上的表情就变了，可避雷劫，这怎么行！他每一个境界都要渡劫，要淬炼己身啊。

“前辈，那雷劫……”

“哦，我忘记了，这一纪元很难见到雷劫，有此药效与否都不影响什么，不用担心。”古树缓缓说道。

“怎么能不担心，我可需要渡劫。”石昊说道。

“什么，你说你渡过天劫？”天神树吃惊。原本他以为石昊是个幸运儿，是从外面意外闯进来的，而非硬扛天劫降临。

“我已经渡过三次天劫了。”石昊点头。

瞬间，他感觉到一股强大的神识扫来，随后这株古树探出一条金色的枝条，搭上了他的肩头。

“好强的肉身，拥有经历过雷劫洗礼的元神！”天神古树才一触碰到他，就感觉到了不同的气息，大为震惊。

石昊并未抗拒，因为他有比肩天神的战力，可以随时保护自己，而且他已看出老树没有什么杀气。

“前辈，你久在此地，对外界都陌生了，可愿跟我出去？”石昊试探。

他本身就已经比肩天神，吃下果实后也无太大意义，而且万一因此无法引来天劫，那就麻烦大了。但是可以帮助亲朋故友，毕竟这是一株无上神树啊！

此外，他觉得修为还是靠自己扎实修来为好，这样突然一下子成就天神位，总让人不踏实。

但这株树对他来说依旧拥有莫大的吸引力，若是能带回石村，让族长爷爷吃上一颗天神果，就不用担心他一天比一天衰老的问题了。

石村那么多人，若是让那些阿叔、伙伴都吃上一颗天神果，不仅能让他们变强，还能在接下来的岁月中继续相守，而不至于看着一个又一个亲人衰老、死去。

至于自己的祖父大魔神，石昊相信，他自己也能修到天神位，真要是不行，自然也会让他服下天神果。

所以，他盯着古树，不知不觉间眼睛已经开始冒绿光了，恨不得立刻将其挖走。

“小子，你想干什么？”天神古树被他看得发毛，总觉得此人别有企图。

“前辈，外界要大乱了，太古的盟约、边荒、广袤无人区等，一个个问题都将爆发，世间大乱，你这里将不再是净土。仙古遗地所在的空间也出现大裂缝，即将与外界贯通。前辈理应早作打算。”石昊说道。

“你说什么？外界怎样了？”天神树露出凝重之色，详细询问。

当它从石昊口中了解到详情后，树干上显化出的老脸面色阴沉。

外界发生了这等事，仙古都将不复存在了，那么这片不被外界打扰的古地多半也要跟三千州连通。

“若是能跟那长生之地贯通就好了。”天神树自语，但是它知道多半不现实。

“前辈，晚辈愿领路，请前辈出去。”石昊说道。

“就凭你身在圣祭领域中，如何保我，外面可是有一群教主呢，到时候我注定会被人掳走，最后被栽进药园子中。”天神树说道。

“前辈，我才二十岁，就已经有如此修为成果，若是再有几年呢？眼光需长远啊！”石昊微笑道，他打定主意，要带走这株古树。

二十岁，就能比肩天神，这修为绝对是无与伦比的，就是在上一纪元也称得上不凡了。

下一刻，石昊不加掩饰，完全释放出三道仙气，在头顶上方结成三朵模糊的大道花瓣，日月精华，随之而动，且与诸天道相呼应。

天神树惊得一跃而起，根茎从泥土中拔地而起，呼吸急促，树叶剧烈摇动，满树金光璀璨。

“三道仙气，你竟然走到了这一步，就是在上一纪元也是少有的年轻至尊了！”

这让它深感意外，大受震动。在这个天地大变，逐渐走向“末法时代”的纪元中，还能见到如此修道奇才，着实令它心头震撼。

天神树的态度一下子变了，早先它可以淡定，现在则不能平静了，觉得遇到了一个“靠谱”的强者，也许可以跟着走出去。

接下来，一老一少相谈甚欢。

天神树微微摇动，从那些金色叶片上滑落下一些甘露，居然带着淡淡酒香，它请石昊喝了一杯。

“这不会也能避雷劫吧？”

“不用担心，这只是天地甘露，被我酿成酒浆了。”老树说道。

连石昊都没有想到，此行如此顺利。天神树已经动心了，很可能会跟他一起离去。

但有些问题不得不考虑，天神树告知石昊，它这么繁茂，跟在石昊身边太过显眼，到时候一定会引发各教残酷的争夺。当然，它可以缩小藏在空间法器中，可这样会影响它生长，果实容易脱落，不是办法。

石昊也蹙眉道：“没有其他办法吗？”这么大一株古树，除非栽种进补天教、仙殿、冥土这些地方，不然在他手中肯定保不住，太招人嫉妒了。

“你若是能寻来那万物土，我即便化成一尺高，也可在当中涨势旺盛，道行精进，结出累累硕果。”

“我本来有万物土。”石昊道，想到了从钧道手中夺来的那一盆土，只是已经送给了小兔子。

此时，天神树又告诉石昊，在这片古地深处也有万物土，疑似蕴含着上一纪元的秘密。

石昊大喜，既然此地有万物土，那最好不过了，若是能寻来就可以直接将老树带出去了，还不用担心被他人发现。

他正准备上路，天神树又百般叮嘱他前方很危险，就是它也不敢闯，要小心路途上的最强雷劫。

石昊笑了，他就是从雷劫中闯过来的，已经渡劫三次了，对其他人来说这也许是必死之局，但他根本无需畏惧。

果然，在这片山川中，有的地方植物葱郁、祥和平静，但有的地方一片焦黑，寸草不生。

石昊蹙眉，最深处的雷劫果然可怕，威力巨大的闪电不时劈落而下，更有一些电弧化成生灵，张牙舞爪，向他冲来。虽然也能找到相对安全的路，但下一刻就可能会雷电淹没，想要顺利通过，除非有大气运，不然就得有秘宝。

前行了数日，石昊看见了一座石拱桥，通向一片净土中，那里草木晶莹透亮，霞光万丈。

石昊踏在青石上，向那里走去，结果一道雷霆差点将他劈成了一块焦炭，若是一般人，恐怕当场就被击毙了，好在他的修为颇高，并无大碍。

隔着还很远，他遥遥看到当中的一些景象，净土深处有一块地方，各种异象纷呈，光华流淌，神圣无比。

“万物土！”石昊大喜。

同时，他也很震惊，因为那万物土有诸多异象，很是神秘。最让他吃惊的是，土中霞光点点，如同镜子一般，映现出一个女子的身影。

“怎么有点熟悉？”石昊当场就有点发呆，感觉认识她。

第741章 魔女

他瞧着有点熟悉，可是细看的话，似乎又不曾见过这个人。石昊心里直犯嘀咕，看了又看。

不过，那终究是万物土映现出的身影，有些模糊，不是真身。

净土中，草木很多，有许多都是数万年的古药，不乏圣药，遍地芬芳还有流光，神圣无比。

石昊临近，撑开唯一洞天，小心戒备，即便这个地方看起来毫无危险，他也很谨慎，因为涉及万物土，它的来头实在太大了。传闻，它可滋养万物，保持不朽，即便是尸体葬下去，漫长岁月后都可让其复苏，更不用说其他妙用了。这种东西在仙古纪元时就价值无量，一般都掌握在无上强者手中。据说，仙王在殒命前，都会设法寻到这种至宝，将自己葬进去，期待来日复活。当然，这种复苏就不能简单地以一年、两年来衡量了，很有可能是数万年，甚至一个纪元那么久远。

石昊想到这些后，自然心头一震，难道说这下面埋葬着什么东西？当日，在神药园中，他也见到了“白龟驮仙”所拥有的万物土，那个时候石昊曾怀疑，那株长生药可能是一尊仙王所化。但是他并无证据，仅是猜测而已。

如今眼前所见，此地万物土不少，可以与仙药园中那块相媲美，方圆都是一丈。

“别告诉我，下面葬着一位女仙王！”石昊轻语道，心头略微紧张。

他已经走到近前，面对着这片神土。

万物土，如同沙粒般，颗颗晶莹，泛出蓝光，一片迷蒙，腾起薄烟，如同云雾，无论怎么看都很圣洁，一点儿不像是土，倒像是天地间各种珍贵的宝石磨碎后放在了一起。

石昊动用法力，将这万物土分开，一点一点地挖掘，想看一看底下到底有什么。

他扒开一些沙土，不一会儿就见到一只雪白的玉足，不大，晶莹洁白，如同玉石雕刻而成。

“见鬼了！”虽然早已猜到下面可能埋着尸体，但是真正挖出来还是让他大惊失色。

石昊小心地触碰了一下，肉身温润，富有弹性。

他不得不感叹，万物土功效惊人，果然可以保持生灵不朽，即便经过了漫长岁月都不会腐烂。

真是仙王吗？但在当世，连仙都没有，更不可能有人走到仙王那一步。

“活着的仙没见过，看一下死去的仙也不错。”石昊自语，想见识一下仙王究竟有何与众不同的地方。

只是，他有点狐疑，此仙王并无可怕的气息弥漫，也没有惊世的波动散出，与此前看到过的仙尸不太一样。

“哧！”

突然，一道剑光扫来，全力斩在石昊肩头，血光泛起，若非他躲避迅速，头颅就被斩落了。

剑芒犀利，好似无坚不摧。

石昊动作迅捷无比，不一会儿已站在了数丈开外，脸色阴沉。

“有法阵？”他目光闪动。

隔着很远，他施展大法，将万物土扒开，本是繁复奥妙的法阵，但不知道什么原因，那法阵破损，残缺不全，像是经历过焚烧，布阵材料都熔化了。

“幸好我反应快，不然还真是麻烦。”石昊松了一口气。

这次，他毫不客气，走过去后直接抓住那女子的脚踝，将她向外拉，毫不懂得怜香惜玉。

不得不说，此女子拥有完美的肉身，玉足无瑕，接着露出的双腿修长笔直，雪白如玉，美到令人惊叹。

她裸露着小腿，要害之处皆覆着乌金甲胄，雪白的肌肤与乌光闪闪的护甲交相辉映，衬托出其曼妙的身段。接着，这个女子被石昊完全拖拽了出来，腰腹以上半截果然如预料般完美，可谓是螓首蛾眉、仙姿佚貌。

这是一个丰姿绝世的女子，令人神魂颠倒，就是以石昊挑剔的眼光来看，也让人惊叹不已。

但是美人双眸紧闭着一动不动，横躺在沙地上，如同熟睡中的仙子，恬静安详，似乎随时都会醒来。

石昊确信，此人他是第一次见到。

“可惜可惜，这等绝代佳人，极有可能是真仙，若是留在身边当丫头，想想就让人激动啊。”石昊惋惜道。

当然，这是他一厢情愿地“大放厥词”，虽无法直面活着的真仙，这样随便说两句还是可以的。

“咦，不对啊。”石昊突然大惊失色，向后退了两步，因为他发现这女子长长的睫毛在微微扇动，仿佛要睁开眼睛一般。

不知为何，他有一股莫名的熟悉感。

怎会如此？这女子虽然姿容绝代，是一位倾城丽人，但他的确不曾见过，这容貌跟以往的故人都不一样，为何却会有种熟悉感？

瞬间，女子身躯开始发光，肉身晶莹，且鼻端竟好似有了呼吸。

石昊愕然，她……真要活了？

“不是仙道气息，难道说……”石昊像是想到了什么，快速出手，结下法印，向前按去，想先一步抵住其要害。

“唰！”

下一刻，此女睁开了眼睛，一双眸子如同星空般深邃，闪动慧光，满头秀发飘舞，整个人立刻有了一种超凡的空灵气质。

“砰！”

石昊是何等高手，三道仙气冲出，向前压去，笼罩了她的全身，让她难以躲避。

这女子太诡异了，他想先发制人。

哧！

不承想，这女子法力高深，纤纤玉指点出一道神光，内含一颗可怕的石珠，带着她横移，疾速躲避了出去。

“小贼，你敢偷袭我！”就在这时，这女子带着嗔怒开口了。

石昊止步，有些发呆，盯着她看个不停，感觉越发熟悉了。

最后，他醒悟了，道：“是你！”

这名女子站在万物土上，身材高挑修长，几乎快与石昊一般高了，肌肤雪白发光，如同象牙一般，一头黑色秀发披散，身材傲人。

“你这忘恩负义的家伙，居然摸到我闭关之地，还想对我图谋不轨。”女子不满道。

乌黑的长发光可鉴人，披散到腰际，与羊脂玉石般的肌肤形成鲜明的对比，再加上那要害部位的金属甲胄闪动着凛冽光泽，让她拥有一种与众不同的绝世风情。

“魔女……真是你！”石昊有点哑口无言，无论如何，他也没有想到会在这里把截天教的魔女挖出来。

这名少女跟月婵是对头，无论是在下界，还是在上界，两人一直在纠缠决斗。自从进入仙古后，石昊就知道早晚会见到她，然而一晃几年过去了，都没有她的音讯，直到今日才意外发现。

谁能想到，她会把自己埋在万物土中。

“我在闭关。”魔女瞟了他一眼，整个人有一股惊人的灵性，如同一个狡黠的精灵般，空灵而出尘。

“你怎么跟以前不一样？”石昊有着太多疑惑。魔女气质超凡，并且容貌跟以前不一样了。

“真是可恶，修炼那种天功，将法阵还有我的衣服都焚毁了。”魔女咕哝，对自己的装扮似乎非常不满意。

“唰！”

只见一件白色纱衣飘舞，遮住其躯。

“今日，我们才算真正相见了。”魔女浅浅笑道。

“魔女，你……以前去见我，都是灵身？”石昊满脑门子冷汗。

真是可恨，这个女人太狡猾了，当年多次见面，难道全都是灵身吗？

第一次相见时，是在北海鲲鹏巢，那时她是一个狡诈而活泼灵动的少女；第二次相见时是在石国帝都，那时她是九尾天狐仙子；后来，她显化出第三种姿容，依旧狡黠、漂亮，曾跟石昊联手，捉过月婵。他以为第三次相见时，魔女已经是真身了。

“这才是我的真身，以前都是灵身跟你碰头，你那么狡猾，不防备一手怎么行？”她笑嘻嘻，双眸眨动，一副满不在乎的样子。

石昊咬牙，这丫头滑溜得跟泥鳅一样，都合作很多次了，居然都没有现出过真身。

若非这次意外把她给挖出来，还不知道何时才明白呢。

石昊睁开天眼，射出灿灿神光，确信这不是灵身，而是一具真身。

“小石头，你敢占我便宜！”魔女迅速移开身体，并且释放出璀璨符文，干扰其天眼，使之不能望穿。

“你蒙骗了我几年，还好意思说我占你便宜。”石昊神色不善。

“喂，几年不见，你跟月婵如何了？”魔女转移话题，并且冲着他招了招手，笑得很甜，道，“别这么死板，故人相见，应该欢喜相庆才对。我送你一桩造化，这万物土归你了。”

“你不说，我也要收走，我自有大用。”石昊没有急着询问她怎么会出现在此地，先取出一口骨鼎，开始收万物土。

“嗯，怎么会这么重？”才收了一半，他就觉得不太对。任凭他怎么发力，万物土都难以一下子全部收上来。

“我来助你一臂之力。”魔女笑嘻嘻道。

半刻钟后，石昊冒汗了，魔女也是在拼力气，跟他一样，消耗很多元气。

石昊面色一沉，道：“刚一见面，你又利用我，也好意思说是故人？”

“别这么小气，当年我可是送给你一位娇滴滴的补天教圣女，今天让你给我搬走一些沙土便不愿意了，真是太没良心了。”魔女说道。

这下面绝对有东西拥有奇异之力，禁锢着万物土，使其不能全部被收上来。

也不知道过了多久，石昊才收走七成的沙子，而后他看到了沙土下出现一个人形轮廓。

心头一震，他望向魔女。

“下面还躺着一个人！难道这才是正主？是一位仙王！”石昊跟见了鬼一般，这万物土最下方原来真的葬有生灵啊，魔女胆子可真是不小！

“别看我，如果不是为了炼成天功，你以为我愿意躺在地下啊，我需要万物土护持肉身不坏。”魔女白了他一眼道。

“你是怎么来到这里的？”石昊问道，没有急着挖掘下去。

“我看到一个染血的天地母气鼎，载着人，破碎虚空，便一路追了过来，结果就到这里了。”魔女满不在乎地说道，还伸了个懒腰。

“你说什么？”石昊一下子想到葬界黑渊下那座古老祭坛上所见到的鼎，不属于过去，不属于现在，只为他而来！

“它……去了哪里？”石昊一把抓住魔女的雪白藕臂。

“喂喂喂，你抓错人了，我可不是月婵哦。”她轻灵若仙，一下子又躲了出去，给了他一个大大的白眼。

“喏，就在这万物土下。”她补充道。

石昊发呆，吃惊地望着脚下。

第742章 一滴帝血

让他记挂且心有忌惮的天地母气鼎居然在这里，就在万物土下！这让石昊怎能不惊讶。

“你不是在忽悠我吧？”石昊看向魔女。这个少女很狡猾，所说的不一定是真话，而且土下分明是人形痕迹，哪里是鼎？

魔女袅袅娜娜，青丝披散，皎若明月，灵若谪仙，此时露齿一笑，道：“骗你有什么好处？”

她过去喜着黑色长裙，肤若凝脂美玉，无比妖艳，而今却白衣胜雪，有种超凡脱俗的气质，有些不一样。

“你想抢你对头的风采吗？”石昊看着她。

“哼，手下败将，当年我只出动几具灵身就已将她收拾。对了，那月婵小娘子如何了？”魔女身段高挑，轻轻用手拢了拢秀发，眸波流转，超然的仙子气韵变了，瞬息之间千娇百媚，动人心弦。

石昊看着她，这魔女果然一如过去，是个难缠的角色。

“月婵当年也非真身，你应该知道，我们捉到的只是次身而已。”石昊说道。

“哎哟，叫这么亲热，你该不会真跟她有了什么吧？我还真没看出来，当年你还是一个小孩子，站着还不到我肩头，那么小的年纪就一肚子坏水。可怜可叹那月婵，一世仙名竟败坏在一个毛头小子手中！”

魔女此时摇头晃脑，一副惋惜的样子，可是大眼中却闪动灵光，看着很是开心，分明在暗自幸灾乐祸。

石昊额头冒冷汗，魔女所言有一半非虚，几年前他的确未成年，年龄不算大，但身材绝不矮，怎么可能才到她肩头？

“刚一见面你就埋汰我是吧？”他紧紧盯着魔女。

“跟我说一说，我那手下败将怎样了？”魔女很感兴趣。

“她……很好。”石昊说道。

“咦？”魔女像是发现了新大陆，神情古怪，长而卷的睫毛眨动，嘿嘿地笑了起来，道，“真有内情？”

这样四个字，听得石昊眉毛直挑，瞪向她。

“没有想到啊，当年的毛头小子，胆大包天，真敢做坏事！”魔女神采飞扬，笑个不停。

“你少胡说八道！”

“还不好意思了？我一看到你的表情就知道你们两人绝对出了问题。哈哈，太有意思了，日后我见到月婵，看她还怎么在我面前装不食人间烟火的仙子。”魔女笑得很灿烂。

“小贼，还是找你的仙子去吧，我可没时间跟你斗嘴，得修行，得成仙，将来我不介意去看望月婵，哈哈……”她笑得很舒畅，身段摇摆，特别放松，如一朵娇艳的仙魔之花在摇曳，美丽而惑人。

石昊忍不住出手，三道仙气流转向前抓去，想要攥住魔女的莹白藕臂。

“喂，正事要紧，我可不想跟你打架。”魔女催动仙气，一颗石珠出现，散发威压，雾气弥漫，裹着她倒退。

见状，石昊没有再耽搁，开始挖掘，万物土逐渐被他收起，放进了那口骨鼎中。

果然，下方的东西有着巨大的力量，吸附着万物土，使其越来越难以取出。

最后，地下的东西露出了真容。

“仙王吗？”魔女心惊。连她都收敛了笑意，严阵以待，怕出什么变故。

五光十色的万物土下方，有一个人趴在那里，一动不动，甲胄暗淡，充满裂痕，没有一丝的光泽。

但是，它却给人以神秘、不可侵犯的圣洁感，即便早已破损，也依旧很不一般。

“真的是一位仙王吗？”连石昊都震动了。

一直听闻万物土非真仙不可拥有，用以栽种长生药，或者埋葬己身，保持不朽，非常珍贵。

如今传言成真了，石昊露出凝重之色，盯着土里的情况。他与魔女竭尽所能，收起那些发光的土，让这尊仙体全部露出。

“一位女仙？”

“咦，不对，没有尸体，人呢？！”

他们忽然一震，这甲胄非凡，如同有人穿戴着一样，不曾凹下去，埋在土中。可是全部清理出来后却发现，只有呈人形的甲胄，却不见其主人。

这副甲胄，曾经属于一个女子！

“这东西是什么材质，难道是某种仙金？”石昊先是摩挲了一番，而后用力去捏，结果发现这甲胄虽说早已有诸多裂痕，但仍然坚固。

它古朴而低调，没有绚烂的光泽，但是毋庸置疑，这是绝世珍稀的战衣，若不是破损了，肯定会震惊世间。

“其实想一想也可以知道，当年曾有一位仙道女子自知要殒命了，将自己葬在了这里，只是真身呢？”魔女说道。

随后，她转过身，看向石昊道：“万物土归你，这甲胄我要了。”

石昊试了试，这甲胄没有任何反应，已经半废，除却坚硬外，没有一点出奇之处，不过他知道肯定还有古怪，但也没有争，点了点头。

因为，他也有一副破烂甲胄，疑似与雷帝有关，这一副不如就送给魔女，本来也是她先发现的。

“咦，有光雨、飞仙光雾。她是飞升了，还是羽化了？”魔女吃惊。

石昊也吓了一跳，这甲胄莫名其妙地发光了，从内部飘出一些光雨还有雾霭，像是有一具无瑕之躯在里面散掉了。

这种景象有点古怪，也很惊人。

“无上高手死去，有人愿意留下遗蜕，有人则喜兵解，回归天地中，这多半是后者。”石昊道。

“能够达到那等境界，定是一代奇女子，只可惜就这样无声无息地死了。难道万物土都对她不起作用吗？”魔女感叹。

“你说的天地母气鼎呢？”石昊神色不善地看着她。

这甲胄原本有强大力量，吸附着那些仙土，但现在却不再散发吸力，恢复平静了。

“数年前，我见到它飞来，没入此地，后来究竟怎么消失的，我就不知道了。”魔女摇头。她发誓没有说谎，真的见到了一口鼎，就是跟随它一路来到此地的。

石昊相信她没有说谎，因为若非见到那口鼎，她根本不可能描绘出它的形态。

于是两人继续挖掘，想将剩下的土也收进骨鼎中。

“还是不好挖，难道说下方还有东西吸附着这些土？”石昊心头一动。

万物土方圆一丈，深也有一丈。

挖到最后，所有土都被收起，两人终于见到最底下有什么，都大为吃惊。

这是一滴血，鲜红透亮如同火钻般，瑞霞冲霄，刚一破土而出，就透出一股莫测的威压。

石昊和魔女同时倒退数步，震撼无比。这究竟是怎样的高手，仅凭一滴血，居然让他们汗毛直竖，如对洪荒猛兽。

若非自己已可比肩天神境，石昊觉得，任何真神走到这里都会被震慑得跪伏在地，忍不住瑟瑟发抖。

这究竟是何人的血，如此匪夷所思？

“我见到过，这就是那口天地母气鼎上的血，曾在那鼎上发光，照亮了苍宇。”魔女说道，难得地收起了笑脸，神色严肃。

石昊睁开天眼，盯着这滴血，居然难以看透，它缠裹着丝丝缕缕的混沌气息，血液内部究竟有何法则与秩序，无法窥视。

连天眼都无法看透，这是罕有的事。

“不属于过去，不属于现在，回来寻我，你究竟想要做什么？”石昊低语道，神色漠然。

“轰！”

突然间，这一滴血散发出澎湃的气息，震得虚空剧烈颤抖，将要崩塌了。

“这是怎样的一个人？”魔女惊呼，睁大了双眸，凝视那滴血。

“足以比肩柳神吗？”石昊心头悸动。

他有一种感觉，柳神若真正恢复过来，应该也有如此威压。

“那口鼎载着人，降临在这万物土中是为了休养，因为这土可让其保持不朽，滋润一切生灵与器物。”魔女做出了自己的判断。

石昊点头，表示赞同。

“你见到鼎的主人了吗？是何模样？”石昊问道。

“很模糊，第一次见到时似乎是一个女子，但时光碎片飞舞，她变得朦胧了，而后又像是见到了一个男子。”魔女不确定地说道。

她觉得那鼎很妖异，像是穿梭了古今未来，让时间都紊乱了，无法说清是一种什么样的感觉。

“轰！”

下一刻，那滴血的威压更惊人了，散发出的波动撕裂了天穹，并且内部爆发出阵阵呼喝声，震动天地。

隐约间，石昊仿佛听到了千军万马在征战，喊杀声震天！

而且，就在下一瞬，他见到了一个男子，不是很真切，仿佛透过诸天万界在跟他对视，傲世屹立。

像是……一尊天帝！

石昊目光如电，看着那个人，自身也腾起一股强大的气势。

魔女震惊，因为在这一刻她居然无法靠近，被推拒了出去，那种气息太恐怖了，可以轻易让天神垂首叩拜。

第743章 不存于天地

这一滴血如同一个世界，内部喊杀声震天，仿佛有千军万马在征战，而且很多都是难以想象的绝顶人物。

一滴血悬在虚空，仿佛映照出了古今未来。

石昊一动不动地看着前方，那里有一个男子，模模糊糊，傲立于天地间，头上悬有一座鼎，垂落下母气，闪耀着九种仙金光彩。

这男子一动不动，与石昊像是在跨越着万古对视，那眸子无比深邃，在传递难以述尽的神秘与信息。

可是，石昊难以窥透对方想传递怎样的信息，心中很是焦虑。

他有一种感觉，对方很想让他知道，可是他却不能理解。

“不存于天地，不属于这里，无法阐释……”隐约间，他像是听到了雷鸣，伴着无上仙道天劫，若有若无的话语传来。

石昊盯着那个人，想要看个通透，听个明白。

那人沐浴雷光，神色更复杂了，但就是无法开口。

这真的只是一滴血吗？为何有这种诡异景象？

“铛！”

一声钟响，从那战场中传来，如同震荡了时间长河，干预了古今未来的稳定，一口大钟悠悠而鸣。有一个人盘坐，背对众生。他正在施法，跟人一起出手，将一口鼎推出，让它冲入一条通道，时光碎片如雨点般洒落。

“那鼎，就是眼前的鼎吗？”石昊面露惊色。

一声叹息。有一位女帝，风华绝代，手持一仙器，化剑、化环、化面具，绽放无上光彩，她也同时出手，助那鼎飞出来。

“咦，那是曹雨生？”石昊震惊了，他又看到了另一个人，跟曹雨生太像了，不过却更胖，人到中年，是个道士，也在出手相助。

那是怎样一个地方？

石昊看到，诸天神魔殒命，血染九天十地，景象太过可怕，有几尊身影傲立厮杀。

斗转星移，像是过去了亿万年那么久远，石昊的眼睛生疼，一直盯着那里，直到不远处只剩下一口鼎和一个人。

那人立于鼎下，更加模糊，像是一尊天帝，俯视九天十地，但无法开口。

他不怒自威地站着，在他面前，诸天神魔仿佛都不敢看他，全部要跪伏下去，向他叩首。

“你想对我说什么？”石昊忍不住喝道。

他有一种感觉，这个人来到此地，是想告诉他一些非常重要的事，只是因为一些原因没有办法开口表达。

“因为你只是一滴血而无法表达吗？”石昊喝问。

他觉得那件事太过重要，必须要弄个清楚明白，不然将来会有大祸！

而且，这场大祸会席卷天上地下，影响无比深远。

这个人是特意来此告知他吗？为何不能交流？

魔女被一股力量推向远处，不能靠近，只能看着。她非常震惊，那是怎样一个人，为何如此的强大？

“远胜教主，当为天帝！”魔女竟有这样一种感觉。那个人气场太足了，虽然不说话，只是静静地站着，却可以俯瞰万古山川，镇压诸天。

她很吃惊，为何石昊不受影响，并且那个人没有俯视他，仿佛还想要跟他交流，奈何始终不能进行。

是这世界出问题了，还是她疯了？人间怎会有如此可怕，超越了极限的高手！

终于喊杀声消失了，各种景象也都不见了，那个人和那口鼎也暗淡了，化成一道流光就此逝去。

当年那鼎来过这里！

只是，鼎早已破碎虚空而去，只留下一滴血，映照出昔日种种景象。

原来刚才所见的一切都不是真实的，人与鼎皆是烙印而已。

“为什么相隔数年，那人仿佛就知道有人要来此地？”魔女不解。

所有波动都消失了，只有一滴鲜红的帝血。

石昊伸出手，想去触碰。

这血非凡无比，让神祇都要战栗，但是对石昊却很平和，并不伤他，对他不作出任何反应。

“小心！”魔女出声提醒，向前而来，她还没有靠近呢，就感觉浑身汗毛开，太可怕了。

石昊摊开手，想要将它放在掌心，可是手掌穿过虚空，并没有碰到那滴血，仿佛它不存在。

这是为何？让人难以理解，他几次尝试，都不能将其攥在手中。

这血在沉浮，伴着时光碎片，像是不属于这个世间，仿佛停在永恒未知处。

这种变化超出了石昊的理解，怎么会如此？

这到底是一滴血，还是一道烙印，他都有些难以说清了，不能看透。

有一点是可以确定的，它不属于这一世！

这涉及了时间还有天地之道，诡异而惊人。

无论石昊怎么出手，都不能将它从那时光碎片中捉出来，只能看着它飘浮。

“古怪！”魔女说道，想了想，又道，“以万物土来收它试试看？”

石昊点头，取出那骨鼎，当中尽是宝土，散发瑞光。

“咦，动了！”两人吃惊。

这一滴血落入到了鼎中，没入万物土内，就此不见。

他们面面相觑，这太诡异了。

石昊小心翼翼地将此鼎收了起来，捧着它，就像是捧着一座仙道山峰般，觉得很沉重。因为他深知这滴血太重要了，其传递的信息，即便现在不能窥透，将来也有一天会懂得，不容有失，故此他小心地收好。

很久后，他才恢复过来，摇了摇头，暂时抛开了这一切。

“喂，你终于回过神了，刚才有什么体悟？”魔女好奇地询问。

“老天让我收了你这魔女，不许你再祸害世间。”石昊随口说道。

“去死！”魔女嗔道。

两人在这片古地采摘到一些圣药，便准备踏上归程，不在这里耽搁下去了。

在向外闯时，自然遇到了雷电群。“这么多雷劫，你竟安然无恙，任最强闪电劈在身上，毫发无损？”魔女睁大了双眸问道。

“我乃天帝降世，这些雷电算什么？”石昊大言不惭。

“轰！”

正说着，一道电光轰在了他的脸上，一片焦黑，头发根根竖立，要多狼狈有多狼狈。

魔女瞠目结舌，而后拍手大笑道：“你这脸皮得有多厚啊，连雷劈都没用，闪电都无法击穿，佩服！”

石昊运转柳神的法，去掉焦痕，面色恢复如常，而后举拳，对抗雷电，带着魔女向外闯去。

看着石昊的三道仙气，魔女不得不承认，这家伙如今强大了，注定日后天下间少有对手。

“你这三道仙气都是怎么修出来的？月婵修出了几道仙气，而今如何了？”她问道。

“这是不传之秘，想知道的话给我当几年侍女，我教你。”石昊笑道。

“人心不足蛇吞象，你跟补天教的仙子勾勾搭搭也就罢了，还敢对我大放厥词。”魔女奚落道，眼波转动间，还给了他一个大大的白眼。

“左边一个仙子，右边一个女魔头，若是都收为侍女，我也算是惊天了吧。哈哈……”石昊大笑。

“别做梦了，快走！”魔女催促，白衣如雪，身段婀娜，静时若谪仙，一笑间却又妩媚倾城。

“什么叫做梦，将来我必镇压你这女魔头，到时候你别哭着喊着赖在我身边要当侍女！”

两日后，他们闯了出来，来到了天神树所在的古地。

魔女当然被震住了。在巍峨的高山上，一株古树金光灿烂，如同黄金铸成，繁茂无比，挂着神果。

“这是天神树？”她认出了这一株神树，脱口而出道。

“小道友你真的寻来了万物土？”老树开口，探出黄金枝条，向他询问。

“没错！”石昊取出骨鼎。

“哎呀，吃大亏了，这万物土有我一半，老树神跟我走吧，保你千秋万代，长生不朽！”魔女叫道。

“唰”的一声，天神树缩小到只有一尺高，没入鼎中。扎根在万物土内，它觉得无比舒坦，散发出的金光越发璀璨了。

“走喽！”石昊说道。

魔女心中不平衡，这可耻的家伙，拿走万物土居然是为了收服这老树，这买卖太吃亏了。

“不行，这树有我一半！”魔女像是狗皮膏药一般，赖在石昊身边不走了，跟着他一路同行，闯出了这片古地。

他们回到了正常的小千世界中。

“你真下定决心追随在我左右，甘愿当侍女？”石昊取笑道。

“去死，去死，去死！”魔女叫嚷着。

“轰！”

忽然间天地剧震，仙古诸多小千世界都不稳定了，像是要破开一般。

“发生了什么？”石昊变色，问旁人。

“连续几日了，外界教主要进来了，马上就要破开仙古了！”一位原住民说道，神情惶恐。

要变天了！外界教主将降临仙古，这注定会引起动荡。

“也许，我该离开了，该得到的造化也差不多都到手了。”石昊轻语道，必须要做出选择了。

他知道在离开时，会伴着诸多危险，也会有激烈的对抗。

他只是静等仙古大裂缝全面破开，那个时候就是脱困之时，当然也得去联合仙古的教主，要战就战到癫狂！

外界也不平静，不属于三千州的神秘来客中，有几名年轻人，只一个人出手，就横扫三千州众天神，无人是其对手。

“你们这一地真的没落了，凭此也能镇守边荒？”那年轻天神摇头，非常蔑视。

在这段时间里，他们踏足三千州诸多地域，结果发现，没有一位天神是那年轻天神的对手。

对于上界来说，这是一种耻辱。

“你们忘记这一古地的来历了吧，甚至都不知道我们来自何方，真是败落了。”那年轻天神叹气说道，体外仙气缭绕。

“你口出狂言，真想挑战天下所有天神的话，就再等上几日，自然有人来打败你！”上界的天神说道。

这是天神间的对抗，教主不曾动手，因为神秘访客中也有至强者。

“好啊，让我看一看这片古地中还有什么人值得我出手。”那年轻天神轻蔑地大笑道。

“有，六冠王、谪仙，还有石昊，只要出来一个，就能打败你！”

只是，三千州不少修士沉默，石昊还能出来吗？那些教主会放过他吗？

间，目中仿佛蕴含着宇宙星河，可怕而吓人。

这也是三千州群雄不愿撕破脸皮的原因，这三人太强了，深不可测。

“若非我们来看一看你们所负责镇守的边荒，那条通道被破开了你们都还不知道，到时候大劫又将起，会冲击九天十地。”林天说道，带着蔑视，根本看不起上界三千州的天神等。

“此时我有点不恨石昊了，真想他从仙古中出来，跟这些人一战！”群雄握拳，哪怕是跟石昊敌对的一些大教弟子，也恨不得请出那可恨的石昊，让他前来一战。

因为人们都已经听闻，他已踏足圣祭领域，可以比肩天神，绝对有傲视群雄的实力，肯定能跟域外狂人决战。

“你说边荒，又谈镇守，还说域外，你们究竟是什么人？”有老天神问道。

“你们忘了过去，不知道身在何方了吗？真是可笑又可叹。”一位美丽的少女开口，头上也有大道花瓣洒落下来。

“你说！”上界修士自然不忿。

“可笑，三千道州的人真的遗忘了过去。”此时，来自域外的一名中年人开口，眸子开合间，演化万物初生之契机。

“三千道州，很久远的说法，你想表达什么？”有老天神问道。

这个名字太久远了，没有多少人记得了，人们一般都只称呼上界为三千州。

“你们有何资格自负，难道不是昔日逃到星空中的一些蛮荒生灵吗？”有天神这样喝问。

“笑话，把我们当成了蛮夷？”那中年人摇头，确信这一界的人遗忘了太多。

“天地本是圆满的，但仙古纪元一战，因为那些生灵太强大了，此界被打残……”另外一名中年人开口，缓缓道来，“曾经的古界被击穿，化成九天十地，也就是十九处强弱不等的世界。上界三千州，便是十地中一地，被命名为三千道州。”

“九天十地？”

所有人都发蒙，平日的确有这个说法，但都以为只是一个虚称，并不认为代表真实的十九处古地。

可是现在，所与人都惊呆了，那域外来客所说是真的吗？

“三千道州，本是一处强盛之地，不承想，无尽岁月过去，竟没落至此。”那中年人阴森森地说道。

“昔日众至尊合力，以三千道则加持在这一地，镇守边荒。可是现在看来，大劫若至，一定是从三千道州所驻守的边荒而起。仙古纪元一战的惨烈注定要再现，到了那个时候你们拿什么去抵抗？”来自域外的另一名中年人寒声道。

“你们在说什么，危言耸听！”有人不相信，还有很多人被震惊得脸色发白。

“看来三千道州出了大问题啊，未来大乱必是从这一古地开启！”来自域外的一名中年人道。

“边荒是哪里？有什么敌人？很可怕吗？”在场的人根本不相信。

“强盛若仙古纪元，有一群长生者，有真仙，都被他们消灭了，更是将圆满的天地都打成了九天十地，你说可怕不可怕？”中年人喝道。

照他所说，崩碎的天地，细小的碎片尘埃等化成了诸天星辰。

“仙古纪元之敌，他们……不属于昔日那圆满的天地，需要从边荒闯入？”有人惊疑，这般问道。

“败落了，三千道州完了！”一名中年人直接得出了这样的结论，不断摇头。

“我们来此，是为了挑选可用之人，请至强教主参与，也想培育一批年轻人去进行更深层次的修行，只是看来很难找到几个如意的。”

按照他所说，九天十地在最近有了大动作，其他一些天地彼此走动，开启了古传送阵。

特别是九天中最强大的几层天，更有至尊提出，要建武府或者仙院等，选拔年轻的强者，培育他们。

“天神书院，选九天十地最强的一批年轻天神去深造？”

“圣院，非九天十地最具天赋的奇才不得入内？”

接下来的一些消息，惊得上界天神们一愣一愣的，他们所说是真的吗？

三千州，只是没落的一地，在其上还有九层天呢！九天十地，这得是多么浩瀚的世界！

若是这样选拔，三千州的天才不见得能出头，九天十地共有十几界啊，有些自古鼎盛至今，光想一想就让人震撼。

人们都愣了，这些消息一时间难以消化，三千州已经够大了，却只是一界而已，还有更多恐怖古界呢。

而今，九天十地中的一些至尊相商，为应付大劫，要做准备了。

现在看来，域外来客只是在掂量而今的三千州的修士水平如何，想必那几名年轻人还不是最强的人。

九天十地齐聚，只为组建书院，那样选拔出来的天才会有多么强大？

人们不寒而栗。

第745章 夺雷劫液

仙古遗地。

石昊与魔女一路走来，引起很多人注意，不少生灵都露出异样的神色，远远地看着。

“你都干了什么天怒人怨的事，我怎么觉得，他们有点害怕你？”魔女好奇道。

“你也不想想我是谁，举世无敌，天下第一，他们不是害怕，是尊敬，是崇拜。”石昊很自恋地说道。

“哼，我分明听到有人在骂你，诅咒你这个魔王，还好意思得意扬扬？”魔女不屑道。

她黑发垂到腰际，身着雪衣，肤色雪白晶莹，面孔精致美丽，走在路上想不引人注意都不行。

石昊闻言，看向远空，道：“太古神猿的后代，想向我敬献猴脑吗？”

那是几只金色的古猿，闻言面色苍白，飞速逃遁。它们暗中诅咒，不承想这么远都能被感知到。

“看来，你在仙古臭名昭著啊！才吼了一嗓子，就吓走了一群神猿。”魔女啧啧叹道。

“这是打出的赫赫威名，想当初七大天神来杀我，结果全被我送下地狱。”石昊说道。

初时魔女还不以为意，可是后来，见到路上许多修士都敬畏石昊，她知道，这是真的，而且当中大有问题。

很快，魔女看到了三千州的天才，见到了一些熟人，发现这些人对石昊更加畏惧，远远地绕着走。

魔女招手，唤过来一些真正熟悉的人。

“圣女，你闭关数年才出现，我们都以为你发生意外了呢！”那几人吃惊，认出她是截天教的圣女。

“什么圣女，这是一个女魔头好不好。”石昊纠正道。

那几人全都神色不自然，表情有点僵硬。主要是石昊太邪门了，横扫仙古，打得众神无话可说，谁不害怕？

“你们这么怕他啊？不就是修为强一些吗？难道他还会吃掉你们不成？”魔女十分好奇。

这几人都要哭了，当着石昊的面，怎敢说他坏话？更何况这个人真的动辄就吃强者啊，从蛟龙到貔貅，再到龙雀，什么强大吃什么。

这几年下来，他在仙古打出了威名，也吃出了威名，让这几人见到他后小腿肚子都抽筋了，因为他们的本体都不是人。

“喂，你们这么害怕做什么？”魔女不满。

其中一人暗中传音，道：“圣女，他真的会吃我们。别问了，我劝你也赶紧离他远点，谁知道他现在饿不饿，不然的话，你多半有危险。”

魔女差点气乐了。她看出来了，这几人对石昊有一种极大的恐惧，跟他站在一起就浑身不自在。

“他有这么危险吗？”魔女问道。

“有啊，他连天神都吃，更别说是我们！”一人暗中传音道。

“你是一头五色鹿吧？听闻鹿茸大补，你这样在背后数落我，是不是要给我献点鹿茸啊？”石昊问道。

他神觉强大，在这么近的距离内，可以捕捉几人的神念传音。

那个五色鹿一族的少女听闻后，花容失色，大叫一声，双腿发软，差点坐在地上，面色惨白如雪。

“行了，别吓她，你们给我说一说怎么回事。”魔女道。

不久后，她终于知道，石昊现在是多么强大，不仅连败天神，外界进来的各教天神也让他打败了一批人，起码打败了十几个；而且，一些强大的异种，都让他给烤熟吃掉了。

魔女心道，这家伙还真是夸张，几年未见竟然强得离谱了，三道仙气加持在身，果然非同凡响。

无论是谁第一次听说一个少年以天神为食物，都会惊得瞠目结舌，就是魔女这等洒脱与狡黠的女子也是如此。

“你从天神身上都得到了什么宝贝，要送我几件吗？”魔女问道。

“可以请你吃一顿大餐！”石昊说道，所谓大餐自然是天神肉了。

他们没有在这里多作耽搁，转身离开了。虽说石昊现在无惧天神，但也不想被一些居心叵测的教主袭击。

“咔嚓！”

横贯仙古的虚空大裂缝更大了，惊动了所有人。

石昊蹙眉，得想办法了，准备脱困！

他回到魂岛，请来了一群熟人，如曹雨生、小兔子、长弓衍、雪琳、蓝一尘等，跟他们商量了一番。

随后，石昊又与几位教主相见，说出自己的一个想法：他想再次渡劫，为仙古的强者们化解诅咒。

“还渡劫！你要进入天神领域吗？”有人吃惊，这般问道。

“不是，哪能这么快，这样修行的话太迅猛了，我道基会不稳。”石昊摇头。

在圣祭领域，现在还忽强忽弱，他不可能一下子就迈过这道坎，还需要夯实根基。

他的想法是，引动雷电，强行召唤来天劫，而后与之对抗，索取雷劫液。

石昊觉得时间紧迫，他必须召集来一些强大的教主，守护在身边，不然很难逃离仙古。

怎样才能让其他教主动心？自然是送出他们最渴望的东西，任何一族都会对雷劫液眼红，难以抗拒此般诱惑。

当然，那几个早已得罪他，无法善了的族例外。

“小道友你要重渡神王劫？”五大教主当即就震惊了。要知道，石昊的劫难是最强天劫，一次能闯过去就已经是万幸了，他还要再渡？这是自信，还是自负？抑或是不将自己的性命当一回事？

“请诸位为我护法，也请各位前辈告知自己的故友，可前来一观。”石昊说道，这是在告诉他们，可以去拉拢各方教主，到时候同进退。

仙古教主很少，不是死了就是疯了，还能救活的已经不是很多了，但总归还是有几位。五大教主闻言，既为他担心，怕他失败，断了他们几族的后路，又有些兴奋，万一此子可以不断渡劫，岂不是不缺雷劫液了？

“好，我们去请人！”五大教主离去。

数日后，仙古震动，一人渡劫，十方云动。

“天哪，怎么又是石昊？”

“他疯了，这才多少天啊，他怎么又渡劫了，别告诉我他进入天神领域了！”

仙古一片哗然，所有人都觉得不可思议。

一个个目瞪口呆！

曹雨生、长弓衍、龙女也都哑口无言了，盯着那雷海中的身影，怔怔出神。

魔女小嘴张成O形，觉得有点活见鬼了。这家伙太离谱了，第二次渡神王劫，活腻了吗？

要知道，神王劫不同于其他劫，在圣祭领域自身修为不稳固，渡劫过程中可能会跌落到神火境，那个时候，万一被一道强大的雷电劈中，多半就会形神俱灭。

清漪来了，月婵也在远方出现，彼此对视了一眼。

“月婵姐姐，一向可好，你与石昊什么时候将婚事昭告天下啊？”魔女挥手，笑得无比的灿烂。

月婵抬头，正好见到了失踪数年之久的魔女，顿时咬牙切齿。若非是她，当年自己的灵身怎会与石昊纠缠不清，有那样的交集。

补天教的那位天神也听到了，并不生气，反而很高兴道：“婵儿，你真与石昊关系密切？放心，别不好意思，舅爷我给你做主，回头让教主另选圣女，将石昊招进我补天教中！”

月婵差点以下犯上，险些将拳头砸在自己舅爷的脸上，冷哼了一声，转过头去，亭亭而立，皎洁似月，超尘脱俗。

“轰！”

天劫浩荡，雷光万重，震动十方。

自然有很多高手到了，但是谁也没有干预，因为上次石昊渡劫是有目共睹的，谁想掺和进去，自然也会遭雷击。

被邀请来的一些教主十分紧张，但也很兴奋，因为石昊渡劫很顺利，不曾殒命。

“快了，他要成功了！”

当石昊渡劫到尾声时，仙古内的原住民沸腾了，石昊若是可以不断渡劫，岂不是说能拯救他们所有人？

“怎么没有雷劫液？”石昊愕然。

这真的是空欢喜一场，这次雷劫他熬了过来，却无仙池，也没有雷劫液。

他明白了，上苍给予的只有那么多，不可能无限制地降下雷劫液，看来每个境界只赐予一次。

石昊遗憾地长叹了一声。

各方教主虽然也很失落，但是眼睛很快又亮了起来，被请来的几人当即就飞了过来，表示愿意加入石昊他们这一方。

因为这几人都不糊涂，这个年轻人实力太过强大了，别人不敢渡的劫，他却能连续两次成功渡过。这样的人不是自负，而是真正拥有超凡入圣的能力，将来若进入天神境，必然可以熬过那最强天神劫！到了那个时候，肯定少不了他们的雷劫液。通过这件事，他们看到了石昊身上无与伦比的潜力。

这一次没有雷劫液，石昊却伤得不算轻，没能在第一时间复原，只得盘坐在那里，静静疗伤。

“轰！”

天地颤动，苍宇共鸣。

“怎么回事？这是透过那条横贯仙古的大裂缝传来的波动，怎么像是雷声？”有人惊讶道。

“渡劫，还有其他人在渡劫！”

不久后，消息传来，原来是宁川在渡劫！

很明显，他是防备石昊还有这边的教主，想要避开他们，故此选了这样一个时间点。

“嘿，机会来了，我们追过去！”石昊率先冲出，不顾伤势，直接追过去。几位教主面面相觑，跟了过去，其他人也一拥而上，蜂拥追赶。

人们知道，这下热闹了。

石昊追入那片小千世界之时，一群人相继赶到。

石昊知道，此地肯定有银血魔树的教主守护，很危险，不过他身边有八臂魂族的教主等，显然无惧。

在几大教主的掩护下，石昊冲进了天劫中。

别人不敢进去，那是害怕这种雷霆，但是他不在乎，要击败宁川，争夺他的雷劫液。

“罪血后代，你敢！”白衣宁川，身上满是血迹，盯着石昊，怒目而视。

若有选择，他不会在这里渡劫，可那与外界连接的出口被石昊派人看守着，有教主灵身坐镇，固若金汤。

而且，银血魔树等人要求他在仙古渡劫，发誓会守护他。这些人自然是有私心的，只是为了化解诅咒罢了。假如宁川离开仙古，到了外界，就不是他们所能掌控的了。

“轰！”

石昊刚一上来，就施展出了盖世神通，袭击宁川。

天劫浩荡，雷光万重!

宁川红了眼睛，他在渡劫，对方竟敢如此闯来跟着渡劫，这对他来说是奇耻大辱。

“罪血后代，拿命来吧！”

“小六子，你算个屁，谁是罪血，战过再论！”石昊神威盖世。

“轰！”

他们打到了雷劫液不远处，石昊直接祭出鼎，在这里抢夺。

“你敢！”宁川大怒，自己也祭出法器收取，同时跟他拼命。

“我有何不敢！”不管怎样说，石昊已经夺到了部分雷劫液，再出手时，更加无忌惮。

“滚！”宁川大吼，原本丰神如玉的他，此刻披头散发，浑身是血，陷入了与石昊不死不休的激战。

第746章 战宁川

在天劫中大战，不但要应付闪电化成的生灵等，还要跟对手激战。

尤其是雷池畔，虽然这一重天很平和，但是有诸多生灵，一旦引爆，会更加可怕。

“轮回拳！”

石昊大喝，拳头发光，时光碎片飞舞，仿佛震开了古今未来，因为全力而战，此刻他光芒万丈，整个人仿佛燃烧了起来。

这天地被击穿，那闪电被逼退，那时光在消逝，拳头带着秩序神链，击向宁川。

“天图断古今！”

宁川大喝，在其背后，腾起一幅天图，这是他与生俱来的至尊术，那图刻在其背上，当中蕴含日月星辰的秘密。

“哗啦啦！”

画卷展开，如同一方大世界降临此地。

两人仿佛置身在宇宙中，一颗又一颗星辰在黑暗中转动，一条又一条天河在垂落。

“轰！”

石昊狂暴了，一拳贯穿一颗星辰，袭向宁川。

“断！”

宁川喝道，虚空裂开，宇宙被截断，石昊被隔在另一岸。

这个时候，一颗又一颗星辰燃烧了起来，照亮冰冷的宇宙，向着石昊那里砸去。

人力总有穷尽时，跟一片宇宙对抗，未免显得太过渺小。

“罪血后代，你一个小小的生灵，如何与大宇宙为敌！”宁川声音冰冷，如同无上神王，俯视天下，镇压石昊。

“等你真的炼化一片宇宙为己用时再口出狂言吧！这不过是一片鬼画符！”石昊说道。

他睁开天眼，不被眼前所见迷惑，轮回拳越发紧密，击穿宇宙，打碎一颗又一颗星辰，向着宁川击去。

“斩开云天破九霄！”宁川冷冷的声音传来，他的咒语之力与法印结合，只见那天图摇动，宇宙星辰发光。

“哧！”

在这一刻，天图内的星河化成一柄星空神剑，斩向石昊，切开了九霄。

与此同时，石昊的拳头也突破虚空禁锢，击穿一片星辰，打到宁川近前。

“噗！”

石昊肩头有血冒出，那是星空神剑切开其肩头，伤到了他的肉身。

“不好！”

有人惊叫，石昊的生命关乎很多人的生死，不少原住民还指望他救治。

“哈哈哈哈……”支持宁川的一方有人笑了，因为众人发现石昊的拳头终究距离宁川还有一段距离，不曾打中。

“哈哈，石昊终究是差了宁川一筹，即便能渡过最强雷劫又如何，还是不行！”有人大笑，不加掩饰。

这其中就包括银血魔树一族等，没有人比他们更期待宁川能击败石昊。

然而，宁川却身体摇动，快步后退，而后大口喘息，双鬓竟现出白发，衰老了一些。

“那是在……剥夺岁月。拳未至，但是那时光碎片早已纷舞而来，宁川中招了！”

一些人看出了门道，全都呆住了。

这才一开始，两人就负伤了，尤其是宁川还咯血不止。

“石昊战斗经验太丰富了，肩头出血不过是皮外伤，尚未伤其筋骨，可宁川遭遇了轮回之力，伤了内里。”

“也不对，天图内蕴的星空神剑，石昊挨了那一击绝对不好受，肯定伤了他的骨头！”

战况激烈，众人议论纷纷。

“罪血之人！”宁川脸色一沉，只因石昊这记轮回拳非常犀利，伤人于无形中。

他的肉身在变暗淡，双鬓斑白，额上也出现几许皱纹。

还好，他阻止了这种变化，没有再继续衰老。

但可怕的是，这轮回拳不仅与时光有关，还有惊人的破坏力，故此他接连咯血，伤得不算轻。

石昊骨骼噼啪作响，崩飞那口剑，肩头的血快速涌出，很显然肩头受损了，但是他浑身发光，加速让骨骼愈合。

“哈！”

这一声暴喝，石昊气吞山河，脚下发光，身边遍地是栽种在宇宙中的金莲，他脚踩着星辰，冲向宁川。

“砰！”

在宁川后方，天图所呈现的一颗又一颗大星被他踩得粉碎，他如神龙出涧，袭向宁川，大开大合。

“轰！”

两人不断碰撞，生死相拼。

打得癫狂，他们全都在拼命。

“坏了，宁川才渡劫，身子很虚，不见得能挡住石昊，他太凶猛了！”有人变色。

“无妨，石昊刚才也渡劫了，还不曾来得及恢复多少，如今又闯进了宁川的天劫内。”

“天图镇压！”

宁川一招手，诸天星辰旋转，全部向着他手中飞去，而后化成一片大宇宙星图，被他持在了手里。

“轰隆隆！”

他像是托着一方宇宙，向着石昊拍击而去。

这种景象太恐怖了，仿佛一个开天辟地的巨人，单手擎着宇宙砸了出去！

“鲲鹏破法！”

石昊化成了一只鲲鹏，扶摇直上九重天，展开金色的羽翅，将诸天星辰都拍碎了，那庞大的身体压得宇宙在龟裂。

“还是不行，镇压！”宁川大吼。

“砰！”

整片宇宙被他压下，砸在了石昊的身上。

石昊整个人横飞了出去，张口吐血，遭受重创。

这就是宁川，实力强大，连石昊都可伤，无愧其六冠王的名号。

只是，在一些人的欢呼声还没有开始时，战局又变了，漫天都是金色羽毛，且有黑色汪洋起伏。

石昊稳住身形，演化了鲲鹏终极奥义，一条黑色的大鱼在水中跃出，与天空中的一头金鹏共鸣。

他一手太阴，一手太阳，鲲与鹏并起，释放出不朽之力。

“呀！”

随着一声轻叱，石昊横空而过，击穿这宇宙，不断出手，那鲲鹏法印全部拍向宁川。

“噗！”

宁川横飞，嘴里咯血。

“再战！”

宁川额头发光，龙纹密布，一声长啸，似乎有真龙虚影浮现，而后他捏拳印。

“你以为你是六冠王，还想施展龙拳，先学会完整的宝术再说吧！”石昊冷笑。

“嗯，不对！”就在这时，很多人吃惊，那不是龙，就连石昊也惊异，那拳风浩荡，恐怖无边。

一头白麒麟浮现，并随着宁川施法而咆哮，有王者之风，气息盖世！

“额生龙纹，竟然是麒麟纹！”有人惊呼。

宁川麻痹了所有人，过去不曾施展，如今才真正演绎出这种绝世神通，须知，麒麟宝术亦是十凶绝学之一！

他到底什么来历？要知道这是他的天赋神术，是与生俱来的，他如何直接传承了麒麟术？

“轰！”

麒麟拳怒气滔滔，拳风撕开苍宇，极其恐怖。

宁川平日间丰神如玉，温文尔雅，可是此时却有一股王者之气，浑身是伤痕，披头散发，眸若闪电，继续跟石昊决战。

“麒麟拳又如何！”

石昊抬手间，运转柳神的法，浑身金光灿烂，一拳轰出时，成百上千条金色秩序神链跟着拳头向前打去。

两拳碰撞，“轰”的一声，击穿了苍穹。

结果引动了第十层雷霆海，让这里震动。

“不好！”

所有人都惊呆了，这层雷霆海最是可怕，栖居有仙禽、神兽等，一旦爆发，难以抵抗，此外还有一座斩仙台，更是不可测。

“石昊，你敢！”宁川呵斥。

在两人激战过程中，石昊再次掠夺雷劫液，宁川自己也在收取神液，在相互干扰中，都只取到了部分神液。

这让宁川红了眼睛，因为这本是他的，被石昊取走哪怕只有一滴都是耻辱。

满满一池宝液，石昊在跟他激战过程中，居然抢得比他还多！

十凶宝术之一——麒麟神通再现！

宁川怒气滔天，一头雪白的麒麟，随着他捏拳印而咆哮，栩栩如生，向前冲击。同时，他背负神图，脚下亦腾起阵阵烈焰，各种宝术尽施。

在其身畔，金乌长鸣，龙虎争霸，当然还是以白麒麟为主，景象恐怖。

石昊拳头发光，左手轮回拳，右手雷帝拳，背后一株金色柳树，向前冲去。

“不好！”

就在这时，关注他们大战的人都惊呼出声，因为正有真龙腾起、天凤盘旋着向他们俯冲过去。

两人决战，引发了大麻烦，雷海中的生灵复苏，虽然都是雷电所化，但是有如活着一般，神通莫测。

真龙冲向宁川，天凤飞向石昊。

不仅他们两人之间要大战，还要跟雷霆中的生灵对决，越发混乱。除此之外，还有其他生物逼近，两人遭遇危险，浑身是伤。

“哧！”

斩仙台发光，成百上千道剑气横扫天宇，让他们全都变色，疾速躲避。

就在这一刻，两人几乎是同时大吼，因为他们都在提升自己的气势，将准备多时的无上大法施展出来。

“九五至尊天功！”

“八九天功！”

两人大吼，意味着他们动用了终极绝学，现在一下子祭出，也意味着他们所有最强宝术齐现了。

八九天功，运转鲲鹏法、轮回术、雷帝秘术、上苍宝术、柳神的法……

虽然天功有瑕疵，不是很完美，但在石昊目前这个境界施展，也足够了，影响不到什么。

“轰！”

天地混乱，混沌澎湃。

而另一边，九五至尊天功一出，同样可怕，几种至强宝术同时出现，如同仙道至尊降临，横扫天下！

这一击后，天地模糊，什么都看不见了。

直到很久后，人们才发现，两人浑身均已破败。石昊已坐在雷池前，肆无忌惮地收取雷劫液。

“宁川肉身不及石昊，吃了大亏！”有人叹道。

“毕竟石昊曾经渡过了神王劫，肉身坚固到了无法想象的地步，自然占据上风！”

所有人都盯着此二人，有人焦急，有人欣喜。

“啊……”宁川长啸，怒火焚烧九重天，那是他的雷劫液，结果现在正被石昊洗劫。

可他此时受伤太严重了，战力锐减，无法回击。

“轰！”

斩仙台摇动，仙光绽放，第十重雷劫消退，那雷池也随之模糊了下去。

“别逃，我还没收取完呢！”石昊大叫，很是不甘。

“噗！”

远处的宁川被气得喷出一口血，那些都是他的，结果石昊却是这种姿态。

“我要杀了你！”宁川怒喝，浑身精气滚滚，燃烧了起来，再次杀去。

“正好我也想彻底结果了你！”石昊冷笑，收好雷劫液，直接就向宁川扑去。

第747章 横扫仙古

一头白麒麟，腾起万丈光，撕开天穹，俯冲过来。

宁川白衣飘舞，俊美到没有一丝瑕疵，比许多女子都要美丽，驾驭白麒麟撕开天穹，俯冲过来。

这是大决战，他怒火中烧。

石昊抢了他的雷劫液，让他无法忍受。什么是六冠王？六世无敌，世间称尊，同境界天下无人是其对手。

“石昊也发威了！”有人惊叹。

眼看石昊向前俯冲，驾驭一头鲲鹏，它庞大无边，展翅裂天，金光万重，骇浪滔滔，到了近前。

“轰！”

这是一场惊世的大碰撞，让天神都要胆寒战栗，他们的神力无人可比拟。

两人激战，神光万道，符文交织，击碎虚空。

“啊！”

天劫结束了，教主怎能坐得住？有人动了，目标自然是雷劫液。

银血魔树、斑斓巨虎等几位强者一起出手，恨不得立刻击毙石昊，抢走他得到的雷劫液。

不过，八臂魂族第一高手、丽人族的族长等岂会袖手旁观？他们来这里就是为了给石昊压阵，此刻一齐出动，迎战银血魔树等。

事实上，他们间本就有大怨，这正好是一次机会，展开惊世对决。

“轰隆隆！”

教主出手，天崩地裂，阴风怒号，随便一击就带动出诸多天地异象。

周围观战的人两股战战，小腿肚子都在转筋，站立不稳，面色惨白，有些人更是承受不住威压，坠落下高空。

一时间，群雄纷纷向远方逃窜，生怕被余威波及。

人们都躲在天地尽头，看着那绝世争锋。

“石昊居然跟着一起渡天劫，抢走了大半雷劫液，强势得一塌糊涂啊！”

“这……这还有没有天理？他随意渡劫，不曾殒命，又一次成功了！”

人们只能惊叹，这种做法不可思议，要知道那可是最强的神王劫啊！

这种九死一生的天劫，石昊却可以重复渡劫，让人觉得他实在是一个怪物。

“这家伙……太强了。”魔女嘀咕，双眸闪动，像是第一次认识石昊般。昔日的少年在下界时就已头角峥嵘，而今才算真正大放异彩，力敌六冠王，震惊仙古。

另一边，月婵也是面露惊容。传说中的宁川，号称六世无双的王者，今日居然被她所憎恨的小子打败了。看样子，宁川不仅身受重伤，而且还丢掉了大部分雷劫液，这实在有点让人心惊。

在场所有人都惊叹，石昊的崛起已经无法阻挡，一世冲霄，压盖九重天，这是不败的传奇。

他们两人激战，不受外界影响。

石昊很放心，因为他们这一边教主众多，而宁川也放开了一切，无所顾忌，真的动怒了。

“那两人有后手，都觉得能从教主手下逃走，故此在这里大决战。”长弓衍做出这种推测。

龙女、曹雨生、雪琳等都点头，这是十分强大的两人，代表了这一代的巅峰之战。

“轰！”

石昊一掌向前拍去，带着千钧之力，仿佛可以将星辰击落下来，滔天光芒席卷了苍穹。

“咚！”

宁川挥动麒麟拳，跟他肉搏，拳掌相击，符文如汪洋起伏，剧烈激荡。

石昊没有施展八九天功，而宁川也未动用九五至尊天功，因为这两种法太过惊人，消耗极大，需要长时间准备才能完整地祭出，不然随意施展还不如催动无双宝术攻击力强。总的来说，那是驾驭宝术之法，而非真正的攻击神通。

“锵！”

石昊手中，轮回符文流转，凝聚成一口神剑，光芒慑人，斩向前方。

“铛！”

在宁川手中，出现一根硕大的麒麟杖。这是宝术的演绎，抡动起来，跟那柄神剑碰撞，火星四溅。

这一战，代表了这一境地的最高对决，让所有人都心驰神往。

"轰！"

轮回剑跟麒麟杖碰撞相击，这不光是法力与道行的对决，还是精气神与意志的比拼，两人几进癫狂。

石昊发丝飞舞，身上出现一层金芒，宛若黄金铸成，大开大合，右手持神剑，左手为拳，轰杀宁川。

而对面的六冠王，也失去了往昔的超然之色，额生麒麟纹，背负天图，整个人燃烧，动用了终极战力。

"宁川跟石昊打起来了，正在生死决战！"

"什么！两位绝代人杰在对决？走，不能错过，必须要一观！"

消息传出，向着四面八方蔓延，仙古诸多小千世界都知道了，也不知道有多少人正赶去，人们明白这多半是仙古落幕前的最后一战了！

"他……在跟六冠王对决，能赢吗？"云曦得悉后，略微一怔，而后马上向那里赶去。

"石昊，真要惊天了吗？无人可制，如今更是去征伐六冠王了！"有人长叹。要知道，在他们心中，宁川是不可战胜的，而今一个后起之秀居然强势到这一步。

三千州的天才全都动身，赶向那里，要见证这最终一战。

仙古的原住民也是如此，一个个都冲向那个小千世界，因为那里除了两大天才还有雷劫液，这让他们心血沸腾。

人越来越多，这个小千世界人满为患。

两大天才厮杀到了白热化阶段，石昊越战越勇，拳力惊世。

舍生忘死，他们已经拼了上千招，两人都消耗巨大。

他们刚渡过天劫，还没有来得及恢复，若非都吞了一点雷劫液，两具肉身内的骨头都将断裂。

尤其是石昊，刚渡了两次劫，很疲累。

还好雷劫液药效惊人，让他恢复了不少。

宁川大怒，这是他的雷劫液，看到对方在吞食，心中无比恼火。

"罪血后代，你体内流淌着肮脏的血，与你的祖先一样，无耻无德，其罪当诛！"宁川大吼。

"你这不知所谓的狗屁六冠王，想死我就成全你！"石昊目射闪电。

两人都再次施展秘术，释放最强攻击。

突然，石昊一声轻叱，满身都是金光，绽放神圣瑞彩，化成一条天龙向前俯冲而去。

“不好！”宁川脸色惊变，他发出的宝术居然在随风瓦解，之后快速地消失，根本冲不到石昊近前。

法力免疫！

这是一种奇异的手段，在此时发挥出惊人的能力，让宁川的心一下子提了起来，脸色当即就变了。

石昊有这种宝术，但是来到仙古后，一直没有真正施展出来，因为他在等待机会，留着一击必杀。

若是轻易施展出，会让人防备，难以起到一招制敌的效果，直到今日遇到宁川，两人血拼到现在，他才突然发动。

果然，宁川所有的宝术都暂时失效，像是一下子失去了法力，被削去了道行一般。

“怎么了？发生了什么？”所有人都惊呼。

宁川双目怒睁，身躯暗淡，宝术尽失，而石昊则光芒万丈，各种宝术齐现。

“轰！”

鲲鹏拳霸气无比，轰落下来时，带着成片的金色羽毛，还有浩瀚的黑色汪洋，恐怖无边。

这一拳法力滔滔，将宁川打得横飞而起。失去法则与宝术护体，他只能依靠肉身、双掌生生承受了这一击。

“咔嚓！”

骨头断裂的响声连续发出，身子差点爆碎。这一击使他遭受了重创。

“哧！”

石昊抬手，背后浮现一株金色柳树，随着他施展秘法，成百道金色秩序神链飞出，噗噗声传来，有一些刺透宁川的身体。

“天哪！发生了什么？宁川怎么突然失利了？”众人惊呼。

宁川双目冰寒，奋力对抗，身体出现十几个伤口，虽然挣脱了出去，但是伤了本源，伤势异常严重。

“哈！”石昊大吼，如天马踏月，已经到了近前，一脚向下落去，雷霆万丈，踏向宁川，这一次他施展出雷帝宝术。

“咔嚓！”

五雷轰顶，宁川的白衣化成灰烬，天灵盖上差点遭雷击，若非他以手臂对抗，多半危在旦夕。

便是如此，他那强大的肉身也破损了，焦黑而干裂，骨断筋折，很是狼狈。

云曦正好赶来，同很多人一样，看到这一幕后无比震惊，宁川居然被石昊压着打？！

“石昊，你让我怒了！”宁川怒吼。

他的左手在发光，晶莹灿烂，伴着仙气和仙光，那种波动由微弱逐渐变剧烈，恐怖无比。

所有人都大吃一惊，包括教主等。

法力免疫居然被破！

石昊心头一震，那是什么？

“真仙手骨！”有人惊呼。

众强者分明感应到了仙道气息，宁川那只手与众不同，一下子变透明了，内部的骨骼缭绕仙光，力量惊天动地。

正是因为如此，这手骨复苏，强行破坏了石昊法力免疫这种状态。

“轰！”

宁川向前按了一掌，他的身躯在颤抖，整条手臂在痉挛，而且发出了咔嚓声，最后居然断了。

动用这手骨，让他付出了难以想象的代价，因为他在强行动用仙道之力。

这不是一般的真仙骨，凝聚着最原始、最强大的印记，不然何以至此？

所有人都惊呆了。

“轰！”

天地变色，没有什么可以阻挡！

石昊避过了，他的速度太快了，感应到了危险的气息，一纵就到了天边。

“宁川纳命来！”接着，他又绕了回去，攻击宁川。

因为他已经看出，这手骨过于霸道，就是宁川再强大也很难驾驭。

此时，宁川脸色煞白，一身精气都仿佛被抽干了，而那条臂骨则折断数处。

他无奈一叹，今日渡劫后还不曾巩固修为，在激战中大意了，结果处在下风，一步错步步错，他必须得走了，不然的话，自己很可能会被石昊了结。

“轰！”

再次借助真仙手骨，他击穿天地，横渡虚空而去，就是教主封禁虚空都无用。

可以想象，这手骨多么的不凡，唯一的缺点是，它太消耗神力与道行了，而且对身体的负荷太大了。

为了催动手骨，他自己的手臂都折断了。

“你走不了！”石昊跟了过去，一路追击。

这一日，仙古震动，石昊追击六冠王，让各方剧震，十方瞩目。

“他终于走到了这一步，可以横扫仙古了。”三千州的天才中有人感叹。

连宁川都败北，一路逃去，还有谁是他的对手？还有谁能阻挡他的脚步？

第748章 仙古裂开

宁川一路疾驰，心中不能平静，怒火中烧。这是他有生以来面对同阶修士第一次逃遁，这是耻辱！

“六冠王，他竟然败了！就这样被石昊击伤，一路遁走，我不敢相信……”

“白衣宁川，不败的神话，今日竟然败北，让人慨叹。”

后方，众人议论纷纷，此时这个地方早已沸腾。

这一战惊动各方，三千州的天才莫不感叹，引发轩然大波。

宁川是何等人物？傲视古今所有高手，睥睨天下，同阶中谁与争锋？

今日他落败，像是一座丰碑倒下，让人长叹，同时有点失落。

白衣神话结束了吗？不少对六冠王尊崇的人，此时难以接受现实。

可是，眼前所见的确是真实的，那两人一追一逃已经离开，从人们眼前消失了。

此前宁川咯血，遭受重创，有目共睹。

“追！”

教主们纷纷行动，追了过去，雷劫液是他们的希望所在，不能就这样失去。

八臂魂族的古祖、丽人族的族长等人还好，都已经化解了诅咒，而今只是为了族人着想而已。

而敌对一方的银血魔树、斑斓巨虎等则眼睛都红了，一路追了过去。可惜，他们人少，不敌八臂魂族等人。

“噗！”

终于，宁川一方的一位教主被击倒。石昊这一边的教主数量占优势，一起出手，谁能挡住？

“宁川，你哪里走！”

在某一小千世界中，石昊与宁川从虚空中冲出，在这方世界交手。

宁川很想动用仙骨之力打败石昊，但是消耗太大了，而且那样刚猛的一击不见得能打中他，思来想去，也只有逃遁了。

只是石昊怎么会给他机会？一路纠缠着。

"轰！"

石昊抬手，掌心发光，一道闪电冲出，袭向前方。纵使宁川速度再快，也难以快过闪电。

"你逃不了！"石昊喝道。

宁川越发愤怒，修行至今，"逃"这个字跟他很难沾边，今日不仅成了事实，而且他只能逃走去养伤。

"哧！"

数十根柳条冲出，金光璀璨，如同黄金神链般，洞穿虚空，在噗噗声中，将宁川的后背击穿。

宁川一个踉跄，大叫了一声，但是并未回头，依旧在逃。

"宁川，你不觉得这是一种耻辱吗？敢与我决战否？"石昊大喝。

"轰！"

突然，在石昊接近时，宁川转身，再次发动了一击，他的一只手晶莹剔透，发出璀璨光辉，血肉中的手骨清晰可见。

仙光飞出，气息恐怖，那只手向着石昊拍来！

这一次，石昊还是避退了，但是也同时出手，取出了万灵图，对抗余波。

"嗯，挡住了！"石昊又惊又喜。

"嗖！"

石昊在原地留下一道残影，手持万灵图，破开手掌拍击来的霞光，向前猛冲而去。

"轰！"

他捏拳印，向前轰杀！

"噗！"

宁川后退，因为有一道拳印如同鬼魅般突然出现，打在了他的胸膛上。

这让他愕然，石昊居然逆着仙道手骨发出的力量冲了过来，这有点匪夷所思。

也正因为如此，他又一次遭受重创。

"六道至尊串！"宁川低语道，祭出一条手串，颗颗晶莹，这是他的至宝。

他出世六次，每一世所击败的最强大的敌手都会被他留下宝骨。积淀六世，才得到六块最强大的至尊真骨。

祭炼多年，这条至尊串强得匪夷所思。

因为，它们不是死物，依旧有灵性，同宁川的血肉共存，一直在成长。

可以想象，六种至强宝术齐出，那是多么可怕的威能。

石昊倒吸凉气，他以前曾得到过副串，而今看来与这主串差得太远了，威力不可相提并论。

“你在研究六道轮回天功，借此串而推演？”石昊神色一动，被震得气血翻腾，那六种宝术差点打中他。

宁川不说话，眸子冰冷，发出这一击后，又一次开始逃亡了。

“轰！”

石昊撑开了唯一洞天，下一刻，他的轮回术、上苍宝术、雷帝秘术、柳神的法等全部被他刻在唯一洞天上。

他继续追击宁川，两人交手时，石昊的唯一洞天灿若星辰，如同一口金色大钟在轰鸣，钟壁上有许多符文，如鲲鹏、雷帝、轮回等，这是他的宝术再现。

“轰隆！”

六道至尊串撞在石昊的洞天上，若雷霆降临，响个不停。

“噗！”

宁川咯血，再次远遁。他负的伤比石昊严重得多，再这样争斗下去，他会越发被动。

宁川又一次动用了仙道手骨，他没有冲着石昊拍去，而是对着出现在仙古的那道裂缝轰去。

这下子引发了震动。

天穹都要炸开了，那条大裂缝喷薄出秩序神光，恐怖至极。

“咔嚓！”

大裂缝在张开，越发巨大，这片天地都要被撕开了。

“不好了，外界教主要进来了！”

“轰！”

突然一声巨响，那条大裂缝炸开了，震惊仙古！

就是这个地方，有人正从外面攻击。

不过，那裂缝强行被法则聚拢在一起，很快又闭合了。只是石昊刚才分明看到了一些身影——一些教主就在外面。

宁川又出手了，这一次狂暴无比，不计代价，任自身筋骨折断，依旧催动仙道手骨，誓要打开那条裂缝。

“轰！”

裂缝再现时，宁川毫不犹豫冲了出去。

石昊大叫一声："坏了！"

这个地方离最先的出口不远，很薄弱，而今被宁川成功突围。

石昊转身就走，去寻仙古内的各路教主。

时间太过紧迫，他知道，仙古要裂开了，外界教主即将闯入。

他寻到了八臂魂族古祖等，一群人疾速返回魂岛，石昊没有拿腔作调，迅速取出雷劫液，自己服用了一些，而后开始分发。

这一次共有四名不认识的教主被请来，他们接过石昊的雷劫液，无比激动，当即就喝了下去，盘坐下来开始化解诅咒。

加上此前早已解脱的五名教主，他们这一边已经聚拢了九位教主。

这是一股强大的势力，这么多教主聚集在一起，石昊一下子有了底气，凭借他们应该可以闯出去。

只要闯过出口那一关，就无惧什么了。

"轰！"

突然一声巨响，天翻地覆，乱石穿空！

那声音太大了，整片仙古遗地摇动，而后剧烈轰鸣。

这一刻，大道规则齐出，成片的符文交织，那虚空大裂缝终究是炸开了，仙古自此与外界贯通。

"外面的人进来了！"

这一声大喝，震动了所有人。

事实上，仙古各地都是如此，原住民惶恐了，他们宁静的生活被打破，就此将与三千州产生交集。

"轰隆隆！"

虚空裂开，至强者闯进，再也无法阻挡外界教主的脚步。

"几位前辈，请助我一臂之力，离开仙古！"石昊说道。

"嗯？"突然，石昊震惊。

未及得到回答，他被一道光扫中，一下子从九大教主面前消失了。

"小友！"

"小兄弟！"

九个教主都大吃一惊，谁在出手吗？

不对！

他们惊呆了，因为在这仙古中，这种光芒太多了，此时全部冲起，裹带着三千州的天才从这里消失。

“三千大道花瓣，将活着的天才送出去了！”

“从哪里来回哪里去！”

很快，他们醒悟了。仙古试炼结束，那三千片大道花瓣，将所有从它那里来的修士都拘了出去。

“石昊在何方？”

“速速出来受死！”

外界的人进入仙古，有些第一时间就开始寻找石昊，要将他击毙。

时间不长，闯进来的教主、天神都发现虚空中一道又一道光扫来，裹带着三千州的修士消失了。

有人闯进仙古深处，去寻找造化与机缘等。

还有一批人，第一时间退出，冲向三千大道花瓣那里。他们反应太迅速了，身为教主，实力极为强大。

石昊和他们这批人刚从仙道花瓣化成的门户中走出，四方就响起了剧烈的波动，一群教主降临。

这种人能纵横天下，视天涯为咫尺，转瞬即至，不比仙道花瓣间的天才们慢。

这一刻，有人封锁天地，困住虚空，拦住了所有人的去路。

因为外界教主们已经知道，有些人得了大造化，混在人群中。

当然，追赶到这里的一些人，最主要的目的还是缉拿石昊，他身上有仙种、仙经，还有逆龙鳞等宝物，不可错过。

此外，一些大教恨透了他，此行就是为了击毙他。

“石昊，你逃不了，我看还有谁能救你！”有人冷声说道，高高在上，教主威压释放，震动四方。

第749章 教主围堵

一座又一座大山，数不尽的古木，蛮荒气息扑面而来。

这就是无人区，危险而神秘。

许多大山与天齐高，云雾缭绕，一些老藤跟山岭似的粗大，缠绕着一座又一座山峰。

此时，仙道花朵璀璨，三千花瓣瑞霞流动，每一片叶子都是一扇门，跟仙古相通。

气氛紧张，三千州的天才都出来了，想沿着昔日的通道回去，而在不远处，一位又一位教主降临，欲封锁此地。

“石昊在哪里？”有天才小声低语道，既然这些教主是冲着他来的，应该不会难为众人吧。

“唔，你是我大鹏族后人，还不快过来。”一头金翅大鹏，冲着一位年轻人招手。

“铁血神树一族的后辈都到我这里来！”一株老树也开口，召唤族中的天才。

……

一时间，许多天才被领走，回到自己的长辈面前，全都长出了一口气。

当然在这个过程中，有很多股强大的神念扫来，那是在探究，看他们是否可疑。

所有人都知道，这些教主是冲着石昊来的。

石昊在哪里？人们看着人群，想将他寻出来。

突然，一片黑雾出现，接着无尽亡灵海汹涌，淹没此地，扰乱了天地的宁静。

这个地方黑色雾气滔滔，阴风怒号，亡灵海奔腾咆哮，被死亡气息所笼罩。

“十冠王！”

有一位天才惊呼，但声音戛然而止，因他已被一掌拍碎。十冠王出手，他也担心被这些教主惦记，因为他得了造化，身上也有仙古的经文。

他祭出空间法器中所镇压着的亡灵海洋。

“轰！”

下一刻，大地破开，虚空粉碎，谪仙也出手了。他手持一根天角蚁的独角，撕裂虚空，向远方逃走。

即便这些教主禁锢了虚空，这根角也能划破。

这一刻，很多奇才冲起，借此乱局遁走。

只是，很多人注定要失望了，几只大手横空，阻拦他们，一些人当场就被抓在了手里。

石昊一手持原始真解，一手持逆龙鳞，谨慎戒备，身在黑雾中，也在移动，准备逃走。

这一次，超乎他的预料，原本还想借仙古内的几位教主之力逃出生天呢，不承想到被传送到了这里。

在不远处，有一道身影，蓝发披肩，身体修长，体魄强健，面孔妖异而俊美，一双眼睛骨碌碌转动，也在小心地潜行。

石昊与他碰在一起，彼此都笑了笑。

但是，很快他们的笑容就凝固了。

“你是石昊？”

“你是那个龙粪男？”

这样的话语一出，两人都神色难看，因为都明白，对方修成了天眼通，看出了自己的真身。

石昊蹙眉，这一刻，为了避免暴露，他真有想杀人灭口的冲动。

天眼通很难修成，跟境界与修为无关，完全看天赋，这个家伙居然修成了，绝对不凡。

“被应龙眷顾的兄弟你好。”石昊打招呼，他自然认识此人，这是一头天妖，实力惊人。

但凡天妖、天君，有这种称呼的奇才，实力绝对惊天，一般人不敢以此为名号。

当日，仙古初开时，这头名为葛潜的天妖被一坨龙粪砸中，整个人都被埋在了下方，想不让石昊记住都不行。

事实上，当时很多人愕然，不敢相信那一幕。

对面，那蓝发男子神色阴沉，面孔扭曲，差点破口大骂，是被石昊气的。

“你给我闭嘴！”蓝发男子妖异而俊美的面孔上布满寒霜。

葛潜脸色赤红，当年实在倒霉透顶，被一头应龙盯上，一坨龙粪让他抓狂，恨不得一头撞死在地上。

现在被人当面旧事重提，实在是让他羞恼万分。

“把你得到的那本仙道经书给我！”天妖葛潜说道。

“凭啥？”

“不给我的话，我立刻喊石昊在这里！”天妖葛潜嘿嘿地笑道。

“龙粪男在这里，手中有仙道经书！”石昊大喝一声，而后催动一张金色的破界符，沿着谪仙撕开的虚空直接就走了。

这是仙古内几位教主合力为他炼制的神符，强过一般的破界符，威力强大无比，恐怖惊人，这些教主困锁天地都无用。

“石昊，你敢害我！”天妖葛潜大怒。

这个地方，一下子探来几只大手，神威盖世，气息若星河滚滚而来。

“嗷吼！”

突然，一声龙吟传来，吼声震动天地，九天上有一只巨大的爪子探下，覆盖此地，将一切都要攫走。

应龙！

昔日那头可怕的应龙再次出现，让在场的教主们都心头凛然，这条龙太强大了，血气滔滔如江海。

并且，在其身后还跟着一些强大的生物，如睚眦、九头鸟等，没有一个是善类，皆来自无人区深处。

“轰！”

天崩地裂，鬼哭狼嚎，此地沸腾。天妖葛潜被抓走，此外还有其他天才落入龙爪中。

“你敢？快放下我教弟子！”有教主吼道。

应龙来了，原本它是想杀进仙古，但现在改变了主意，打算直接截走所有天才，从他们手中夺造化。

禁区中的强大生灵出现，让此地一下子乱了。

“轰！”

大战爆发。

远处，石昊借助金色破界符逃出去很远了，可是忽然一震，虚空碎裂，他跌落了出来。

“嗯？”他心头一惊，有古怪法阵阻断虚空，拦住了所有想潜逃的人。

“咦，这个人是石昊！”有人惊叫，而后大喜，哈哈大笑了起来。

石昊抬头看见，已经有数十位天才被拦住，都是手段厉害、身上有奇异秘宝的人，逃到这里后被阻住去路。

事实上，这片区域的大阵足有数十座，都是教主为了拦阻那些天才布下的。

因为这是最后一次开启仙古了，最终的大造化出现，为此这些教主不惜花费巨大、动用无尽天材地宝布阵，拦阻众人。

“真的是石昊，被我们遇到了，哈哈……想不到啊，真是好运气！”有人大笑不已。

他们虽然没有天眼通，但是有人对灵魂有强大的感知力，辨出那是石昊，其气息与波动与石昊完全相符。

“石昊理应归我教所有，诸位道兄莫要纠缠。”有人说道。

“分明是我先发现的，各位道友还请放手，让我带走石昊。”另有人说道。

石昊面色难看，这些人将他当成了什么？还没有镇压呢，就已经开始争夺，认为是到手的猎物了吗？

“呵呵，你们这些小派之主不见得比石昊强上多少吧，还是将石昊交给我吧。”有人走来，那是一头白色的巨虎的化身。

“石昊在这里，出现了！”有天神大吼，传向远方。

“轰！”

虚空破碎，当即就有几只大手探来，抓向下方的人，且真身横渡而来。

“砰！”

几人彼此间碰撞，对轰了几记。

“哈哈哈……”当中一位老者大笑，他身体干枯，肌肤褶皱就跟老树皮一般，头发都要脱落光了。虽然在笑，但是眸子阴森无比，头上有一对黑色的牛角，气息惊人，他是天人族的护道者。

昔日，他就曾对石昊出手，只是先是被孔雀族的神主击败，而后又被齐道临斩掉牛角，受了重创。

而今，他又来了！

“石昊，真让我等到你了，老天开眼，让我临去前为族人解决掉后患，哈哈哈……”他无比畅快。

石昊没有想到最先来的强敌中居然有他，不禁目光冰冷，跟老者对视。

“你这老东西不是要坐化了吗，怎么还没死！”石昊不屑地说道，自然不会好言相对。

昔年，他在血色平原护送云曦数十万里，跟战族人激战，血染战袍。纵使他对天人族有如此恩情，结果还是被该族掳进天之城，沦为阶下囚，其后不仅污蔑羞辱他，还险些将他杀死在黑牢中。

石昊没有对不起他们，反而可以说有大恩，可是该族却恩将仇报，这么多年过去了，居然又来了。

“上天怜我，给我机会，让我解决掉你才安心离开这世间。”天人族护道者说道。

“这么无耻的话你也说得出口，你摸着自己的良心，试问我有对不起你天人族的地方吗？”石昊斥道。

“也许你曾对天人族有些恩惠，但是现在必须得杀你，放任你成长下去，天人族危在旦夕！为了保天人族，你还是死吧，什么良心，什么恩情，你下辈子再去跟人讨论吧！”天人族护道者嘴唇翕动，暗中传音，阴冷地笑着。

“不要脸的老东西！”石昊还能说什么，怒血汹涌，心中有一股郁火，恨不得立刻宰掉他。

“天人族道兄，你年岁太大了，不宜动手，反正只是要他死而已，还是将他交给我吧。”有人开口，天国的副教主到了。

远空战车隆隆，鲜血流淌，天国教主在跟应龙激战，随后就会赶来。

石昊盯着他们，心中很冷，下界鬼爷就是被天国人暗算致死的，如今他也跟该教有仇怨，无法善了。

阴气扑面，一座白骨山降落，上面坐着一个男子，肤色雪白，灰发披散，带着病态，但是谁敢小觑？冥主到了！

“石昊，你这小辈，惊动了我族之主，就是死也该知足了。”冥族有人喝道。

“圣祭领域，不错，这等年龄就有了如此修为，天资盖世，但又能如何呢？”冥主开口，声音平淡，道，“没有成为我等这样的人物，终究是粪土，任你实力惊人又如何，本座一根指头就可以诛杀你！”

“道兄，你只需要他的尸体而已，将活人先交给我们吧。”有人插话道，剑谷、火云洞、妖龙道门的人走来。

第750章 师门再现

四方都有强大的教主坐镇，石昊陷入了困境，这还怎么逃？

“哧！”

另一个方向，霞光如长河，伴着万种道则碎片，还有汹涌的混沌气息，引发一群人惊呼。

“世界树幼苗！”

就是教主都心头火热，一些人带着喜色，俯冲了过去，他们知道那是十冠王。

可是，天地碎灭，一条可怕的通道出现，十冠王手持小树突破了众人的封锁，想要逃走。

那小树太过可怕，散发出的道则比之宁川的真仙手骨只强不弱，让各方教主都忌惮不已。

关键的是，世界树幼苗可瓦解法阵，十冠王居然要突围了。

“走不了！”有人大喝，一只毛茸茸的大爪子拍击而下，要强行夺取世界树。

“兽海的主人！”有人惊道。

那是万兽之主，极为强大，居然也瞄上了世界树幼苗。

“哼，老夫若是想带他走呢？”有人冷笑，一座雪白的石拱桥出现，横贯数十法阵，到了近前，柔和的力量带着十冠王上桥。

“帝族！”有人惊呼。

那是当世帝族的人，居然这样出现，直接带走了十冠王，看样子双方关系很好。

“这……难道说，十冠王来自帝族？”

“唰”的一声，那石拱桥来得快去得也快，瞬息消失了，就是有人想阻止都不行，太快了。

不过，当世帝族，又有几人敢惹呢？那代表了最强的一股势力。

就是兽海的主人，号称兽中至尊的教主也没有追。

“可惜了，世界树幼苗啊，就这样被带走了。不过也唯有当世帝族能守住，不然一般人还真无法持有。”

人们轻叹，很是不甘。

随后，这片区域的教主又盯住了石昊。

“没什么可说的，小辈，先将玉石道书献上来，一会儿给你一个痛快！”火云洞老者阴森森地说道。

凭他的实力，自然可以镇压石昊，而后夺走他手中的仙道经书，可现在却要让他主动献上，这是羞辱人。

“老东西，别倚老卖老，说起来我在仙古可是遇上了不少火云洞弟子，实力差得要命，还一个个自命不凡，说什么要镇压罪血后代，可笑！”

石昊不能妥协，也不会妥协，因为即便示弱，对方也不会放过他。

尤其是仙谷、火云洞、罗浮真谷、妖龙道门等，都是最古老的大道统，一直在联手镇压罪血一脉。

这个时候，怎么可能会放过他！

“呵呵，有意思，区区一个神王，自以为天赋了得就能纵横天下了吗？你还差得远！”

就在这时，有一位老者等不及，抢先出手了，他是妖龙道门的人，一巴掌下来，如同长辈削不肖子孙般，劈头盖脸。

“道友，轻一点，别这么快就弄死他！”天人族护道者说道。

“轰！”

石昊手持万灵图，进行对抗。

一瞬间，万灵奔腾，各种走兽与神禽冲起，挡住了这一击。

“咦，好东西，这是什么？防御力如此之强！”当时就有人惊讶了，越发欢喜，这是至宝。

“拿来吧！”天人族护道者冷声说道，随即干巴巴的手掌张开，向着石昊抓去，就像是拎小鸡仔似的，想要这么对付石昊。

“滚！”

石昊呵斥，另一只手中逆龙鳞祭出，抵在身前。

“哧！”

龙影蒸腾，圣光蔽日！

一声巨响，石昊身前狂暴汹涌，若非万灵图发光，加之各种生灵护体，他绝对会被一下子捏死在这里。

“你们不要弄坏我地府的天纵神尸！”虚空中，一座白骨山上，冥主阴森森地说道。

在他眼中，石昊已经是一具尸体，注定要被葬入冥土，来日就等一个修出三道仙气的可怕生灵觉醒。

“你就是石昊？”呵斥声传来，神庙的人到了。这是一个中年男子，威严无比，如同众神之主，俯视着石昊。

“我杀了古圣子，你想报仇，就过来吧！”石昊说得很干脆，即便被一群教主围住了，也无惧意，更不服软。

因为即便他退缩，也没有好下场，还不如凭本心行事，不让自己委屈。

“好胆量，多少年都没人敢这么跟我说话了。”神庙强者声音冷淡。

石昊暗叹，计划赶不上变化。他都已经拉拢九位教主了，想让他们保他出仙古的，不曾料到自己竟会被仙道花瓣直接收走。

现在身处绝境中，如何逃离?

他没有世界树幼苗，很难击穿所有法阵，打出一条通道。手中的万灵图虽然超凡，但是只能被动防御。

“若是我没有看错的话，这应该是原始真解的一部分——万灵图。”就在这时，西方教的教主也到了，丈六金身，恢弘灿烂。

“原来是这件至宝，好，好，好！”有人大笑，道，“他身上有万灵图、仙种、玉石书、大罗仙剑，另外他的尸体也被冥族的道友盯上了，这样看来，几件好东西也够我们分了。”

“别耽搁了，送他上路吧！”天人族护道者再次出手。他怕夜长梦多，恨不得立刻结果石昊的性命。

“轰！”

这一瞬间，几只大手探来，将石昊压在下方。

莹白的万灵图上，腾起各种古兽、神禽，咆哮着，裂开天地，对抗几只大手。

“噗！”

石昊大口咯血，差点当场爆碎。

万灵图超凡，但他毕竟还不是教主，即便拥有这么强大的至宝也在几人的强势攻击中受了重伤。

“哧！”

石昊化成一道流光，疾速逃了出去，以万灵图护体，开辟出一条虚空通道。

但是，法阵发光，截断前路，他很快又被阻住了。

后方，几位教主很淡定，因为料定他没有机会，根本就不怕他逃走。

“轰！”

一只大手探出，冥主出手，雪白的手掌带着黑雾，粉碎天地，将石昊再次劈飞，石昊“哇”的一声，大口喷血。

“不错，这肉身很强，是他这个境界我见过的最强体魄，将来必然会是无敌奇尸！”冥主点评。

他很随意，这样一击，只是为了掂量石昊的强弱而已。

这很羞辱人，直接将石昊当成了随意挑选的货物一般。

“好了，别浪费时间，一掌拍死，省得留下祸患。”罗浮真谷的老者说道，他们一直镇压罪血一脉，决不可让一个后起天才崛起。

“轰！”

这一掌拍来，天崩地裂，若非万灵图发光，石昊直接就化为了尘土，根本就活不了。

“哇！”

他大口咯血，整个身子横飞了出去。

石昊怒极，他手中发光，出现一枚古符，神秘莫测，这是当年在三世铜棺所在的废墟中发现的。

那个时候，他得到了数枚古符，只有一枚不知有何用处，一直谨慎地保留着，这个时候毫不保留地祭出了它。

“哧！”

一道犀利的神光射出，而后“噗”的一声，将罗浮真谷那位老者击穿，鲜血淋淋。

什么？！

所有人都呆住了，这个变故太突然了，一个小辈而已，居然重创了一位赫赫有名的教主。

石昊也吃了一惊，这枚古符果然有古怪。他攥在手里，仔细凝视，上面多了一道裂口，显然是因为用了一次的关系。

“道友太大意了，诸位小心点，杀了他！”天人族护道者说道。

“轰！”

就在这时，神庙的强者出手，运转九天十地经，大道神音如海啸般冲击向石昊，当即就震得他七窍流血。

石昊就要再度祭出古符之时，其他人也出手了，必是不甘落后，想直接将他身上的至宝夺走。

这让石昊一下子陷入生死险境，一名教主就无法力敌了，更何况是数人一起逼来。

“砰！”

石昊遭受重创，身子横飞，鲜血染红躯体。

“铮！”

一种金属颤音发出，石昊被剑谷强者的无形剑气震慑，身上都是裂痕。

“噗！”

天人族护道者大笑，头上的牛角发光，扫中石昊，让他骨头都断了。

随后，冥土、兽海、太阳神宫、魔葵园等教的高手皆动了，惦记着石昊以及他的宝器。

“这万灵图实乃至宝，诸位，其他东西我不要，只要这万灵图！”有人叫道。

因为所有人都看出来了，万灵图的价值超凡，只凭借它就让一个圣祭领域的年轻人一直不死，活到现在，真是匪夷所思。

“轰！”

又是一记拳印，打飞石昊。

“哇！”他大口咯血。

突然，剧烈的波动传来，接着天空中像是下饺子般，坠落下密密麻麻的一群人。

“什么？那是明翰！”

“不，那是我族的初代！”

……

在这一瞬间，在场的教主都愤怒了，因为从天空中坠落下成片的死尸，都是他们的后辈。

这是谁？太狠辣了，一下子将在场的人都得罪了。瞬间，一些人杀气滔天。

而此时，一个身穿金色道袍，鹤发童颜、外貌相当不错的老人，从天穹上降落下来。

“齐道临！”有人咬牙，认出了这个臭名昭著的道主。

“没错，是我。”齐道临扫视众人，道，“我说过的话，你们忘了吗？哪个老不死的敢杀我弟子，我便以其人之道还治其人之身，让那一族的精英后代灭绝！”

齐道临盯着所有人，霸气地说道。

“就凭你一个人，也敢现身？”就在这时，远处一座青铜仙殿颤动，传来一道喝声。

“还有我！”这一刻，金色翅膀铺天盖地，一个万丈高的生灵出现，伴着混沌气息，顶天立地。

“不灭生灵！”人们惊呼。

“我说过，谁敢动石昊，我就杀谁！”不灭生灵喝道，有种盖世的霸气。

他松开大手，一些天神尸体坠落，都是各教的强者，被他刚才顺手击毙。

第751章 畅快

“道主！”

石昊叫道，此时他身负重伤，浑身是血，周身不少骨头都断裂了。

这一次，三千大道花瓣将他强行掳走，没能和九位教主同行，导致他所有算计成空，还让他险些身首异处。

此时，见到齐道临还有不灭生灵，赶来营救他，石昊热血上涌，眼睛发酸，心潮澎湃。关键时刻两大强者为他出头，力敌众教主，怎能不感动？怎能不振奋？怎能不令人热血激动？！

“好，好，好！不愧为我齐道临看重的弟子，一个人而已，硬挺到了现在。”齐道临大笑，金色道袍鼓胀，猎猎作响，发出各种符文，将石昊卷来，护在近前，不让人伤他。

“你很了不起，在仙古中闹出那么大动静，我们已经知道了一些。”不灭生灵也难得地露出笑意。

他身材高逾万丈，云层都在他肩头下，顶天立地。身上覆有金色毛发，在其背后有一对巨大的金黄翅膀。

至今都少有人知道他是何种族。

可此时石昊却隐约猜到了一些。

“谢谢前辈夸奖！”石昊向他见礼，心中很不平静，这样的绝代高手都来了，只是为了救他，怎能不感激？

“哈哈，小子，你真是不错，了不得！在仙古生生杀出一条无敌路，力压各教弟子，真是远远超出我的预料啊。”齐道临心中很是畅快。

他真的很高兴，是发自内心的，强行从天仙书院抢走的这个记名弟子在仙古大放异彩，一世崛起，便尽败各路高手，远远超过了他的预期。

要知道，当年齐道临曾言，石昊根基太浅，不像别的古代怪胎那样积淀数世，排名应在二三十位。

当然，当年他也是故意往后说了一些名次，想刺激石昊，但心中预估，最多也只是第十名左右，谁能料到，石昊横扫仙古，与十冠王、谪仙等平起平坐，号称仙古最强！

“很好，我辈不孤，相信有朝一日你会成为我辈中人，这一天不会太漫长，不会太遥远！”不灭生灵说道。

他高耸入云，脚踏山川，背负金色鹏羽，混沌气息弥漫，瞳孔仿佛金灯，如同开天辟地的巨人，声音震动四方。

所有人都吃了一惊，这种话语实在是一种高度赞扬。

石昊才多大？二十岁而已，就被不灭生灵寄予厚望，视作来日与他并驾齐驱的人，可见有多么的看重他。

要知道，不灭生灵傲气无边，连各路教主都不放在眼中，敢与天斗，敢与上界诸多大教为敌，可是而今这个少年在他眼中的分量却是如此之重。

不要说石昊如今战绩辉煌，就是从来不出名，经此一语也要名动天下了。

这片无人区非常广袤，围绕着三千大道花瓣，有诸多修士，此时全都动容，一下子嘈杂了起来。

人们知道，石昊比他们想象的还要厉害。

仅此点评，今日他若不死，将来必成上界最可怕的主宰者之一。

“就不怕风大闪了舌头吗？”

一声冷哼传来，在场的教主都神色阴沉，带着无尽的杀气。

“齐道临，你这个孽障，当年让你侥幸逃得一命，而今成了气候，敢向我等挥动屠刀了吗？”火云洞洞主喝道。

昔年，齐道临偷师百家，天资绝世，学到各种绝学，特别是还曾潜入至尊殿堂的诸多对手的门庭中，学他们的法术。

后来随着他崛起，事情败露，闹得沸沸扬扬，三千州很多大教开始追杀他。

不过，齐道主倒也了得，九死一生，终究还是逃出生天，如今更是与他们分庭抗礼，无惧各方巨头了。

“齐道临，你真是不知死活，杀我等后辈弟子，行如此灭绝人性之事。你一人而已，却得罪我等所有道统，我看三千州都将再无你容身之地！”天人族护道者阴沉着脸喝道。

“你们要杀我弟子，我这般出手有何不可？”齐道临断喝，冷斥他们道，“我曾说过，谁敢以大欺小，杀我弟子，我便灭他所有后代，说到做到。你们应该庆幸，我的弟子目前没死。”

他的话语如神鼓在擂动，在天际轰鸣，震得很多人双耳嗡嗡作响，身体生疼。

“还敢嚣张，全天下都将无你们的容身之地！”冥主阴森森地说道。

“既然你执意与我等为敌，那么今日便走不了了，受死吧！”神庙强者开口，这是一个重量级人物，实力强大无比。

“哈哈……君子有所为有所不为，大丈夫一言既出，驷马难追，谁敢杀我弟子，就是与尔等为敌又如何，大不了杀遍天下，宰光你们所有弟子门徒！”齐道临霸气无比，这样说道。

就是这么干脆，到了这一刻，他还是这种态度，就算被各方教主围堵，也不退缩。

“你这是找死！”堕魔岭魔尊说道，堕神子被石昊击杀，他恨透了石昊一脉。

昔日，堕神岭这位强人就跟齐道临有旧怨，其弟子堕神子曾经去至尊道场击败了齐道临两位弟子，进行羞辱，并且将其全部驱赶走。

可是，到了这一世，堕神子却被石昊强势击毙，堕神岭这位强人怎不生恨？新仇旧恨加在一起，杀气滔天。

“怎么，你们还不服吗？我的一个弟子击败了你们所有人的弟子，无人是其对手，力压各教。”齐道临大声说道，哈哈大笑，高调无比，今日他真是无比痛快。

纵然知道前路艰险，不见得能讨到好处，心情也很愉快。

因为他已经知道了石昊在仙古的所作所为，一个人睥睨各教，杀得这些人的弟子门徒战战兢兢，这让齐道临心中舒服到极点。

“至尊殿堂的余孽，当年让你走脱，是你幸运，成立了一个所谓的破落道场，如今你还敢出现，当真是饶你们不得！”

远方，一座青铜殿震动，混沌气息汹涌，从当中走出一个中年男子，黑发披散，双眸闪动着银色光辉，夺人神魂。

许多人吃了一惊，仙殿第二号人物出现了，是恐怖的教主级强者，罕有对手。

“可笑，你仙殿当年与诸多势力联手，才不过与先师打成平手，若非有他人助阵，谁能杀我师！”

说到这里，齐道临眼睛红了，提起往事，想到至尊殿堂的落幕，他心中有大痛。

最后，他又笑了起来，道：“虽然在我手上没有将至尊殿堂撑起来，但是我相信石昊一定能！”

这些话语让仙殿的二号人物目光越来越凛冽，杀气弥漫，他深知那个少年真不能留。如今石昊修出三道仙气，震古烁今，让他活下去，的确是不可想象的祸害。

“余孽，苟延残喘而已！至尊殿堂早已没落，成为历史的灰烬了。”仙殿的二号人物冷冰冰地说道，逼到了近前。

“哈哈，至尊殿堂有起有伏，还会有辉煌。只要有人出，就算只有一个人，也将无敌天下。我不算真正的至尊殿堂弟子，从今日开始，我的弟子是了。”齐道临说罢，看着他们，盯着众教主，继续道，“我的弟子，杀得你仙殿传人东逃西窜，又战得仙殿古代怪胎亡命而逃，你有何资格说我们没落？我们若是不行，你仙殿，还有各教，又算什么？”

许多教主都动了怒，这个齐道临只是个小辈，却这样奚落他们，让许多人脸上挂不住。

不过，所有人都得承认，这一世的至尊殿堂捡到了一个宝。石昊这种天赋，这种战力，这种行事风格，的确最符合一人无上大教的风采与荣耀。

他们所有人的弟子都战败了，不是其对手，此时说什么都无用。

“那就死吧，你这愚蠢的小辈！”仙殿的二号人物说罢就要第一个动手。

“毛头小子，你当我不存在吗？滚，叫你师傅过来！”就在这时，不灭生灵突然开口，一声大吼，震碎了苍穹，让这里狂风大作，阴风怒号，混沌气息溢出。

所有人都吓了一跳，他的血气太过恐怖。

事实上，仙殿的二号人物很强，但也不可能打得过齐道临，只是以长辈的姿态故意羞辱他而已。

现在不灭生灵则是以同样的高姿态、以长辈身份训斥他，道：“当年我与你师傅交手时，你还不知道在哪里吃奶呢！”

不灭生灵很严肃，也很霸气地呵斥道。

仅这一句话而已，就让仙殿二号人物脸色黑了下来，这是羞辱啊。

想他堂堂一代至强者，高高在上，活过漫长岁月了，居然被人这么奚落、嘲讽，实在可耻可恨。

“怎么，不服气吗？一会儿单手碾压你。”不灭生灵扫了他一眼，很冷厉地说道，霸主气概尽显无疑。

远方，补天教的教主站在虚空中，旁边跟着月婵，还有她的舅爷。

“教主，你要出手吗？”月婵双眸眨动，白衣出尘，转头问教中至尊。

月婵的舅爷也赶忙开口，道：“教主，我觉得该出手，那石昊不是凡胎啊，就是生在仙古纪元也在最杰出的一列人内。若是助他，不说让他入赘我教，单是有些关系后，日后也将是大因果、大善缘呐，当然前提是他能活下去。”

月婵使劲翻白眼，瞪这位舅爷。她问教主是否出手，可不是这个意思。

另一边的天空中，魔女亭亭玉立，狡黠灵动，也在问截天教至尊，道："教主，要救石昊吗？"

第752章 鲲鹏子

同样，天际一个银发女子也开口道："老祖宗，那个人救了我，您要帮帮他啊。"

她是雪琳，银发飘飘，垂到腰际，在她近前有一个老者，鹤发童颜，精神矍铄，这是雪凰一族的老祖。

天下有些高手超然无比，这个人绝对就是其中一个，拥有凰血，实力惊人。

"师傅，你睡醒了吗？啥？睡醒了！那赶紧救人啊！"远空，曹雨生在吼，他面前是个小老头，昏昏沉沉，像是睡着了。

外援虽有一些，但是并没有人出手。

而场中，剑拔弩张，大战即将开启。

"大家一起上，什么不灭生灵，什么至尊道场，不过两人而已，全部镇压！"天人族护道者喝道。

"徒儿，这个老家伙盯上你了，每次都有他，今天我给你斩块牛腱肉吃！"齐道临说道，带着石昊，一下子消失了。

"唰"的一声，他突破一些人的阻挡，向着天人族护道者杀去，双手发光，拍出一片符文，璀璨无比。

天人族护道者怒喝，奋力抗击。他当年很强，在太古时就赫赫有名，但如今真的衰败了，血气干枯，不复从前神勇。

"砰！"

两人交手，宝术冲霄，对面一头巨大的莽牛虚影出现，咆哮着，吼碎了天地。

"轰隆隆！"

天崩地裂，飞沙走石，山脉断裂。

这一声牛吼，震动无人区，惊得许多人都发毛。

许多年轻人开始大口咯血，身子横飞，若非有师门长辈在此，急忙救护，肯定会有不少人死去。

天人族护道者竟然是一头莽牛！

"老牛，屡屡欺压我弟子，当我们这一脉好欺负吗？"齐道临大喝，掌中发光，拍出万重符文骇浪。

“咚”的一声，天人族护道者身体摇动，嘴角溢血，身体剧震不已。

齐道临轻叱，疾速冲了过去，五根手指熔炼为一口神剑，向前斩去。

“吼！”

天人族护道者大喝，它的人形躯体支撑不住，全面化成了牛身，不再仅是虚影，头上硕大的黑色牛角发出乌光，向前劈出剑芒。

同时，它咆哮着，踩踏天地，让虚空塌陷，冲撞而来。

野蛮地冲撞！

看着简单，却是一种可怕的攻击。它力大无穷，集全身力量向前猛冲，一旦踏中对手，对手将被直接碾压成肉泥。

“锵！”

就在这一刻，一声颤音传来。只见齐道临整条右臂都化成了一口天剑，血肉如仙金，全力劈下，斩在它一根牛角上。

“咔嚓”一声，牛角断落。

“徒儿，这个拿去做号角。”齐道临说道。

一根黑色的牛角，硕大无比，还沾着血迹就坠落了过来，带着一种蛮荒气息，这是一位恐怖强者的巨角。

石昊没犹豫，大声道谢，直接收了起来。

“哞！”

莽牛怒吼，瞪着猩红的眸子。它庞大如山岳，一下子踩塌了很多山峰，压塌了山脉，再次冲来。

“噗！”

齐道临快速出手，一剑斩出，猩红的血飞起，一块牛腱肉坠落了下来，再次被石昊收起。

“哼，这头老牛还真滑溜。”齐道临冷笑。

天人族护道者两次遭受重创，直接逃向了远方，躲在了各大教主背后，不下场了。

不过也没人会说他，因为他已经参与了大战，而且身负重伤。

这时天人族护道者脸色阴晴不定，他觉得今日必有恶战，对面虽然只有两大强者，但是会更加可怕。

因为那两人会拼命，即便自己战死，也要拉上一些人垫背。

老牛虽然寿元无多，但也不想被人击杀，怕对方鱼死网破，故此在战斗还没有激烈到白热化时抢先出手，负伤后就有理由躲在后方了。

“这么多道友在此，区区两个人算得了什么！诸位，我们一起动手！”火云洞洞主说道。

火云洞、剑谷、妖龙道门等，都与罪血一脉敌对，仇怨不可化解，因此最希望击杀石昊，哪怕来了两大强者也不能退缩。

“那就杀吧，一个也不留，都斩了！”仙殿二号人物阴森森地开口，已经入场。

在旁边，神庙强者、堕神岭魔尊，还有其他各教至高人物，一个个都进入战场了，在这一刻杀气滔天。

“至尊一脉的余孽，纳命来！”仙殿二号人物大喝一声，结出人仙印，向前拍去。

这一刻，一尊巨大的人仙虚影浮现，俯视天下，恐怖气息弥漫，如同要灭世般，庞大的压力汹涌而来。

“敢同我单独一战吗？”齐道临断喝。

在过去，齐道临需要躲避仙殿最强大的两人，可是今日却主动出手，要挑战他们。

“今日是为了杀你，哪有工夫与你决战，速速受死吧！”火云洞洞主喝道，已经跟着仙殿强者一起攻过来。

“齐道临，你弟子杀我弟子，今日我便杀了你！”堕神岭魔尊也阴森森地开口。

“哈！”仙殿强者更是大喝。

“欺负我们人少吗？你们都过来吧！”不灭生灵开口，大袖一展，天崩地裂，竟然一下子杀到人群中，同时对多人出手。

齐道临的前方，之前被不少人拦住，现在只剩下那仙殿二号人物还有堕神岭魔尊，跟他厮杀。

“八九天功！”齐道临声动天地。

这是他开创的法，虽然还不完美，但的确是一种可以驾驭多种宝术的法，这个时候他全力出手，大战强敌。

“轰！”

八九种神通一齐绽放，璀璨若宇宙中的星辰一颗又一颗地炸开，在黑暗中燃烧，带着永恒的光芒，向前斩去。

仙殿二号人物变色，强大如他一时间也畏惧。齐道临虽然白发白须，但是比他可小了太多岁，如今竟已经开始这般创法，实力太过惊人，让人不得不忌惮，这就让他更加坚定决心除掉他。

“轰！”

苍宇碎裂，大地动荡，这是天地异象。此番强者大战，定会毁得此地不成样子。

八九天功真的很强，抵住了两大高手，齐道临舍生忘死，跟他们决战，震得堕神岭魔尊咯血。

只是对面人太多了，火云洞洞主也杀了过来，围攻齐道临。

“你们逼我大开杀戒！”不灭生灵那一边，形势更恐怖。他挥动一对巨大的翅膀，瞬间金光万重，对抗群敌。

“轰！”

天穹被斩开，大地在沉陷，虚空在湮灭，混沌在汹涌。

不灭生灵依靠一对巨翅，挡住了四面八方所有人的攻击，并且一声咆哮，向前扑击，抓住了妖龙道门副门主。

“噗！”

这一声响传来，吓得众人冷汗直冒。

一条蛟龙被他生生扯断，而后一把捏成了碎片，蛟龙形神俱灭。

人们简直不敢相信，这不灭生灵太生猛了，这才一交手就已经杀了一位可怕的强者。

“哼！”一声冷哼传来，远方走来一个人，右手持一口神剑，一人一剑傲立天地间，仿佛要将九天都斩落下来，那种气息太恐怖了。

“剑谷谷主到了！”有人吃惊，这个人可是巨头，乃是剑道巅峰人物，号称剑道不败，他居然也来了。

“不灭，当年又不是没有战过，你今日来逞凶，还想被镇压吗？”剑谷谷主说道。

“轰！”

不灭生灵长啸，抬手间施展无敌拳印，一拳向前轰去，“铛”的一声，对面那人以剑抵住其拳头。

此时，周围一群人同时出手，各种法器齐齐发光。

“轰！”

不灭生灵再次击毙一人，鲜血好似染红了长空。不过他自己也不好受，气血翻腾，嘴角溢血，毕竟面对的可不是一两位教主。

“这是要如同当年一样围攻我吗？”不灭生灵冷笑，一声大吼，震动山河，他像是在传音，呼唤强者过来。

“轰！”

这块天宇炸开，一个老者悠悠而来，踏落在这片土地上。

“什么？这是他的次身吗？”有人惊呼。

所有人都知道，仙殿所掌握的主次身修行之法，乃是残缺的，真正的法乃是这不灭生灵开创的。

他之所以不灭，是因为其次身几乎不出现，可保他不朽。

他主身若灭亡，次身会进一步蜕变，会更强。同理，次身若灭，主身也如此，可以不断磨砺，走向巅峰。

“情况不妙，他的这种功法好像修到巅峰了，要开始融合主次身了！”

“不对，还没有完满，只是快了而已，今日定要击杀他，不给他机会！”

一些人眼神炽烈，眸中露出了杀机。

这是机会，难得他主次身都出现了，若是能够全部击杀，这一次就可彻底消灭这个恐怖的生灵了。

“是你，前辈！”战场内，石昊震惊。

那从天而降的老人，带着和善的笑，跟不灭生灵一点都不像，可是石昊却一眼认出。

当初，为了得到进仙古的信物，石昊曾去过一个叫昆门的地方寻找。那里只有一个糟老头与一个少年，他们将那门中信物卖给了石昊。

现在他一眼就能认出，这名老者就是昆门那个醉醺醺的糟老头子。

这让他吃惊不已，老头居然是不灭生灵的次身。

“呵呵……鲲鹏子，久违了。你终于要动用真身了吗？我来领教领教。”

就在不远处，有人大喝，语调森冷，这是天国的主人到了。他提着一柄滴血的神剑，站在一辆古老的战车上。

“鲲鹏子，我倒要看一看你两身合一后的真身有多强。”远处，西方教教主同时走来。

第753章 教主之战

鲲鹏子！

这三个字重如山岳，让人心中一下子冲起惊涛，卷尽苍云，实在太震撼了！

不灭生灵居然是鲲鹏的亲子，这令所有强者都瞠目结舌，就连石昊也在发呆。虽然有所猜想，但真正得到这个确切的答案还是有点发蒙，不灭生灵的来头未免太大了。

难怪曾有传言说它是卵生，还在蛋中时就被封在混沌内，直至百万年后才出世，只为了沐浴太初之气、先天道则。

谁能有这么大的手笔，动辄就以百万年光景来造就一个后人？恐怕也只有鲲鹏、天凤等十凶中的无上强者了。

“鲲鹏子，昔日一战，你被镇压，不知悔改，还想出来兴风作浪吗？这次你照样难逃败北之痛。”有人说道。

天地仿佛黑了下来，空气变得非常压抑，又很炽热。

那是一轮黑色的大日，燃烧着黑色的火焰，散发着一种夺人心魄、斩人灵魂般的凌厉气息。

在那轮大日中，盘坐着一个黑色身影，带着一股杀气。

那是魔葵园的主人，有人称之为魔主。

这是一个非常厉害的生灵，在植物系修士中名气特别大。从古至今，他威震上界三千州，大战无数，始终不灭。

“隆隆隆……”

战车驶来，带着苍凉的古意，还有冲霄的杀气。他手持一柄滴血的神剑，整个人虽然模模糊糊，异常虚淡，仿佛不存在于世间，但无人敢小觑，因为他是这世间最厉害的杀手头子。

甚至有人猜测，他是上一纪元的杀伐至尊借尸还魂，所以永不朽灭。因为在太古一战中，有人曾亲眼见到他殒命，只是不知为何又重现世间，满身的杀伐气不散。

天国之主见此景象，强势喊道：“便是真正的鲲鹏复活又能如何？”

“哈哈哈哈……”不灭生灵听此言论，冷冷一笑，带着异样嘲讽道，“鲲鹏若在世，你们敢来吗？”

剑谷谷主气息盖世，他单手持剑，道：“鲲鹏都死了，还说这些做什么，再辉煌也已成过去。”

剑谷谷主威压四方，一股惊天剑芒冲霄而上，撕开了云层，斩裂了苍宇，那正是无敌剑道的表现。

“你太高估鲲鹏了，当年又不是没有人见过，还曾有人参与过那一战呢。”有人冷声道。

一条龙横空出现，庞大无比。每片鳞都有数丈长，眸子如血池一般，身体仿佛一条山岭横亘，带着云雾、血光、煞气俯冲过来。

这是妖龙道门的门主，此前该教的副门主被不灭生灵扯断了躯体，它亲自来报仇了。

昆门老人，也就是不灭生灵的次身，此时收敛起平日的笑容，严肃无比道：“就凭你们，也能杀鲲鹏？若非昔日有那两个生灵参与，哼！”

一声冷哼，如炸雷爆响，让这片天宇龟裂，令诸多修士变色。

昔年一战，到底有着怎样的隐情？

过去的真相早已被掩盖，存在着太多的秘密，许多人根本不知情。

“你们背后若没有那两个残活下来的生灵，又怎敢祸乱边荒！”昆门的老者喝道。

石昊闻言，心中一震，难以平静。过去发生了太多的事，也唯有少数几个亲身经历过的老古董才了解内情。

而这似乎关乎罪血一脉的荣辱。

“哈哈……你想太多了，真有那种无上生灵，翻手间就能镇压你，此时你还敢来吗？”剑谷谷主大笑。

“说那么多作甚，直接做个了断吧。”天国之主开口，催动战车，施展大神通，血雾笼罩这里，开始了大战。

“轰！”

那战车撞来，如同一座星辰炼制成的火炉，硕大无边，碾压而至。

它通体赤红，泛着凛冽的金属光泽，带着刀痕剑孔，这是漫长岁月征战留下的痕迹。

“铛！”

不灭生灵出手，扇动背后一对金色的翅膀，罡风浩荡，片片光刃飞出，全部斩在那辆古老的战车上。

“轰！”

战车发光，杀气滚滚，周围尸骨如山，景象惨烈。

这是它昔日征战时所造成的杀劫，无穷生灵哀嚎，他们的怨气都汇聚在战车上，被驱使成为车奴。

天国之主身体虚淡，但并未消失，而是正面全力一击，劈剑而来，如一条天河倾泻，浩浩荡荡。

他并未暗中刺杀，因为眼下根本不需要，这么多人在此，一人动用一种大神通就足以让对手陷入危局中。

果然，“锵”的一声，剑谷谷主也动了。同样是一口剑，斩断九霄，一方天地轰隆隆落下。

这种景象骇人，他单臂挥剑，仿佛斩落下九重天，让一方天宇坠落，化成一界，压向不灭生灵。

这是“剑界”的剑道巅峰，演化世界，形成神土，击退对手。

这个世界遍布着敌手，当中剑气纵横，激荡十方，全部斩向不灭生灵。

“吼！”

不灭生灵一声大吼，浑身金色羽毛炸开，神翅上有十万金色天剑飞出，斩向四方，铿锵作响，金色光芒充斥在每一寸空间中。

仅一瞬间，乾坤苍茫。

不灭生灵同两大高手就此激战了起来，恐怖波动惊寰宇。

这一瞬间，太阳都在摇动，星辰都要被斩落下来一般。

“还在等什么？快出手，速战速决！”妖龙道门的门主喝道，庞大的龙躯发光，鳞片全部翕张，混沌气息涌出。只见它张口吐出一颗龙珠，化成法器，攻击不灭生灵。

“铛！”

昆门老者动了，挥动拳头，展现鲲鹏奥义，一拳砸在龙珠上，就让此地龟裂，山川等成片成片地化成齑粉。

就是有大阵封锁此地，也不能阻挡这种恐怖的波动。

“呼！”

天空中，金色光芒一闪，一株金色的古藤出现，横卷而来，向着不灭生灵缠绕而去，这是太阳神宫的主人——一株古藤。

“轰！”

黑色大日摇动，霞光照耀，魔葵园之主化成一个黑袍道人，挟大日镇压而下，烈焰腾腾，围杀鲲鹏子。

接着，罗浮真谷的强者、冥土的巨头等全都动了，这一刻杀气滔滔，震动整个空间。

一群强人出手了，强大如不灭生灵也得避其锋芒，不愿被包围，不然的话要在这里饮恨而终。

“哈哈……不灭你还想逃吗？主次身都出现了，今日可以将你击杀了，再也不用担心杀不死你了！”有人大笑。

各方巨头全都出手，合力封锁天空。

“啊！”

不灭生灵仰天长啸。他凭着身与天齐高，万丈金色身体耸入云层中，这样一声咆哮，震得天上的月亮都在摇动，差点坠落下来。

“嗷……”

一头银色巨虎出现，扑向不灭生灵，大爪子还未至，罡风就已经撕裂了一片山岭，土石乱冲。

“噗！”

不灭生灵怒转身，背后一对鲲鹏翅闪动，并且飞出片片金色羽毛，全部扎进那头银色巨虎的躯体中，没过多久，白虎横尸当场。

“不灭受死！”

巨头实在太多，天国之主、剑谷主人都震出绝世剑芒，让不灭生灵躯体上出现伤口，血液溅起很高。

不灭生灵猛力一抖躯体，浑身符文密布，绽放金黄光，横扫四方。

同时，他迎上俯冲过来的一条蛟龙，是妖龙道门的门主，正在跟他对轰。他身上虽然遭遇别人的袭击，出现血迹，但是一只手却撕扯下来一大块蛟龙肉，蛟龙鳞片脱落，鲜血淋淋。

顿时，鲜血从天而降，染红了下方残破的大地。

“杀了他，今日是最好的机会！”一头白犀牛喝道，在场的没有弱者，教主级人物争锋，围攻不灭生灵，他几乎不可能活下来。

“吼！”

不灭生灵咆哮，伸展万丈高的金色身体，如同一尊魔神向前冲去，直接跟白犀牛来了个大碰撞。

“咚！”

地动山摇，白犀牛防御力惊人，白皮如仙甲，击在上面如同在擂鼓般，咚咚作响，却很难击穿。

它的犀角也锋利无比，刺透虚空，冲着不灭生灵胸膛而去，几乎要将其洞穿了。

“哈！”

不灭生灵一声冰冷地呵斥，双臂一展，生生将那山岳一般的白犀牛给举了起来，而后猛力一震，将它撕开，震慑众人。

皮糙肉厚、防御力惊人的白犀牛，突然间被这么撕裂，震惊了所有人。

万丈高的金色身影，撕开山岳大的巨犀，这幅画面让许多强者胆寒。

但在这个过程中，一些教主的攻击也打在了不灭生灵的身体上，让他一个踉跄，几乎爆碎。

“嗯？九灭不死术！”有人惊叫。

“难怪他敢这般张狂，居然修成了这种绝世秘法！”有教主神色难看，同时眼中光芒炽盛，正觊觎那种宝术。

九灭不死术，是上一纪元留下来的古神通，传说可以保持自己永不坠劫难中，化死为生。

比如刚才，若是其他人被一些教主合力扫中，当场就要形神俱灭了，可是不灭生灵虽然遭创，但还不至于身死，又快速恢复了过来。

“轰！”

另一边，昆门老者神勇无敌，尽管满身是血，也依旧在人群中冲杀，不曾倒下。

“咔嚓！”

昆门老者双目突然射出两道惊人的符文光束，震裂虚空，将一位教主眉心洞穿。

“鲲鹏子，你还敢逞凶！诸位不要藏着掖着了，速速解决他！”有人喝道。

“今日，我看你能逞凶到几时，靠你们两人，无论如何也难以逃出生天，敢与天下人为敌吗？”

此时，教主皆沉下了脸，杀气腾腾。

“叔祖，莫要担心，我来也！”

就在这一刻，一只金翅大鹏飞来，遮天蔽日，血气滔滔，横扫此地。

“我也来了！”同一时间，一只青色的天鹏俯冲，摧枯拉朽，震动日月山河，杀到此地。

“金翅大鹏，青天鹏，你们也想 这浑水吗？你们要知道，这是各教联手对敌，你们要阻挡天地洪流、诸教的大意志吗？”剑谷谷主喝道。

“无论是谁来了，也改变不了结局！”天国之主喝道。

“是吗？”一人轻语道，声音不高，却震动四野。天空中，一片又一片金色的柳叶飘落而下。

第754章 柳神再现

金翅大鹏、青天鹏都是鲲鹏的后裔，虽非亲子，但血脉也极其纯净，尤其这两头生灵更是恐怖。

因为，他们才隔了数代而已，跟鲲鹏子是近亲，称呼他为叔祖。

这两头神禽在上界赫赫有名，两族也无比强势，平日间少有人敢招惹。

尽管它们气势十足、能力强大，但还不至于让所有教主都忌惮，毕竟只是两大高手而已。

但是当金色叶片洒落时，所有人都为之变色，尤其是其中几人，更是神色难看，因为在下界时就曾见过。

那种气息很熟悉，绝不会有错。

“他不是进了那道门户吗？怎么又出现了？”太阳神藤神色最是难看，当年在下界时就曾被那个人直接斩断身体，逼得它亡命而去，逃回上界。

“不可能，有人冒充。他已经闯进原始之门，再也不可能活着回来了！”另有人喝道。

“何人在装神弄鬼？”有人呵斥。

总的来说，他们不信，觉得有人在捣鬼。

石昊心中激动，险些就大叫出来，因为那是柳神的叶子!

天空中叶片不是很多，但每一片都晶莹透亮，金色光芒冲霄，散发着强大的波动，飘浮在虚空中。

“哼，不过是故弄玄虚，那个人不可能出现了，你能奈我何？”一只血蝠在这里喝道。

它拍打着一对黑色的恶魔翼，瞪着猩红的眸子，牙齿雪白森然。

这是一位教主，尽管不是威震三千州的大教巨头，但也很了不得，修为不弱于那些成名的强者。

“哧！”

就在这时，一片金色的叶子，化成一道流光，极速飞来。金光破碎虚空，眨眼间就到了血蝠的近前。

血色蝙蝠大叫，张口间赤色涟漪成片。那是它的宝术，为一种声波大神通，鼓荡空间，粉碎天地。

但是这根本无用，那片金色的叶片飞来，击穿赤色涟漪，而后“噗”的一声刺透其眉心。

“啊……”血蝠大叫，眉心鲜血汩汩而流，它奋力挣扎，但是双目中的光彩却逐渐暗淡了下去。

一代强者，就这样死于一片金色柳叶之下。

在场的人无不恐惧，莫不震撼。

有些人觉得悚然，一片金色柳叶而已，就要了一位超级强者的性命？这得是多么大的神通啊！

短暂一瞬，这里竟寂静了。尤其是曾经在下界跟柳神有过战斗的超级巨头，深知他有多么恐怖。要知道，数年前那一战，只柳神一个人就大战群雄，诸多教主下界，合力战他都无用。

在那种境地下，他只身突破险境，就算被多人围攻，依旧击毙了几位教主，重创多人。

那一战影响深远，比如当今的冥主之所以能够统驭上界几块阴土，全都是因为柳神在下界打败了一位混沌古尸，那是一位巨头。

至此后，几块阴土中再无人是当今冥主的对手，这才被他统驭成功。

那一战柳神独战群雄，在上界引发了轩然大波，因为太过恐怖与超凡了，故而有人猜测到了他的身份，也有人不知，但后来去调查，多方打探，总算发现了一些端倪。

人们惊恐地发现，那柳神很可能是残体，不曾恢复到巅峰，因为在古代时，有人见到其涅 ，更有人见过他化成了一粒种子。

还有人听闻，他不知曾经闯过哪里，遇到古今未有之劫，树体遭遇九天上仙道雷击，几乎死去。

当世的柳神，在低谷期能活在世上就是一个奇迹。如今他渐渐恢复过来，更是匪夷所思。

当年一个还没有恢复到巅峰的柳神，就能击杀四方敌，怎能不让人忌惮？

数年过去，他若是再现，也许更加强大了！

“前辈，是你吗？”

此时，一只五色孔雀出现，它有着庞大的躯体、亮丽的羽毛，色彩斑斓，照亮天宇，横空而来，仰望天穹。

孔雀神主很快又化成了一个男子的形象，以人身之躯，矗立在虚空中，带着崇敬之色。

人们发呆，强大如孔雀族的主人都是这副表情，越发让人敬畏那个柳神。

只有少数几个人明白，孔雀神主当年之所以能崛起，就是幼年时期得到了柳树的一滴五色神液，才让它超越族人，最终冲天而上。

“边荒将乱，烽火遍地，何必内耗，各退一步，就此散去吧。”

虚空中，有一道平和的声音响起，金色柳叶飘舞，让这里越发的神圣祥和。

就在此时，远处一座青铜仙殿摇动，传出了一道苍老的咳嗽声，像是有一个巨无霸将要复苏。

“铛！”

与此同时，钟声悠悠，这天宇上出现了一口古朴的道钟，宏大而神秘，散发着混沌气息。大钟的钟壁上，有一个“无”字。

同一时间，一直很沉默的西方教教主神色庄严，向前迈步，背后一下子生出多重手臂，化作千手古僧。

情况越发复杂了，各大巨头都出现了。

“我不信，肯定不是那个人，没有人可以从原始之门出来，古来无上至尊但凡进去都死了！”剑谷谷主说道，右手持剑，剑波如涛，让他立身剑道汪洋上。

就在这一刻，远处有人喊道：“禀告谷主，那的确不是下界的那株柳树，它来自仙古遗地！”

这样的话语一出，立时引起更大的骚动，各方皆侧目。

孤剑云在远处现身，道：“仙古有遗迹，一些原住民守着一处山脉，他们的祭灵古祖的一段枝丫，就是此金色柳树。”

孤剑云之所以这般说，是因为他刚从仙古遗地回来没多久，了解过一些秘闻与真相。

“不错，它不是诸位前辈在下界遇到的那株柳树，只是一段枝杈。”就在此时，宁川也出现了。

而在他的身边，还有几位高手，其中就有原住民中的巨头——银血魔树族的古祖。

这株老树开口，证实八臂魂族、人马族等守护着一株已陷入长眠、不再觉醒的枝丫，而不是一株完整的柳树。

“哈哈哈……”顿时有人大笑，嘴角露出揶揄之色，心情一下子放松了。

果然不是正主，这段枝丫也许很厉害，但是绝不可能长久激战，因为它是无根之萍，最多能发出那么几次冲击。

石昊心中一沉，他也猜到了，应该就是净土中的那段金色枝丫，尽管如同参天古树，但不是真正的柳神。

他在那片古地中曾与它交流，早已知晓因岁月太漫长，这段枝丫虽然有柳神的部分烙印，但也将消散了。

漫长岁月以来，它不曾清醒过多长时间。

故此，这次石昊逃出仙古时，根本就没有想着借助它的力量，因为交谈过那一次后它就再无声息了。只是不曾想到，此时它来了！

“故弄玄虚。不灭、齐道临，还有那残缺的柳树，我看你们如何逃！”天国主人阴森森地说道。

石昊一声叹息，深知这段枝丫不能久战。

不过，齐道临、不灭生灵却很平静，并无失望与沮丧，依旧战意高昂。

“各位，得饶人处且饶人。”

就在此时，九道身影出现，正是八臂魂族、丽人族等教主齐现，九大巨头从仙古遗地中赶来了。

从而也证实了孤剑云、宁川的话，飘舞的金色柳叶的确与九大教主有关，是他们请出了残缺的柳树。

“哼！”冥土的人冷哼，不以为意。

“仙古遗民，你们若安分一些，便相安无事，若是阻拦，就是与我上界三千州开战！”剑谷谷主说道。

“尔等速退后，要与我等为敌吗？”神庙强者亦沉声道。

“你等能代表我上界三千州吗？”金翅大鹏喝道。

青天鹏亦展翅，在那里点头，愿与不灭生灵同进退。

“诸位，大劫将起，烽烟遍地，还是止戈吧。”此时，远方也有人开口，那是一只雪白老龟。

而此时，补天教、截天教的教主也出现了，就在不远处，也要表态。

事已至此，顶级巨头来了不少，情况越发复杂，有人希望止戈，但也有人敌意更浓了。

“呵呵呵……来了九位教主，弄了一段树丫，就想蒙蔽我等，今日得有个说法，不能善了！”天国之主说道。

“不错，此事皆因石昊而起，自然要有个交代！”冥主说道，死亡雾霭涌动，杀气滔滔。

“罪血后代必须得死！”剑谷谷主很直接。

当然，在场很多人更想杀掉齐道临还有不灭生灵。

就在此时，不灭生灵笑了，很张扬，也很狂妄，道：“就凭你们，也想威胁我？”

“刚才我等都无惧，现在来了这样一群道友，还怕什么！”齐道临也大声喊道。

“轰！”

不灭生灵出击，再次同他们交手。

此时他压力锐减，毕竟金翅大鹏、青天鹏还有九位仙古遗地教主驾临，全部站在他们这一方。

“轰！”

突然，天崩地裂，魔哭神恸，这世间仿佛要崩开了。

不远处，那座青铜仙殿摇动，绽放瑞彩。它在剧烈抖动。

所有人都知道，仙殿的第一代至尊全面复苏了，再次来到了这个世上。

“呵呵，不灭、仙古的原住民，我看你们都应当被镇压！”

仙殿中传来很苍老的声音，那个人复苏后，直接就这样的强势，其话语震动四方。

同一时间，那殿宇中两道闪电般的眸光扫来，看了一眼齐道临，还有石昊，道：“至尊道场，当烟消云散。”

“仙殿之主复苏，真是一场盛事，既然如此，我等将镇压罪血一脉全部人马！”剑谷谷主说道，提剑向前逼去。

“还怕你们不成，都过来吧！”不灭生灵大喝。

“老夫既然复苏，再次来到这个世上，自当镇压一切。”青铜仙殿中，那苍老的声音传出。

同时，整座青铜仙殿摇动，疾速而来，要向着这里镇落而下。

瑞气环绕，仙光滔滔，景象异常的惊人，他要直接击杀不灭生灵、齐道临、石昊等人。

就在此时，一株金色柳树冲来，要对抗青铜仙殿。

“我来！”

剑谷谷主还有西方教教主同时出手，攻向那株柳树。

“哧！”

如同飞仙之光，远处一道白衣身影，从那广袤的无人区深处而来，凌波虚度，在其周围有三千光团，那是一个又一个世界，有诸多古国在沉浮，诸天神魔在参拜。

“铛！”

他伸出一只手，拍在青铜仙殿上，将之震得横飞了出去。

同一时间，他一招手，那金色柳树缩小，化成一条枝丫，出现在其手中，轻轻一扫，剑谷谷主大叫，他手中神剑被折断，整个人咯血，竟被震飞了出去。

“柳神！”石昊惊叫，这绝不是一段枝丫，是柳神再现！

“哧！”

金色枝条飞出，如同一道又一道秩序神链，冲向西方教教主。

西方教主千手齐动，法相惊天，拍向那金色枝条。

“噗！”

结果刹那间，西方教主的千手直接被金色枝条洞穿，折落下来。

这一幕，震撼所有人。

青铜仙殿摇动，冲撞而来，瑞光再次喷薄。

“铛！”

那道白衣身影又是一掌拍出，打得它发出阵阵轰鸣，斜飞而去，撞向大地。

第755章 柳神风采

柳神！

这一次真的是他，从广袤的无人区深处凌空虚度而来。

白衣展动，风华绝代！

这就是柳神，刚一出现，便展现出绝世风采，只一掌就拍飞了那座古老的青铜殿宇，并击伤其他教主。

“轰！”

青铜殿被那一掌打得撞向地面，还隔着很远，那宏大的山峰就崩开了，山体龟裂，乱石穿空。

而当铜殿翻落到近前时，那些山体全部爆碎，草木化成齑粉，虚空都跟着塌陷，景象异常的恐怖。

山地沉陷，铜殿落下来时摧枯拉朽，没有什么可以阻挡它的下坠之势，如同一颗大星从域外砸来。

这是一种天崩地裂的场面，烟尘席卷高空，冲散了云朵，震断了苍穹。

这种异象十分的可怕，仅是一座铜殿落下而已，就比诸多教主的攻击还要凶猛与凌厉。

要知道，这个地方可是布下了很多的大阵，足有数十重，都是各路教主所为，但现在都被击穿了。

铜殿被砸进大地深处，毁灭成片的大阵符文，那里出现一个巨大的黑渊，深不见底，黑洞洞的，非常吓人。

这仅是第一击而已，就有这种场面，让各方高手都心头悸动，眼中出现璀璨符文，盯着那里。

“那可是仙殿至尊啊，见证了皇朝的兴起，帝族的兴衰，一直超然在上，在上界号称不败的古老传奇，就这样被拍飞了。”

一些人低语道，很是震惊。

传说中无敌的仙殿至尊，方才苏醒，就遇到这样一个强势的对手，一掌就将他打进了地下。

这是怎样一幅画面？

在那里，一个人超然而立，雪衣无瑕，皎洁若月，一缕缕白雾弥漫，在其身边更是有三千光团，那是一个又一个世界！

每一个光团都是一方天地，内蕴众多古国，在那里有数不尽的神魔，在对着它顶礼膜拜，诵经声传出。

诸天万界，无尽神魔祈祷礼敬，这种画面着实足以震动万古，是一种不可想象的奇异而宏大的景象。

另一边，仙谷谷主稳住身体，提着一口断剑，嘴角血迹点点，神色异常难看。

他是谁？三千州一方教主，号称上界巨头，结果居然遭受这样的挫折，才刚一交手就负伤。

对于这等人物来说，说是奇耻大辱也差不多了，在他漫长的生命岁月中，何曾有人如此轻易将他击伤？

西方教的教主双手合十，口诵真言，定住自己的丈六金身，不再倒退，散去法相。

就在刚才，他化作千手古僧，动用了上一纪元一个名为僧佛的极道法门，结果还是吃了大亏。

还好，法相不是真身，本体没有被击破，只是那以法力凝聚出的上千条金色手臂断了一些而已。

即便如此，也足以让西方教的教主震惊不已！

因为数年前，他曾在下界跟这株柳树交过手，对方绝对没有这么凌厉，这才数年而已，进步就如此之大。

“看来，传言是真的，它很可能与上一纪元有关，是残存下来的无上生灵。”

西方教教主低语道，神色凝重而又严肃。

“柳神……你回来了？”石昊叫嚷，此刻他无比激动，心绪若汪洋在起伏，难以自抑。

一别数年，从未忘记。

当年大荒乱起，虚弱垂死的柳神救了石村，也正是由于柳神才有了石昊的种种成就。

在石昊幼时，柳神虽然不曾传他大法，但是为他指路，让他看到了更为广阔的一片大天地。

石昊从来没有遗忘，他的奋斗目标就是有朝一日，能够闯进柳神心中的那个世界，跟他一起去征战。

他原以为，柳神迈入那道门后，就再也出不来了，只能等到自己足够强时再去寻它。

今日得见，让他震惊而又喜悦。

柳神回眸，白雾弥漫，它的人形躯体依旧看不真切，连天眼都无法望穿，但是石昊感觉他在微笑。

“是真正的柳神回来了吗？还是其他？”石昊低语道，站在远处，握紧拳头，静待战斗结束。

他对柳神有信心，从过去到现在，再到将来，似乎没有柳神做不成的事。柳神是战无不胜的！

铿锵声震耳，那黑渊下方，一座长满绿铜锈的铜殿爆发出斑斓光彩，若一座尘封在岁月中的仙器复苏，威势无与伦比。

它拔地而起，从黑色的地窟深处冲了上来。

世间一直有传言，这是一件仙道法器，尽管看起来像是建筑物，但其实是一件不可想象的至宝。

据传，它在三千州十大兵器中排名极为靠前。

甚至有传说称，它跟三世铜棺一样，来头大得惊人，跟上一纪元有关。

“咚！”

青铜殿宇发光，出现在地表，散发出混沌气息，更有瑞光喷薄，那古老的绿色锈迹也难以掩盖它的不凡与神秘。

在铜殿上，有诸多印记浮现，草木虫兽、古禽蛮神、日月星河等，应有尽有，栩栩如生，全都伴着雾霭。

“柳树，你还活着！”铜殿中传来一道苍老的声音，带着威严，还有一种冷厉。

他的声音震得虚空扭曲，山川四裂，这是一代至尊的血气在扩散，是他正常的音波，就造成了这般景象。

别说其他人，就是各路教主也都心头大震，这个老家伙太强了，非常厉害。

“残存的仙根，活到了这一世，实属不易。可这已不是你的纪元，在这里你将永无巅峰时！”铜殿中苍老的声音渐渐冷厉。

“诸位，我们一起上，斩掉此树！”剑谷谷主说道。

“没错，我们这么多人在此，还怕他一人不成，快快结果了他！”妖龙道门的门主喝道，庞大的龙身盘舞，横亘天宇上。

“若你们就此退走，我就不再出手。”柳神开口，盯着一些人，让他们离开。

不过，他却没有看向妖龙道门、仙古等传承的主人，面上风轻云淡，看不出喜怒哀乐，但这更加让人忌惮。

这让一些人心中一动，也让一些人越发紧张与凝重。

“可以啊，我们本来就想走，但要带着罪血后人走，并且至尊殿堂的余孽齐道临也要对此有个交代。”罗浮真谷的主人说道，到了这一刻，不能善了，他希望各教联手，将强敌击杀。

错过今日，很难再有这样的机会了。现在各路强者云聚，正是对付不灭生灵还有这棵柳树的绝佳机会。

“是吗？你们都不肯退步？”柳神声音依旧平和。

“还没有人敢要求老朽做什么，我随心所欲，岂能受你束缚？”铜殿中的老者阴森森地说道。

“前辈，既然要动手，我等自然不会落后，一起上，斩了此树！”有教主说道。

而此时剑谷谷主、妖龙道门门主等更是一起上前，开始围拢，要群攻柳神，将他击毙在此。

“不错，今日当有一战，无论是谁来了，都难以走出此地！”太阳神藤说道，昔日他被柳神斩断半截滕身，自有大恨。

“这少年你救不走，我等要留下他，代表了三千州的大意志，你一个人改变不了什么！”另有人附和。

柳神笑了，但是笑得有些冷，道：“你们好大的威风，对一个少年都想要斩尽杀绝，不愿放过。既然如此，无须多说，那就战吧！”

“呵呵，你以为这是什么地方，从来无人可以针对各方教主，假若你非要逆天行事，也得殒命！”火云洞人说道。

“上！”冥主直接开口。

“那少年必死，敢斩我天国人杰，自不会放过他！”天国副教主也开口。

“那便滚过来受死吧！”不灭生灵大吼，身体已动，准备跟这些人交手。

“啊！”

大战爆发，所有人一起出手，祭出宝术，一瞬间时光混乱，天地宛若初开，这个地方简直要炸开了。

不灭生灵、齐道临等自然全力对抗。

不过，尤以柳神那里战况最为激烈，可说是杀到沸腾。

这才刚开始而已，就有血光溅起。

“铛！”

上界至宝青铜殿发光，想要镇压柳神。

其他人则狂暴出手，不再藏着掖着，纷纷动用了此生最强大的神通。

只是，那仙殿发光，没有伤到柳神，落到其头顶上方时，反而被他定住了。

“哧！”

一道金光飞出，一根并没有多么粗的柳条一下子洞穿虚空，到了剑谷谷主的眼前，又一次针对他。

“锵！”

这次，剑谷谷主发出足可以斩落下日月星辰的一剑，剑芒冲霄而起时，连天穹都被截断了。

虽然火星四溅，但是那根柳树枝仍旧无恙，堪堪挡住了这一剑，不曾折断。

金色枝条若神链般，穿透一切阻拦，到了他的近前。金色枝条一卷，剑谷谷主手中的断剑粉碎，化成金属粉末。

接着，这条枝条刺透了他的躯体，将他钉在了半空中。太快了！一切都无比迅速。

强如剑谷谷主也挡不住，护体符文全被击散了，整个人横飞了起来。

当然，他是被钉在虚空中横退，身体溢血。

“噗！”

接着，那条金色枝条一震，剑谷谷主整个人炸开，在这虚空中化成一片血雾。

这震惊了所有人，一切都太突然了！

“哧！”

又是一道金色枝条，手腕粗细，冲入虚空，击穿成片的符文，冥土一位强者大叫出声，手中的死神镰刀炸开。

“砰”的一声轻响，他的眉心被金色枝条击穿，元神被杀，直接毙命。

“轰隆隆！”

天空中，那座青铜殿震动，向下压落，带着滔天的符文，有仙道气息在弥漫。

而此时，柳神身体不动，但是在其背后却冲起千百条金色柳枝，化成秩序神链，托住了这座古铜殿。

而后，他一声轻叱，将此殿宇抵住，并且用枝条缠绕，束缚住了。

“轰！”

千百根金色柳条包裹着青铜殿，如同一个链子锤般，被他舞动了起来，向前砸去。

所有人都变色，这可是上界至宝，居然被他反利用起来。

“噗！”

第一时间，就有一条螣蛇族教主被砸中，当场毙命。

第756章 斩各路教主

强如剑谷谷主，纵横一生，臻至剑道极境，却依旧被震得爆碎，在此殒命。

狠辣凌厉如螣蛇族教主，面对其他对手时所向披靡，此刻也被击杀，肉身灰飞烟灭。

这样的人物先后毙命，怎不让人心惊？怎不引人瞩目？许多人生出大恐惧，柳神之强大让在场教主神色骤变。

这十分可怕，那可都是一方巨擘，天纵人物，生命年岁悠长，历经无数血与火的磨砺，是真正的大人物。

可是，柳神杀他们却并不是非常艰难，也没有付出不可承受之代价，直接格杀，干净利落，让人胆寒。

柳神站在那里，白衣飘飘，周围三千世界化成光团，围着他旋转，沉沉浮浮。可以见到一方又一方大世界中的景象，先民祷告，神魔叩首，万灵祭祀，神秘而超然。

“仙殿的前辈，快压制他啊！”有人大声喊道。

柳神持铜殿而动，那简直成为了他的武器，对在场的人造成了巨大的威胁，伴着混沌光芒，还有至强波动，席卷四方。

以他为中心，形成一片禁忌领域！

“噗！”

又有一位强大的人物被砸毙。

“镇！”

铜殿中，传来一道苍老的声音，整座铜殿绿光滔滔，所有铜锈都绽放妖异的符文，化成一股奇异的力量，冲向柳神。

突然，一个宏大的声音响起，像是宇宙初开，又如万物初生，无比的恢宏。

柳神周围，三千个沉浮的光团都如同燃烧般，越发明亮，如在开天辟地。

那座铜殿被阻，光芒倒转，嗡嗡作响，不断在挣扎，被柳神以大法力强行压制，而后镇封了。

“轰！”

随后，柳神发光，身畔冲起更多的金色枝条，全部缠绕在青铜仙殿上，让它光芒暗淡，所发出的波动一下子小了很多。

“啊！”

旁边其他人也在出手，一个个都攻向柳神，向前杀去。他们知道，这株神树太过超凡，非一人能敌。

柳神一声轻叱，那些枝条发光，缠绕着青铜殿，重新将它卷起，轰砸向各方教主。

这个场面很惊人，青铜殿化成了一柄巨锤，砸得虚空战栗，全面崩开，神威浩瀚，无人能挡。

铜殿是上界至宝，但是此时却被柳神抓着，为他所用，发挥出超级恐怖的威能，让人惊悚。

“青铜殿是何等的法器，那柳树现在强行压制它，必定承受了巨大的压力，我们只要挡住他，必让他遭劫！”一头金睛兽喝道，要给仙殿至尊争取时间，让它催动这件法器，击杀柳神，消耗其血气与道行。

“轰隆！”

结果，那只金睛兽才吼完，那青铜仙殿就落了下来，将它覆盖在下方。

柳神可以对抗这件至宝，将它舞动起来，不代表其他人也能够接下，这是一件古老的仙道器物。

金睛兽大叫，浑身鳞片翕张，奋力嘶吼了起来。此刻它感觉沉重如山，通体骨头都要断裂了一般，无法承受。

那从天而降的铜殿，流转符文，禁锢虚空，金睛兽就是身为一族族长，此时也难以挣动，被定在了那里。

“啊……”金睛兽大叫，非常的不甘，对天长嚎。

“砰！”

可惜，它也只能发出最后一声嘶吼，然后就被那落下的铜殿砸中，身体一下子四分五裂，而后爆碎。

又一位强者殒命，死于此地。

“诸位，莫要后退，他只是一个人而已，难道还惊天了不成？此时不过是逞一时之勇。”有人喝道，一群人目光灿灿，再次出手，祭出各种法器。

“铛！”

铜殿发光，在柳神的牵引下，跟一些法器碰撞，碎裂的声响发出，当中几件兵器炸开。

那些怎能与铜殿相比？这是上界十大兵器之一！

“嗷……”

一只天蝎大叫，化出了本体，对抗那从天而降的铜殿，为躲避这件法器，它已经动用疾速。

然而，柳神盯住了它，不给它机会，如影随形，挥动那座青铜古殿，劈头盖脸砸了下来。

“铮！”

天蝎拼命，身后那血红的蝎子尾巴，迸射而起，抵住铜殿。可是紧接着它就神色惨变，这天蝎尾巴龟裂，而后炸开，根本无法阻挡那座青铜仙殿。

“噗！”

天蝎教主惨死，身体粉碎，化成一团血雾，又一位强者被击杀。

这个时候，所有人都神色难看，这才多长时间，柳神就连杀几位教主，震慑群雄，让一群人战栗了。

还怎么打？

还有谁可以抑制他，这简直无解！

“仙殿前辈，这可是你的法器，还请收走！”罗浮真谷谷主喊道。

其他人虽然没有说什么，但是很显然都不满了。仙殿至尊何其强大，可是今日却没有体现出其无敌的手段，反而被人利用其武器在此大开杀戒。

“诸位，少安毋躁！”仙殿至尊说道，显然他也怒了，从开始到现在，他一直都落在下风，至宝也被他人所利用。

“咦！”

所有人都惊讶，这铜殿上的锈迹脱落，化成一片绿色的光雨，异常灿烂，纷纷扬扬，将柳神淹没。

特别是缠绕在青铜殿上的那些金色柳枝，早已布满绿斑，如同遭了虫害般，显得很暗淡，病恹恹的。

“诅咒！”

有人惊叫，快速后退，全都竭尽所能地躲避，唯恐沾染到身。

这是仙殿的绿铜锈诅咒，最是毒辣，一旦触及，很难摆脱，会威胁到一生的道果。

当年，石昊在下界时，就是被一块绿铜锈击中，最终导致身死，被埋葬在地下一年多才复苏过来。

可以想象，这种绿铜锈多么的恐怖。

而今，漫天都是绿色光雨，遮笼柳神，侵蚀其金色枝条，这自然算是一种击杀。

要知道，目前施展这种诅咒的人，可不是当年对付石昊的那个老仆人，而是该教第一代至尊。

“哐当！”

果然，那些金色枝条脱离了铜殿，有些无力，而那座法器一下子冲起，摆脱了束缚。

此时，柳神的部分金色枝条萎靡，叶片上充满斑痕，像是被太阳灼烧过，已经枯黄，即将凋零。

铜殿刚脱离柳神控制，就从当中飞出成片的符文，仙殿至尊出手了。

可以看到，当中有一尊古老的身影盘坐，不断结印，一尊巨大的人像在其背后浮现，而后冲出古殿，向着柳神击杀而去。

“轰！”

这一刻，天崩地裂，鬼哭狼嚎。

仙殿至尊时隔漫长岁月，终于再一次出手，显化出了无与伦比的强大威能。

“柳神！”

石昊惊呼，为他担心。因为柳神似乎中了诅咒，情况不太对劲。

“哼！”

一声冷哼，白衣柳神涌动出一缕缕雾霭，接着那些金色枝条抖动，光束滔滔。

在金色枝叶上面的斑纹全部如流水般，开始汇聚，不断集中，向着一根枝条流淌而去。

最终，所有诅咒集中在一根枝条上，而后那根金色枝条化成墨绿色，异常的恐怖。

“轰！”

这根枝条燃烧了起来，最后炸开，竟是如此瓦解诅咒！

人们看得呆住了，中了这种诅咒很难化解，从古至今没有几人可以活下来，结果柳神就这样化解掉了。

一般来说，诅咒入体，将会弥漫至全身，且结果不可逆转。而他却能强行逼到一处，最后只失去一根枝条而已，就彻底化解了诅咒。

“轰！”

柳神站在那里，面对人仙印，直接拍出一掌，“轰隆”一声，打得这方宇宙剧震不已。

那人仙印暗淡，直接消散。

下一刻，柳神杀到了铜殿前，这一次不是夺此法器，因为毕竟是别人的兵器，且是仙道之物，很难真正掌控。

他直接就要迈进铜棺中，前去击杀仙殿至尊。

这个场景让很多人汗毛倒竖，这也太强势太惊人了，竟敢进别人的法器中。

“诸位，不要耽搁，相助仙殿前辈一臂之力，将此柳树击杀！”妖龙道门的门主说道。

所有人合力，一起向前冲击。

柳神回眸，身体气息剧增，散发出异常惊人的波动，上百根柳条飞出，卷向群雄。

其中，又以妖龙道门门主承受的压力最大，因为大半金色柳枝都是冲着他来的。

“嗷吼……”

一声龙吟，响彻天地，在这个地方激荡。

他摇头摆尾，跟众人联手，对抗金色枝条，想要封住这种宝术攻击。

“砰！”

可是，他依旧中招了，没有避过，两根龙角被缠住。

“给我开！”妖龙道门门主喝吼。

可惜，即便他运用全力，且其他人也都出手，那些金色枝条依旧坚韧不可毁，且如同天刀般。

“嘎嘣！”

缠绕在龙角上的金色枝条，居然将龙角生生截断，那龙角就这样沾着血，脱落而下。

“啊……”

妖龙道门门主大叫，头上鲜血淋淋，面色苍白，着实伤得不轻。

他以为逃过了一劫，可是金色枝条数量剧增，已经冲向前去，勒住了他的身体。

“不！”他大叫。

可是一切都晚了，任他法力通天，此时也是待宰的羔羊，难以抗争。

“噗！”

那金色枝条将它的身体勒得鳞片脱落，伤势重得无法想象。

他的元神想逃，刚冲出头颅，一根金色枝条飞来，“噗”的一声，将之洞穿，钉杀在虚空中。

又一位重量级人物死掉了，让人看得毛骨悚然。

而且，此时柳神一只脚已经迈入青铜殿中，就要进去，没有理会随后而来的群雄，丝毫不怕他们将他镇封在当中。

此刻，他冲着仙殿至尊而去！

第757章 教主混战

正当柳神进入仙殿之际，后方一群人出手。

“轰！”

仙殿中，那盘坐的身影结印，并且从那里飞出一只九头不死鸟，从法印间冲起，撞向柳神。

柳神一只脚迈入仙殿中，抬手间，光泽一闪，一只温润晶莹的手掌向前斩去。

“噗！”

那九头鸟当即被斩杀，九颗头颅落下。

原本九头鸟为符文化成，是一则大神通的体现，可此时却被柳神一击，快速就瓦解了。

众人变色，都觉得他未免太强了，不可思议。

“轰隆！”

柳神双足皆踏进殿中，果然杀进去了，强势无比。

铜殿摇动，铜壁发光，符文无数，如一朵又一朵妖艳的花朵在绽放，洒落下无穷的光彩。

这些光都是规则、秩序所化，此时全部冲向柳神，将他笼罩，进行消融。

柳神一声轻叱，通体浮现瑞光，随后成百上千条金色神链冲出，全部打在青铜壁上，让这座古殿剧烈摇动。

他抵住了铜殿的攻击，迈步走向前去，抬手向前拍击，要将那盘坐的古老身影击杀。

就是这么的随意，不曾停留，也没有犹豫，强势出手，攻向这名敌手。

“哧！”

仅一掌而已，柳神将那盘坐的身影击穿，让他一下子崩开了。

“什么，仙殿至尊遭了一掌，倒了下去！”

“怎么可能，那可是一代至尊，所向披靡，在上界中少有对手，怎么会被一掌击穿了呢？”

那身影倒下，像是横尸在铜殿中。

其他人慌忙止步，一脸惊容，心中翻起滔天骇浪，仙殿至尊就这样被击杀了？仿佛一场梦！

“嗯？”

突然，柳神一怔，快速止步。

而这个时候，青铜仙殿突然摇动，恐怖气息弥漫，一口水晶棺飞出，撞向柳神。

“轰！”

棺与柳神两者间爆发出炽盛光芒，都横飞出铜殿，显然这一击无与伦比。

若非铜殿坚固，号称上界至宝，这个地方绝对会被毁得不成样子，尽管如此，从铜殿出口溢出的能量还是粉碎了天穹。

柳神定住身形，而水晶棺却“咔嚓”一声炸开，形成惊人的能量风暴。

水晶棺爆碎，从里面冲出一个满头白发的老头子，皮肤褶皱众多，看起来很苍老，应是为了保持生机旺盛，他才以水晶棺自封。

他的眼神若金灯般，炯炯有神，很犀利。这个人的气场太强大了，被他看一眼，肉身似乎都要炸开了。

就是在场的教主也都心悸，感觉阵阵冰寒，这是一个超级大人物。

他是仙殿至尊，早先盘坐的黑影是假的，这才是他的真身。他一下子迈步走出铜殿，而后翻手将门封印，想困死柳神。

他全力催动这件法器，让它发光，熊熊燃烧，如同一个火红的炉子，焚烧九重天。

柳神在铜殿内，自然遭受了最可怕的攻击。

“铛！”

柳神出手，一掌拍来，打向殿门，就要杀出来。

“诸位，还愣着干什么，助前辈炼化柳妖，将他击杀在此，不要耽搁时间！”有人喝道，提醒众人这是难得的机会。

一时间，符文四起，天地中光泽四射，云烟翻滚，诸天星辰浮现，异象惊人。

各方教主都在出手，想要封死柳神，将他击杀在铜殿中。

可惜他们失望了，柳神敢进去，又怎会将自己陷于死地？千百根枝条发光，瞬息冲出，轰隆一声，击在铜殿上。

“铛！”

响声大作，整座铜殿倾斜，而后横飞了出去，向着人群撞去。

“速速躲避！”有人大叫。

这可是十大兵器之一，是一宗至宝，现在这样砸落下来，符文绽放，绝对能杀伤教主。

终是有人躲闪慢了一步，被砸了个稀巴烂。

仙殿至尊变色，当中困住的人太强大了，短时间内根本无法炼化，而且带动着他的法器在行动。

长时间下去，这法器会是谁的，很难说。

因为，柳神极度强大，这样强行驾驭法器，说不定最后真能给炼化掉。

“咚！”

仙殿的至尊竭尽所能，施展秘法，强行召唤铜殿，并且开启了封印，将柳神震落出去。

他很担心，怕对方躲在里面反炼化他的法器，使之易主。

“柳树，你当真以为自己天下无敌了吗？”仙殿至尊喝道。

“来吧。”柳神只有这两个字，没有其他话语。

宽大衣袖飘舞，他已经冲了过去，跟这位年岁悠长的至尊大战。

一瞬间，天空撕裂，狂风大作，闪电交织，天地漆黑一片，宛若来到了世界末日般。

他们才一交手，就让这乾坤产生了非同一般的变化，无比惊人，绝世犀利。

这是至尊决战！

仙殿祖师没有让人失望，宝术层出不穷，力敌柳神，不曾跟其他人一样落败。

“挡住了，我们也上！”有人喊道。

“先杀不灭生灵，免得他干扰此地！”也有人这样建议。

更有人扑向石昊，让这里形势更加危急。

“不要脸的东西，受死！”不灭生灵喝道，他从齐道临的身边将石昊带走，保护了起来，对抗那些人。

事实上，不灭生灵一直在大战，跟一些高手争锋，已经杀了数名巨头。

除他之外，还有青天鹏、金翅大鹏、孔雀神主以及仙古的九大教主压阵，着实不在少数！

“想杀石昊，先从我们这里过！”九大教主出手了，他们看到了柳神，愈发觉得自己的选择没有错误。

“轰！”

不灭生灵一击，将一位教主的手臂直接震碎，接着快速扑杀了过去。

在其身边，金翅大鹏与青天鹏寸步不移，跟着他们的叔祖一同迎敌。

九大教主更是联手对敌，阻挡那些冲过来的人。

孔雀神主为了向柳神报恩，也在旁出手，五色神光滔滔，威势压盖此地。

大混战爆发！

“铛！”

突然，大钟悠悠，天空中那口早已出现、但不曾出手的宏大钟体，砸落下来，撞向柳神。

同时，仙殿至尊也手持缩小到拳头大的青铜殿，向前轰击。

两大至宝，一齐击杀！

柳神的形势不容乐观，遭遇了真正的对手，而对方却有这等无上兵器。

“诸位，何需这样大动干戈，各自退一步就好了，边荒将乱，没有必要这样内耗。”

远空，那一头雪白的老龟，还在坚持劝阻众人。

这头龟活的岁月无比久远，是上界年岁最大的生灵之一，它的辈分高得吓人，一下子引起了很多教主的瞩目。

但是，众人并没有停下来。

“龟兄，这件事无法善了，你还是在一边看着吧！”仙殿至尊这样说道。

大战激烈，一口道钟还有一座铜殿，此时产生了共鸣，一同向前击杀。

“没有相让的安宁，唯有一战，杀出一片青天！”柳神喝道。

别人不愿止戈，他自然也无惧，力敌二人，杀得日月无光，天地变色。

“轰！”

万千柳条冲起，都化成了银白色，带着光芒，如同雷霆降世，且叶片纷舞，如同一只又一只天凤飞舞。

若有若无，传出阵阵古老的祭祀音，仿佛听到了先民的祈祷与呼唤。

远处，九大教主震撼，喃喃道：“真是古祖祭灵！”

自从见到柳神时，他们就已经被震撼到，现在听到这样的祭祀音，就更加难以平静了，甘愿为柳神征战与拼命。

“哧！”

一根枝条擦着仙殿至尊的耳畔划过，带着一串血花，差点将他的脖子截断。

“铛！”

钟声悠悠，那宏大的道钟及时飞来，帮助仙殿至尊化解了危机。

柳神连续出重手，不断拍击，全部打在这口大钟上，让钟壁仿佛都凹陷了进去。

“咻！”

光芒冲霄，大钟上显化出一个“无”字，绽放奇异的法则，像是可以让万物皆归于虚无，消散一切有形物质。

柳神被“无”字奥义笼罩，也是一怔，但很快清醒，然后浑身出现各种图案与符文，这是祭祀印记再现。

“铛！”

柳神将大钟震起，那“无”字奥义没有将他伤到。

大钟旁边，出现一道身影，驾驭此钟再次杀来。

这一次，大钟另一侧，一片很虚淡的区域，出现另一个字，发出炽盛的光彩。

谁都知道这里有一个字，但是外人很难看清，无从了解。

现在，第二个字自动显化了。

那是一个古字——“终”。

当然，也只是透过烙印所猜测出的真义。

两个字连起来就是：“无终！”

“无终之钟？”有人惊呼，他曾经开掘出过古迹，在传说中听过这个名字，这不是本纪元的东西。

“早有猜测，不承想成真了，它真是无终之钟！”

那个“终”字飞出，绽放奇异霞光，终结一切，让柳神都一个踉跄，险些倒下。

要知道，此钟有损，并不是真正无瑕的法器，却依旧有如此威能。

“‘无终’？此钟留下了很多秘密，有传言称，‘无终’不能代表它的道的全部，还要悟出‘始’之奥义才行！”

第758章 无终

柳神居然被震退!

钟声不绝，悠扬而鸣。

那大钟上的“终”字，光泽莹莹，符文湛湛，如水波般向外席卷，震得人神魂震荡。

而这些钟波现在又汇聚一处，有针对性地选择，全部没入柳神那里，不伤其他人。

“这无终之钟果然超凡，不愧是至宝，竟有如此威力，压制了这株神秘的柳树！”有人惊喜，大声说道。

须知，从开始到现在，柳神一直很强势，横扫四方，接连击毙教主级人物，让人胆寒，无力抗衡。

可现在居然有人抵住了他，而且似乎还能伤他，让他们看到了希望，希冀借此扭转乾坤，将他击杀。

“无终之钟，震动万古，据传跟三世铜棺一般，都是上一纪元的古物，在那个时代威震天下，名不虚传。”

一些人心中激动，刚才实在是被柳神的实力震慑住了，损失惨重。

“无终之钟有大来历，自然强大无比。”西方教教主说道。

他拥有丈六金身，浑身如同金属铸成，黄澄澄，散发神圣而超然的气息。他知道很多隐秘。

该教之所以能兴起，就是因为曾经发掘出一处古迹，那是上一纪元的一处至尊洞府，他们借此成教。

该教传承于上一纪元古僧一脉，在那一世是名动浩瀚天宇的至尊传承。

也正是因为如此，西方教教主从那个遗迹洞府中了解到了一些秘密，看过关于这口大钟的少许记载。

它昔日的主人名叫“无终”，一位绝世至尊，得了长生，曾经无敌于一个时代，法力滔滔，神威不可匹敌，只要一出手，便镇压十方敌。

可惜岁月悠悠，无人知道在那仙古纪元末年究竟发生了什么，连战斗中无上人物的法器都受损了。至于当年的人，就更不知道在何方了。

“哧！”

柳神定住身体，使自己不倒退，脑后出现一轮神盘，光环当中一株金色柳树将柳神之人形躯体衬托得超凡入圣。

那神盘抖动，当中射出百重符文，千道枝条，如同一根又一根金色的矛锋，全部刺进那钟波间。

声声金属颤音发出，当当作响，那是柳枝矛锋击在大钟上的结果，响声激烈，震耳欲聋。

“终结一切！”大钟旁边那道身影喝道。他是此钟当世的持有者，身份不凡，法力无边。

这一声喝吼，大钟光芒更为璀璨了，那“终”字莹莹，喷薄混沌之光，上面还有更为复杂的规则符文等。

“砰！”

柳神的一些枝条被震退，竟有些暗淡，而且“终”字刺目，释放出它恐怖的超级力量，真的要终止一切。

“不好！”就是一些教主也遭受了波及，疾速倒退，他们的法器居然在龟裂，像是要被终止于此。

让生命走到终点，让一切终结。

这“终”字奥义，绝对的惊骇人间，很难抵挡。

“砰！”

成百上千条柳枝发光，而后数以万计的金色柳叶落下，在虚空中纷舞，全部打向钟体还有那个人。

“铛……”

钟声愈发激烈，最后大钟横飞了起来，而此钟当世持有者也嘴角溢血，一步一步倒退，守着大钟，脸色略白。

“我来助你！”仙殿老教主喝道，手持那座拳头大的铜殿，轰隆隆，向前追击而去。

仙殿轰鸣，内部喷薄着混沌气息，外部绽放着法阵纹路之光，向着柳神冲击而去。

无终之钟的当世持有者，更是大喝一声，再次向前击去，而这一次钟体上的两个字一同发光，并且交织了起来。

“无终”二字灿灿，烙印在虚空中。

这两个字不再是单一地显化，而是彻底交融在一起，形成了一种更为繁复的奥义。

“嗯，怎么回事？”有人吃惊。

不少教主在出手，想要相助那两人，结果发现这片虚空都不再稳固，他们贸然加入进去，只会陷入绝境。

这“无终”二字发威，时间混乱，仿佛将人打进了一片冰冷的宇宙中，永远地将人放逐，感受时间流逝，岁月蹉跎。

时间奥义!

让人陷入无边际的放逐中!

近前的人迅速倒退，不敢临近。

这钟太诡异了，刚才还是另一种规则，现在转瞬间又涉足时间领域中了。

谁也不敢尝试岁月的威力，一个弄不好，就会将自己葬送。

柳神也陷入困境，被时间放逐，被岁月斩中，这可不妙。若是其他人遭此攻击，多半就要丢掉性命了。

“啊！”

仙殿老教主，白发飞舞，双眉立了起来，气息剧增，仿佛凶龙出涧，好似仙兽咆哮，释放出极其危险的气息。

他接连施展宝术，每次变化的法印，都是一种绝世神通，都是至强奥义。

“砰！”

柳神被打得倒退。本就深陷时间领域中，被无终奥义笼罩，现在又遭遇这等攻击，可谓雪上加霜。

“终究是一株病柳，残缺了。你若有当年之勇，我等的师尊复活也得败退，狼狈离去。”仙殿老教主说道。

“柳神！”远处，石昊握紧拳头，非常担忧。

另一方，不灭生灵等也在出手，想要救援却不能，被一群教主围住，难以突围，只能在那里大肆破坏，搅乱一方浑水。

也许能除掉柳神，不少人看到了希望，全部在远处出手，为那口大钟加持法力，相助它的持有者。

“砰！”

柳神祭出的一些金色枝条炸开，化成粉末，也有金色叶片凋零，这个结果有点不太妙。

“咚！”

一声巨响传来，青铜仙殿与那无终之钟一起振动，向前冲去，两大至尊法器合力压制柳神。

再加上其他教主在远处相助，联合起来，对抗柳神，让这里的形势越发危急，情况更加糟糕。

柳神倒退，金色枝条断裂了一些，叶片残缺，随风而荡。

叶片上的金色汁液，荧荧发光，像是血液般，飘飘扬扬，有点凄然的美。

所有人都意识到，这株柳神多半出了问题，可能会被击毙。

“诸位，还是坐下来谈一谈吧，没有必要内耗。”远处，白色老龟说道，又一次劝阻。

“祭灵大人！”另一边，正在厮杀的九大教主都急眼了，更加奋力战斗，怕柳神出现意外，向柳神这边冲来。

“现在说这些有什么用，趁此机会将他了结了！”对方有教主喝道。

“没错，不能放走他们，无论是这株柳树，还是那不灭生灵，抑或是那小辈石昊，全部击毙，免得成为祸害！”

他们加紧攻势，希望一举破敌。

可是场中主力、仙殿老教主还有大钟主人却神色凝重，无比严肃。情况并没有像人们想象的那么乐观。

就算他们两人竭尽所能出手，自身的绝世神通接连施展出，并且两件仙道法器释放滔天神力，还是不能镇压这株柳树。

长此以往，时间流逝，那柳树若是脱困，对他们将大为不利！

“轰！”

事实上，柳神脱困远比他们想象的还要迅速，猛力一震，乱叶凋零，金色枝条有些折断，但是他震开了那些规则领域。

“轰！”

仙殿老教主踉跄倒退，嘴角溢血，浑身道袍全部炸开，衣衫褴褛，很是狼狈。

而在其旁边，大钟主人也是如此，被法力反噬，被柳神击得横飞，就此身负重伤了。

“不好，速退！”一些人大叫。

“你们不想止戈？”柳神问道。话语依旧平和，向前迈步，扫视所有人。

众人心惊，被逼得倒退。

“既然如此，那就不能罢手了！”柳神说道。

“轰隆！”

下一刻，他的气势完全变了，整个人发光，三千世界化成光团没入其体表，成为烙印，像是披上了一身古老的甲胄，色彩斑驳，气息盖世。

柳神向前杀去，如虎入狼群般，没有金色柳枝飞出，也无其他符文弥漫，只是在挥动一双莹白的手。

“砰！”

这双手太强了，无坚不摧，才一交手而已，就击飞了一位教主。

“咔嚓！”

有人祭出法器护体，阻挡攻势。

结果柳神一掌拍出，那座古鼎“轰隆”一声爆碎，化成数百块碎片，一件强大的法器就此毁掉。

接着，柳神翻手一掌，向前拍去。任那人法力通天，速度超越极限，可还是难以逃离这片领域。

“噗！”

这个人被打成了重伤，元神跟着融化，死在了这里。

“铛！”

大钟再次冲来，这一次柳神一掌拍出，天宇崩开，手掌击在大钟上留下深深的五个手指印记。

大钟主人飞退，可还是被柳神的手指扫中，“噗”的一声，肩头变形，整个人接连摇晃，体内骨头噼啪作响，他张嘴大口咯血。

“坏了，这是无敌道，他陷入了一种奇特的境地中，眼中只有对手，忘记了其他，难以对抗，这是他前世道行的觉醒。”一些人惊恐了。

“道友，今日就此收手可好？”仙殿老教主开口，他活过漫长岁月，经历的事太多了。

此时一见到柳神的状态，当即就明白了，这几乎难以战胜，除非请出长生者，不然那陷入无敌道中的柳树，根本无人能制衡。

“你说结束就结束？我还没拼够。”平和的柳神居然这般回应，让人惊讶，所有人都汗毛倒竖。

“哧！”

柳神白衣飘飘，向前走去，看起来如同谪仙般，纤尘不染，超凡脱俗，五指发光，喷出五色神芒。

仙殿老教主呵斥，不断结法印，跟他抗衡。

“噗！”

可是，仙殿老教主口中咯血，手臂痉挛。他在这次剧烈的交锋中吃了大亏。

“你老了。”柳神说道。“轰”的一声，一巴掌拍落，震得仙殿老教主嘴里腥咸，不断咯血。

“砰！”

接着，仙殿老教主身上战衣破损，披头散发，被击得横飞了起来。

这一战终于落幕。人们也知道了，持着青铜仙殿还有大钟的两位强者都不敌那株柳树，那么也意味着其他人同样讨不到任何好处。

如果继续，也许还会有成群的英雄陨落。

第759章 止戈

“住手！”仙殿老教主喊道，手托铜殿，抵在身前，防御柳神接下来的攻击。

“你说罢手就罢手？”柳神的回应很冷淡，依旧向前，五指发光，手指屈起，捏出真凰印，状若凤凰展翅。

“唪！”

霞光冲起，光束滔滔，赤色雾霭弥漫，那里有一头火红的真凰冲天而上，它高贵而冷艳，俯视着前方。

“铛！”

凰喙若晶莹的神刀向前斩去，击在那座青铜殿上，让它乱颤，发出轰鸣声，如开天之音，异常的响亮。

柳神不仅自身道法无双，还有真凰宝术，此前只是不屑于施展，现在单凭一双肉掌就可以横扫诸敌。

显然，仙殿老教主还有无终之钟的当世主人让他折损了一些金色枝条，他不愿再息事宁人了。

凰鸣如清泉落在玉石上，又若悦耳琴声。这只火红的真凰除却鸟喙犀利外，还有一双翅膀发光，神羽根根亮起，一片璀璨，杀伐力更为惊人。

“铛！”

青铜仙殿被击飞了出去，任它符文漫天，依旧被柳神压制。

仙殿老教主不想放弃这件法器，怕遭毒手，奋力掌握着，结果自身跟着一起被震飞，虎口崩开，身体抖动，出现不少裂痕。

主要是柳神这一击太凌厉了，他自己的法辅以真凰攻击，摧枯拉朽，异常的可怕。

仙殿至尊身体摇动，站立不稳，好似随时会倒下。

“不太对，仙殿这位前辈身体不行了，他过于衰老，远没有从前那么强大！”有人道，脸色发白。

若是仙殿老教主败了，他们的处境也会很糟糕。

昔年，仙殿老教主血气不曾亏损时，实力超绝世间，格外的恐怖，横扫各路对手，就连那个震古烁今、号称至尊无敌的对头，也被他联合一干老友顺利击败了。

须知，至尊殿堂当年的那个人，是真正厉害无比的人物，世间寻不出几个敢跟他争锋的人。

无论是谁，能跟他大战，都是一种荣耀。而仙殿老教主，却联合众人将他击杀，足以说明其中的问题。

“也许就是当年围剿至尊殿堂的那个人时，老教主落下了暗伤，所以才这般乏力，不复当年之勇。”一些人做出这样的猜测。

“噗！”

果然，仙殿老教主越发不支，溢出体表的气息变得稀薄，被柳神接下来的一击，打得连铜殿一起横飞，浑身裂痕密布，大口咯血。

大钟飞来，进行救援。

无终之钟的当世主人跟他是同一根绳上的蚂蚱，唇亡齿寒，怕他遇难后，自身也会面临大问题，故而及时出手，施以援手。

柳神施法，施展出一则大神通，千万柳叶飞舞，而后一只又一只鲲鹏跃起，都是柳叶所化，全部冲向大钟。

很快，大钟声音就止住了，因为一群由柳叶化成的金色鲲鹏将它围住、淹没，让那里成为金色的海洋，直至将它封住。

“噗！”

还有一些秀小的金色的鲲鹏飞起，俯冲而下，撞在大钟主人的身上，让他踉跄后退，而后右肩头和手臂爆碎。

事已至此，一切都明朗了，他们不能阻挡柳神的步伐，所有这些都将落幕。

“道友，还请收手吧！”白色老龟又一次开口。在柳神处在下风时，它这样劝说，而现在另外两人情况不妙时，它也这般劝阻。

“哧！”

柳神掌指间，飞出一片又一片柳叶状的金色印记，比刀还锋利，斩入那两大强者的身体。

“噗！”

赤光冲起，神压强势，两人皆闷哼，身体受到了非常严重的伤害，有些地方甚至露出了森森白骨。

这是重创！

人们不得不感叹，岁月可以剥夺一切。若是这两人都还年轻，绝不会是这般情况，他们当年也曾极度强大，也曾俯视上界三千州。

现在很明显，他们都已跌落神坛。

柳神对这两人极其冷漠，已经动了杀意，但就在这一刻，虚空中突然飘落下一张发光的法旨。

它很陈旧，甚至有些破损，但此时上面的一些神秘古文字，个个灿烂，照耀天穹。

“这是什么文字？”石昊惊异，根本不认识。

“仙古纪元的文字！”有人惊叫。

在场之人，不乏博古通今者，知道那些文字有多么的古老，但是他们也认不出几个，不能明白上面的是什么意思。

这张法旨落了下来，飘到柳神近前，显然是为了给他看。

柳神仔细看后蹙眉，看了一眼无垠域外，这法旨就是从那里落下来的。

“请我放他们一马？”他自言自语道。

众人心头一跳，那天穹上到底是什么人，能够降下这道法旨，让柳神高抬贵手？

所有人都凛然，因为根本就看不到天穹上的人。

随后，天地剧震，一支古钺显化。它是残缺的，带着混沌之光，从天际尽头冲来，对着柳神摇动，如人般在点头致意。

而且在古钺周围，也出现了一些文字，烙印在虚空中，同样是上一纪元的古老文字，像是在与柳神交流。

这情景让人震撼，众人心里一阵发毛。

这两位神秘人物绝对是无上高手，居然同时表态，来这里跟柳神商议，他们是谁？又有着怎样的身份？

“今日就到此为止吧。这些人将来若不去边荒有所表现，到时再论。”柳神说道，而后飘然而起，就此结束。

仙殿老教主和那大钟的主人脸色非常难看，毕竟他们也曾无敌过，也曾俯视天下，气吞山河，可如今却需要别人的求情与救助。

另一方，不灭生灵和齐道临那里，围攻他们的人进退不得，看到了柳神这边的情况，心是彻底凉了。

特别是一些总想了结石昊的强者，此刻脸色无比难看。

“轰！”

不灭生灵发威，再次击向对手，又有教主级人物殒命，死在他手里的也不知道有几人了。

“你……”其他人惊怒，但又无可奈何，另一场战斗落下帷幕，柳神向这边走来，他们更加不敌。

“你们哪里来的自信，随意定他人为罪血后代？”柳神来了，盯着一些人，面色冷淡，逼视他们。

这边的战场，不安的情绪蔓延，跟不灭生灵还有齐道临、孔雀神主、九大教主激战的那些人顿时心里发毛。

真是进退维谷，想撤走，但是又被对手缠上了。

“噗！”

柳神在这里出手，当场以金色柳枝钉死一人。

“我等愿意止戈，放弃纷争！”有人大叫道。

事已至此，再战下去那就是找死了，没有什么意义，连仙殿老教主都败了，还有谁是柳神的对手？

除非请出传说中的那些人，可是他们早已不知道多少万年不曾现身了。

“哧！”

柳神再次出击，目标依旧是称石昊为罪血后代的道统强者，仅几下而已，又将一人击杀在那里，只留下一团灰烬。

“你怎么还出手！不是说要止戈吗？”有人大叫，心中害怕，不断后退。

而不灭生灵、青天鹏、齐道临等还在攻击。

“你们说收手就收手吗？我现在摆明我的态度，罪血后代不是你们能定义的。”柳神很平静地说道。

“噗！”

他再次抬手，掌心射出一道五色神虹，将另一位教主击杀。

就在柳神来到这片区域的片刻间，已经连杀三人，着实引发一阵慌乱。

直到此时，他才收手。

旁边来自仙古遗地的九大教主极其振奋，这可是他们曾经参拜的祭灵啊！果然惊天，让他们不得不激动。

而不灭生灵则有些不满，暗中传音道：“为何不再出手？”他很希望彻底来个了断。

“你真以为我是真身来此吗？一入原始之门，还没有人可以回头呢。若我有意外，我的真身再也不会出现在这个世间了。”柳神暗中回应。

“什么！你不是真身，那你是？”就是不灭生灵都没有想到，眼前所见的柳神并非正主。

“是我曾经留下的一道战斗烙印，只不过在仙古遗地裂开后，进入了仙古原住民所祭拜的那株金色柳树枝丫内，因此停驻时间有限。”柳神很平静地在暗中回答道。

石昊也听到了，因为柳神也在对他传音。

“柳神！”石昊愕然，同时心中伤感。这不是真正的柳神，只是一道强大的战斗烙印，是一道化身，一旦复苏参与战斗，很快就会消散。而真正的柳神踏进原始之门就再也不能回头了，从此人间不可见，此生、来世皆不可寻，永远离开了。

“柳神，我一定要去你眼中的那个世界。我要去找你！”石昊暗中发誓。

就在这时，白龟、截天教教主、雪凰族老族长纷纷上前，就是补天教教主也来了。

事实上，还有不少人一同走来。

有些人刚才没有出手，但以前也在下界跟柳神有过交手。

但是此时，这些人立场明确，来劝架，要求止戈。

事实上，当中一些人原本是想为石昊出头的，欲保他，但柳神的到来，让他们失去了开口的机会。

直到此时，这些人才来摆明态度。

“这一战，到此为止！”柳神说道。

各方达成共识。

“但有一点我要说明，石昊是我的弟子，自今日后，有哪个人以大欺小，镇压我弟子，那么就等于对我宣战！”柳神再次说道。

此话一出，各方大震动。

有部分人明白底细，知道柳神同石昊在下界就有密切关系。

可有很多人第一次听说，很吃惊。原以为他是替不灭生灵出头，哪里想到单纯是为了那个少年。

“三千州，天下间，无论是哪个道统，若以大欺小，我必登门拜访，灭他道统！”柳神最后补充。

人们震动，这是霸道而强势的宣言，可以想象这个少年在这株柳树心中有着怎样的位置。

这等于是在昭告天下，谁敢乱伸手谋害石昊，柳神就去灭他的道统。这是对各方教主的警告，霸气而冷厉。

第760章 余波

柳神开口，这般强势昭告天下，有几人敢轻易招惹？

故此，现在所有人都心头震动，那个少年竟值得他如此大动干戈，再有人想出手就得想一想如何应付柳神的怒火了。

这一战落幕，风波结束。

无人区有很多修士，包括各方教主，还有从仙古遗地中回归的天才们，人来人往。

这些人将消息传出去之后，必定会引起轩然大波。

许多人不甘，尤其是剑谷、妖龙道门等，连教主都死了，恨不得焚死那株柳树，击杀石昊，报仇雪恨。

但是，他们只能忍住，因为一旦有丝毫杀意露出，肯定会被无情击毙。那柳神太过超凡脱俗，足以俯视上界！

有人悲愤，有人失落，自然也有人满心欢喜，笑逐颜开。

长弓衍、曹雨生立刻冲了过来，向石昊道贺。有这样一个师尊，谁敢任意欺凌？来头实在太大了。

自今日后，若无意外，被各路高手围剿的石昊可以在三千州纵横了，不用太过担心。

“哎呀呀，真是出乎意料，来了个惊天大逆转啊。”小兔子也蹦蹦跳跳地跑了过来，道，“我以为你会被人追杀得狼狈逃窜，上天无路入地无门呢，我都将我祖爷爷请来了，准备关键时刻助你一臂之力，没有想到你成为了二世祖。”

“说什么呢！”石昊瞪她。

他可没有飘飘然，也没有自满，因为柳神不是真身，只是一个战斗烙印，若是被人知道，他立刻就有杀身大祸。

远处，雪琳也点头致意，一个银发老人站在她身畔，微眯着眼睛，看向这边，露出一丝笑意。

现在很多人都在关注石昊，都在看着他，有柳神庇护，他便可以顺利成长。现在修出三道仙气的石昊，只要给他时间，将来注定要威震上界。

随后，龙女、洛道等人也都出现，围了上来，跟石昊交谈，只是没有见到清漪。

至于远处，柳神也被仙古遗地九大教主，还有齐道临等围住了，特别是孔雀神主更是直接冲上前去喊师尊。

其他人闻言，一个个都面露惊容，觉得不可思议，孔雀族不会弱于皇族多少，他居然是那柳树的弟子？

很明显，石昊多了一个师兄。这越发让人觉得麻烦了。

齐道临干笑，相较于柳神，他这个师傅可是有点比不上。但是，石昊却很感激他，到了他身前，比以前还要尊重地喊了一声师傅。

这一次，齐道临冒着杀身之祸来救石昊，于情于理都值得他尊敬，要认真对待。

“小师弟，以后有事就可以去找师兄。”孔雀神主私下里对他传音，石昊连忙点头。

不过，柳神不承认孔雀神主是其弟子，只是曾经出手相助了一把而已，并不算是收徒。

孔雀神主不以为意，坚持以师之礼对待。

看着昆门掌教，石昊真是一阵感慨，这居然是不灭生灵的次身。来到昆山掌教身前，他也行礼表示感谢。

魔女来了，笑嘻嘻地调侃石昊，道：“这一次你可算是出尽风头了，从一只人人喊打的过街老鼠，变成了一位大人物的弟子，哈哈……”

“喂，丫头，你怎么说话呢？”石昊瞥了她一眼，又看向远处的截天教教主，道，“见过前辈。”

他主动跟各方教主拉近关系，凡是刚才带着善意而来的，他都认真见礼。

“嗯。”截天教教主点头。他虽然不曾出手，但是早已名动天下，整个人都处在混沌中，很神秘。

“对了，你跟补天教圣女到底是什么乱七八糟的关系，她真的有了吗？”魔女一肚子坏水，一副神秘兮兮的样子，在石昊耳畔吹着香气，如兰似麝，飘荡到鼻端。

在场的都是高手，哪个不是八识敏锐、神觉超常，全都可以清晰地听到她的细语。

很明显，魔女是故意刺激月婵，埋汰补天教。

很多人都露出异色，看向补天教那方。

月婵雪白如玉的俏脸上顿时露出一丝异样，双眸精光点点，盯着魔女，隐约间有火花出现，真是天生对头。

“咦，她在生气，该不会是嫉妒我吧？可我跟你没什么关系啊。”魔女再次刺激，在石昊耳畔吹风。

石昊直接偏了下头，耳朵与那鲜艳的红唇触碰。魔女快速后退，瞪着石昊，认为这家伙绝对是故意的。

“我觉得有道理，教主您可以考虑一下，让石昊入赘我补天教。”月婵的舅爷暗中传音，对补天教的教主说道。

然而他忘记了，在这里的都是高手，有些人可以截取这种传音，并将之放大，结果不少人都听到了。

月婵的脸一下子就红了，怒视自已的舅爷，太可恼了！

“嘻嘻……”魔女笑了，带着戏谑看向月婵，只要对头难受，她就很开心。

远处，不老天尊出现了，在其旁边的是秦昊以及石子陵夫妇。

石昊见状，向那里冲去。

“孩子！”秦怡宁大叫，快速迎来，脸上带着泪痕。这一次能够再次相见，让她觉得如同一场梦。

“母亲！”石昊到了近前。

石子陵也冲来，抱住自已的长子，一家人在一起，心中满是激动，还有无尽的感慨。

“孩子，让我好好看一看。”秦怡宁哭道。

在下界时，生离死别，她眼睁睁地看着石昊被埋进黄土中，守着他的坟，无能无力，心中充满了愧疚。

来到上界后，她整日以泪洗面，每天都生活在愧疚中，充满了失落与绝望。

如今再次见到长子，她心中满是喜悦与激动，忍不住痛哭。

就是石子陵眼中也带着泪水，忍不住用力拍了拍石昊的后背。长子风云突起，一个人杀到上界，于同辈中崛起，傲视上界三千州，着实让他高兴与震撼。

“哥哥！”秦昊在旁开口。

而那里，不老天尊也在看着石昊，这个年轻人着实引发了一番风波，让他都阵阵感叹，一个少年只身一人闯到上界来，居然把上界搅了个天翻地覆。

不老天尊刚才也想过来，秦怡宁早已央求他出手，但是柳神在那里，他面无表情，心中矛盾。

因为在下界时，他曾与柳神发生过激战，被连灭几大分身，实在不好跟他再见面。

直到这时，石昊主动过来，他脸上才有了一丝波澜。

“你母亲出自秦族，我族大门永远为你敞开，你随时可以回来。”不老天尊开口，这也算是一种表态。

在其身后，有不少秦族人表情非常不自然，都是曾经敌视石昊，动过杀机与有过各种动作的人。

石昊点头，表示以后会去那里看望父母的。

但是，他心中有自己的原则，不会加入秦族，况且他如今走到这一步，也没有借助秦族的力量。

同时，他心中也有防备。不老天尊将一块仙骨植入弟弟体内，这件事目前看没什么，但隐约间总是不那么让人放心。

“不老山有我弟弟足矣，相信他将来可以崛起，若有必要，我也会照应！”石昊也算是在表态。

虽然谈不上一笑泯恩仇，但也差不多。话语中暗藏深意，只有他的父母弟弟安然无恙，他才会去照应。

“孩子，你不跟我们一起走吗？”秦怡宁眼泪模糊了双眼。

“我师尊在等我，有话对我说，可能要带我去历练。”石昊说道，看向柳神。

“孩子大了，应该有自己的天地，理应只身闯天涯。”石子陵说道，他也希望长子如大鹏展翅，扶摇而去，而不是固守一方。

因为他隐约间觉得，石昊在外面远好过在秦族。

“曾有一个小女孩，在幼时对我多般照顾，不离不弃。我听闻她在秦族，希望她能平安快乐。”石昊这样说道，郑重无比。

这不是要求，但更胜过要求，因为这是他第一次当着父母，还有秦族人以及不老天尊的面，严肃郑重地提起这件事。

“她叫阿蛮，跟我祖父一同来到上界，但是我们失散了，在秦族。”石昊补充道。

话说到这里，一切就足够了。

“我们立刻派人去寻，定会将她送到你身边。”有人答道。不老天尊不好表态，毕竟身份太高了，但是后面的人领会了，做出这样的承诺。

“只要她一切安好就可以。我先去见柳神，等有时间我会去秦族接她。”石昊说道。

“石昊，你听说了吗？域外来了几个混账，横扫了上界诸多天神，一路无对手，小觑三千州修士，各种嘲讽与羞辱，不能忍啊！”曹雨生走来，这样说道。

小兔子也哇哇直叫，气愤不过。

“我来自下界，又不是上界的人，关我什么事。”石昊一点也不在乎。

“你不当一回事，到时候他们也会找你。我可是听闻了，九天十地诸多古界要合在一起组建圣院、仙院、天神书院等，他们蔑视三千州修士，轻慢无比，你若想进去，肯定得有一战。”魔女说道。

“谁若是为难我，我也是以下界生灵的身份跟他们一战。”石昊说道，依旧没太放在心上。

就在这时，柳神一招手，绿光卷来，带着石昊冲天而去。

同行者还有不灭生灵与齐道临，他们一起从这里消失了。

第761章 柳神心中的世界

“柳神，那是怎样一个世界？”石昊想知道，他一直在寻找答案，柳神要去哪里，将做什么。

“我所熟悉的世界不复存在了，我所生活的故土早已成一片焦土，我所认识的人都已死去。”柳神看着天际，望着莽莽群山，很是忧伤。

这还是他第一次露出这样的神情，跟以往不同，有惋惜、有怀念，也有伤感。他像是看到了一个又一个故人在挣扎，最后逝去。

“柳神！”石昊呼唤，他看到了雾霭中那双眸子，原本清澈如水，可是此时却深邃如深潭。他沉浸在哀伤的世界中，不可自拔。

远处，不灭生灵还有齐道临在等待，并不知道这里的情况。

柳神站在山上，幽幽一声叹息。

“我要去的地方，不知有多远，路途漫长，踏过那原始之门也许可以到达，但还有一种可能，就是我那真身已经化成一摊污血。”柳神说道，道出那是何等的艰辛。

石昊闻言，心中大动，强大如柳神都如此，别人又怎么能成功？

可是他想去那里，跟柳神一同探索。是柳神造就了他，他自然要跟柳神一起上路，并肩作战。

“仙古纪元，有仙存于世间，结果还是失败了。这一纪元还不曾见到一个真正的长生者，我们能如何？”柳神轻语道。

“给我时间，我一定有资格去参战！”石昊说道，他要跟着上路。

“昔日有仙，却都战死了。即便你能达到那个高度，觉得能改变什么吗？”柳神反问。

石昊一阵沉默，想到了仙古遗地中的一切，他在擂台上胜出，被传送进终极造化地，曾见到一面“绝望之墙”。

那是昔日无上强者的绝望，悲观无比。墙上认为，即便有人得到了上一纪元留下的造化也无力回天，改变不了什么。

而现在，柳神的情绪也有些低落，显而易见，他也认为，即便是有高手崛起，也很难改变什么。

“我会变强的，直到我可以无惧一切，横扫九天十地的一切敌人。”石昊说道。

“便是那样，也还是不够啊。无敌于九天十地，也只是在这片破碎的世界中称尊。”柳神摇头。

“我会更强，强到一个人就足以扭转任何战局，所向披靡，横扫古今所有对手。”石昊说道。

真有这样一天吗？柳神闻言，静静站在那里，望着远空，又看向石昊，轻轻一叹。

这样的路太难，也许会失去太多。

“漫长岁月后，也许会有那样一个人，独自站在岁月长河上，回首万古，独伴神道。”柳神说道。

随后他回头，看向石昊，道：“可是我不希望你走这样的路，因为这会失去太多，太多。”

“柳神你可以告诉我你所要去的究竟是怎样的一个世界吗？”石昊这样追问。

“仙古一战太过惨烈，有人去过那里，但没有人到达终极地。我也只是在寻找，想要去看一看，了却心愿而已。”柳神说道。

石昊听明白了，柳神所说的那个地方，应该是敌手所在的地方，不同于三千州等地。

在说这些话时，柳神的眼中除了有缅怀、悲伤之外，还有一种奇异的光彩。

“我会变得足够强，直到我能够到达那里，跟柳神一起去征战！”石昊大声说道。

“你知道那是怎样一个地方，需要多久才能临近，需要多么高深的修为才有资格一战吗？”柳神摇头道，“你全都不了解，不懂。”

“不管怎样，我都会努力的。”

柳神依旧摇头，道：“如是有一天，星空炸裂，乾坤倾覆，只剩下你一个人，虽无敌于世间，到头来却只有回忆。看红颜白发如雪，葬归黄土；看故人衰败，沉睡墓地。到了那个时候，你还会觉得值吗？”

石昊握紧拳头，他不知道为何连风华绝代的柳神都那么不自信了，要跟他说这些话。

柳神，应该是无敌的、超然的，可现在却在劝说他莫要轻易踏上这样一条不归路。

“我心坚如铁，将会大步前行，一往无前！”石昊大声说道。

“等你真的站到足够高的领域中，到时不用我说，你也会遇到那些，明白一切。”柳神说道。

“我该怎么走才能去那个世界呢？”石昊追问。

“先过了边荒那一关吧。”柳神道。

石昊心头大震，无数强者负责镇守边荒，只是为了守住那条路，不让人过来而已。而今，却是要过了边荒，主动杀出去，才可能寻到一条路，到达那个世界。

这难度太大了！

上界有人可以做到吗？最起码，现在无人能走到那一步。

“我就是要创造奇迹，改变历史，超越古今，早晚有一天会走向那里！”石昊发誓，目光坚毅。

随后，柳神跟石昊说了许多话，涉及很多，包括石村往事、下界故人等，他不愿再谈太过沉重的话题。

这道烙印，是柳神进原始之门前留在天地间的，时间不多了，不久后就会消散。

石昊伤感，他怕那真身进入白色骨门后，真的永远不会出现，自己再也见不到柳神了。

故此，尽管柳神不再说严肃的话题，他也在追问，想要了解更多，将来好去寻找，踏上那浩瀚征途。

“好吧，我也要消散了，那在离开前就施展最后一种法，看一看日后会发生什么吧。”柳神点头。

那是什么法，可以看到未来的事吗？石昊心头一震。

漫长岁月，古今悠悠，柳神施展此法次数是有限的。此时烙印将消散了，竟然还要施展此种大法。

可见，他是多么看重石昊，要为他单独施展一次。

远处，不灭生灵动容，齐道临也眼巴巴地看着，不知道会发生怎样的事，见到怎样的一种情况。

“你确信要看吗？”柳神问道。

“我……”石昊心惊，真的会看到未来吗？提前了解那些会有什么副作用吗？对他和柳神来说，是好还是坏？

“我确信，想看一看。”最终，他做出这样的决定，因为唯有如此才能更加了解柳神心中的世界。

“好吧，让我准备一番。”柳神点头。

时间不长，柳神盘坐在山峰上，吐纳日月精华，自身仿佛同大宇宙共鸣，跟诸天星辰脉动一致。

其身影模糊了，白衣化成雾霭，如同仙气，在这里蒸腾弥漫，整片天地都失去了应有的光彩，有的只是朦胧。

在这一刻，一股强大的力量在涌动，以柳神为中心在扩散，仿佛回归到了开天辟地前，有的只是原始，还有孤寂。

混沌之光洒落，仙气迷蒙，仿佛在那开天辟地前也有生灵，也有大战，只是存在于远方，不在近前。

石昊呆住了，他所见到的模糊景象是真的吗？

“轰！”

突然，天地间爆发出一声惊雷，打断了他的思维。

柳神动了，不断结印，口诵咒语，一时间这里狂风大作，烟云滚滚，霞光滔滔，时光碎片飞舞。

一切都改变了，不同于刚才。柳神在施展一种大法，只为让石昊见到他想要知道的未来。

“轰隆隆！”

在此时，有鬼神哀号，有仙魔咆哮，然而都是虚影与印记，也许可以说是昔日战死的英灵再现，是他们的残碎印记化成。

霎时天地间异象纷呈。

“你想看什么，就用心去看吧！”柳神低喝道。

他在作法，用最后的力量施展这种大神通，干扰天地的规则与秩序。

“轰隆隆！”

一条大河滔滔从眼前奔腾而过，时光之力冲霄，隆隆而行。

那是时间长河吗？石昊不知道，但是看到了河岸边的一些景象，他心中一惊。

那些一晃而过的是故人吗？看他们由风华正茂走向耄耋之年，垂垂老去。

当然，所谓耄耋之年是虚指，那多半是数千年，甚至万载后了吧。

“时间无多，快！”柳神催促。

石昊心中一凛，没有再看这些细枝末节，他要看最终之地，看最后的结局，看柳神的内心世界与将来的一切。

“轰！”

所有景象都变了，时间长河翻腾，他仿佛被冲向了前方，看到了最终之地。

得见了心中最关切与想洞悉的未来！

一瞬间，石昊看到了一个与他一模一样，却明显更加成熟的自己。

那个人很年轻，但是眸子中却有无尽沧桑，仿佛可看透古今未来。

石昊心头悸动，而后那个自己也望了过来，仿佛看到了此世的他，跟他对视，眼中带着落寞。

一个人，在那一世！

他独存世间，立在万道之上，品尝孤寂，忍受着万古的悲凉，再回首，竟然什么也没有！

这就是石昊看到的景象，他心中剧震。

“不，还有，怎么会只剩下我自己？我要看到柳神的一切，未来他在哪里？”石昊喝道，想借此让此世的自己静心。

随后，他看到了。

一株焦黑的柳树，早已折断。

那一世，他一个人孤独地站着，仰望苍宇，一声大吼，声动彼岸。他要杀向远方。

“我不信！”石昊大吼。怎会是这样一种景象？

那一世，举世茫茫，什么都不复存在了。他独立神道巅峰，太过孤寂。

唯有一株焦黑的柳树在他身后，可是它已经折断死去，只剩下一截黑色的断木桩。

这个景象太过凄凉了。

举世无故人，无生灵，只有他自己站在那里，就连柳神都化作焦土中的断木，伴着他的孤寂与凄凉。

“不会这样，一切都可改变，未来将会被我扭转！”石昊大吼，他不能接受这个结局，也不相信会这样，他要改变这一切。

第762章 名动三千州

那一世，太孤单！

怎么承受这个结局？石昊眼中酸涩，仰望苍天，难以认可，不能接受！

整个世界都不复存在了，只剩下他自己，独立神道巅峰，忍受万古凄凉、孤寂。

“我绝不允许这种情况发生！”石昊对天发誓，发丝飞扬，眼睛通红，那是他不可面对的结局。

他要扭转这一切，不让这种惨剧发生。如果真有那么一天，只剩下他一个人，那还有什么意思？

“你看到了什么？”柳神问道。

虽然是柳神在施展大法，但是不同的人看到的景象不同，石昊能得见未来，而施法者柳神自己还不知晓。

不过他也能够猜到一些，道：“在你的世界里，是不是已经没有我，没有了其他人？”

不灭生灵也走来了，他见到一些模糊的画面，但是看不真切，毕竟柳神是在对石昊施法，而不是针对他与齐道临。

“将来会怎样？”齐道临问道。

石昊眼睛发红，鼻子发酸，看着他们，生怕再也见不到了。那个世界，只有他自己，一切都不见了。

强如柳神，也只留下一截焦黑的木桩，伴着万古凄凉，不能再现世间。

“没有什么，大世到来，繁荣昌盛，我所遇到的所有人都还在，举世同欢。”石昊说道。

柳神一声叹息，他怎会不了解石昊，毕竟是看着他长大的，他眼里的失落说明了一切。

柳神轻语道：“想必未来很壮阔，但是也很安静吧，许多人都将不复存在。难怪早有预言，整个世界都将沉寂，万古长空，同悲寂。”

石昊忽然觉得压力太大了。他要改变这一切，发誓阻止那种情况发生，不知道能否实现。

“未来是不确定的，有很多变数，看到的也不一定能成真，总有那么一线生机。”柳神说道。

“真的吗？”石昊如雨夜怒海中的落水者，忽然看到了一座灯塔，于是拼命抓住救命的曙光。

“是，一切都可改变。”柳神安慰。只是他心中却在叹息，怎能那么容易，一线希望岂是那么好争的。

“我就是那变数，我就要争那一线曙光，改变所有！”石昊大吼。

此时，那时间长河早已消失，所看到的另一个自己也不见了。但是只要闭上眼睛，他仿佛就能看到那个焦黑的世界。

怎能容忍那种枯寂？

“我要走了。”柳神没有多说，他坚持不住了，躯体开始瓦解，而后化成一缕又一缕的仙光，没入山川间，反哺天地。

“掌握多种宝术，也不见得能成为最强者。边荒那一边，他们早已洞悉这片世界的法与道，要踏出自己的路才好。”这是柳神消散前最后的话语。

他还有宝术，但是并未交给石昊。

因为柳神觉得，石昊可以走自己的路了，目前掌握太多的法并不见得会是好事，他可以在今后的人生路途中慢慢去观摩、领悟。

“少年，路还长，莫慌。”昆门的糟老头子走来拍了拍石昊的肩头，看都没有看不灭生灵主身一眼，就这么走了。

齐道临走来，跟石昊说了很多话，然后告诉他，自己还要进广袤无人区深处一趟，去找至尊殿堂。

很明显，他是为石昊去寻找。

不灭生灵拍了拍石昊的另一个肩头，而后也离去了。

几大高手走了个干净，这个地方一下子安静了。

石昊站在原地，一阵发愣，久久都没有动弹一下，今日发生了太多的事，称得上一场大变故。

石昊是带着沉重的心情离开的，走了很久，蓦地抬头，发现这是在广袤无人区的边缘，很快他就走出了此地。

他很沉默，不久前所见到的未来一角对他的触动实在太大了。

他一路都在思索，如何去改变未来。似乎只有变强，才有资格去扭转这一切，不然谈什么希望与曙光。

石昊漫无目的地一路行走，想要远离这片是非之地，向着三千州而去。虽然很失落，心情沉重，但路还是要向前走，眼光须向前看。

数日后，石昊恢复了。路很长，时间还久，有的是机会去改变，他现在担忧也无用。与其如此，还不如放松心态，该怎样就怎样。

他是一个乐观的人，心底虽有隐忧，但是渐渐调节好了情绪，不再沉闷。

“明天太阳还会升起来，这片大地目前还不会沉陷。”石昊说道。

夜晚来临，他闯进一座山崖间，将一只凶禽赶走，鸠占鹊巢，在一个鸟窝中舒舒服服睡了一个大觉，直到天明。金色朝霞洒来，他的精气神恢复得饱满。

“继续上路！”

石昊彻底摆脱了烦闷的心绪，让自己挣脱出来，正常面对这一切。

在路途中，他听到了太多的传闻。

“石昊，威震仙古，天下第一！在那片遗地中大战各路豪杰，独占鳌头！”

“错了，是跟十冠王、谪仙等一起并列第一！”有人纠正。

“你说错了。他们的战力或许相近，但是在擂台上的确是石昊独占鳌头，连胜场次最多！”

仙古遗地一战落下帷幕，在那里发生的事情也全都传了出来，传遍天下。

石昊虽未出现，但是如今已然名动三千州，引发各方修士讨论。

当然，除了他还有谪仙、长弓衍、龙女等，但凡杰出者莫不成为人们口中的焦点人物，都在被议论。

这批人只要不殒命，未来他们注定是上界的主宰者，将会是最强大的一批人。

数年间，仙古遗地发生了太多的事，有很多人在那片古地中得到大机遇，成为传奇。如今回来后，自然成为了吟咏诗人口中的英雄与主角。

这些日子以来，上界都不平静，流传着各种曲折而精彩的故事。

当然，仙古破裂后，柳神从天而降，大发神威解救石昊的事情也被传了出去，引发巨大轰动。

一时间，上界风云跌宕，传说无数。

石昊借助一些巨型传送阵，悄然来到魔州，他要去见自己的祖父。

火山依旧岩浆汩汩，红色液体沸腾。

在他祖父的闭关地，有成片的火山群，刺鼻的硫磺味道很重，但是并不能影响到修士。

"轰隆！"

一座火山裂开，大魔神踏着岩浆走了出来，发丝乌黑，气色越发好了，整个人血气旺盛。

"昊儿，真的是你……你回来了！"

十五爷惊喜！他虽然感应到了石昊的气息，不承想真的是他回来了，心中充满了喜悦，激动万分。

"爷爷，是我回来了！"石昊冲了过去，鼻子发酸，因为在他所看到的未来一角中，祖父早已不存在了。

虽然只是看到了一些画面，但是他像是经历了一生，度过了漫长岁月，此时有点伤感。

"哈哈，我的好孙儿，从仙古遗地中回来了！此次在群雄大战中排第几名？"大魔神开怀大笑，他想让气氛欢快一些。

这么多年过去，他一直在隐居，并不知道外面的事，尽管外界早已传得沸沸扬扬，然而他却是才知道。

"第一名！"石昊告诉祖父，他也笑了。

"什么！我的孙儿是天下第一？"这一次，大魔神感到震撼了，无比吃惊，有点不敢相信。

祖孙二人早已冲到一起，来了个热情的拥抱。

十五爷虽然在笑，此时眼睛却也发酸，有些泪花，强忍住没有落下，因为这几年他很担心，怕石昊在仙古发生意外。

今天不仅见到孙儿回来，还听到这种辉煌战绩，怎不让他激动！

"爷爷，我给你带来了好东西！"一番喜悦后，石昊取出圣药、半神果等诸多神物。

"我怎么能要你的东西？都收起来。现在爷爷身强体壮，断臂早已重生，有恶魔岛的魔尊血液滋养，一日比一日强盛，体魄强健得跟头蛮龙似的，不需要这些。"大魔神婉拒，让他收起来。

因为十五爷知道，这是自己的孙儿拿命换回来的，身为长辈，怎能去要他的东西？

"理应爷爷送你礼物才对！"

"爷爷，你跟我还用见外吗？"石昊取出一个骨鼎，当中满是万物土，更是栽种着一株天神树。

他直接摘下一颗天神果，塞到了祖父的手中。

“这是……天神果！”当大魔神得悉这是什么后，一脸震惊之色。这种传说中的东西都能被自己的孙儿采摘到，实在很令人吃惊。

“爷爷，不管你现在是否服用，都要收下！”

外界越发不能平静了，三千州都在传仙古遗地大战等诸多秘事。

石昊在里面火力全开，勇冠同辈，击毙众多天神的事也传了出来，让各教弟子都为之震动，将之视为传奇。

“是吗？终于有个像样的对手了吗？让他来与我一战，看一看是否言过其实，说不定不堪一击。”域外来客中，有个年轻人冷笑道，点名要与仙古出来的最强者一战。

因为九天十地大联盟就要建立了，将开创圣院、天神书院等，唯有最强者才能进入。

域外的人想考量三千州的最强奇才们是否有资格入内。

石昊跟祖父团聚了数日，而后再次上路。他要变强，就不能枯守一地，要游历天下。

随后，他去了罪州，前往一个火桑树遍地的地方。

这么多年过去了，火桑树依旧在，只是不知那故人是否还在。

第763章 火桑依旧

火桑依旧，红如晚霞。

整片树林占地极广，带着火光。远远望去，晶莹透亮，红灿灿的，很是醒目。

当靠近这里，炽热感扑面而来。火桑树带着火焰，赤红流淌，温度着实不低。

和过去见到的景象一样，采桑女在忙碌着，都有些修为，但是不高。每个人都背着竹篓，穿着粗布麻衣，很是朴素。

她们的额头上都带着汗水，因为这里的温度着实很高。身处此等火桑林，就是有一定修为的人也会流汗不止。

火桑树上，有一些如红钻般的蚕，那是幼虫，吐出的丝可以编织宝衣。

石昊一个人走进林中，周围有火蚕啃食叶片的声音，沙沙作响，偶尔冒起一串串火光，使得这个地方更加漂亮。

昔年，石昊来这里时，并未有所发现，后来蓦然回首才见到故人。

而今故地重游，他认真地看着，观察周围的采桑女，却没有见到他要找的人。

宁静的火桑林，赤霞湛湛，火光跳动。

石昊穿林而过，按照记忆中的路径，一路向前走去，他知道那个地方离这里不算多远。

一别数年，不知而今她怎样了。

高大的火桑树，有的早已成长数百年，甚至上千年了，粗大而苍劲，火红滔滔。

石昊心中久久不能平静。数年过去，桑林还在，可是他却有些焦虑，岁月没有逝去多少，但可以改变很多。

终于，他来到了那个熟悉的地方。

有清泉流淌而过，水中鹅卵石光滑，偶尔有鱼儿跃起，和谐而自然。

火桑林深处很幽静，有一片竹林，有一条小河，冲淡了炎热。

石昊快速行走，进入竹林中，向前望去。

一瞬间，他的表情凝固了。

原本那里应该有一座茅屋，有一个小院，有一些木墩，还有一些花草，可是而今全都不见了。

那里一片焦黑，土地干硬，充满焦痕。

小院消失了，昔日的宁静被打破；草木不见，茅屋被焚毁，这里只有灰烬。

为什么？石昊疾速向前冲去。

他的目光犀利如刀，扫视此地，仔细地盯着，探察这里的一切。

没有想到，仅几年而已，昔日的一切就都不复存在，被人毁掉了。

火灵儿，她去了哪里？

一瞬间，石昊心头生出阴霾，一下子涌起一股不好的感觉。

他为寻火灵儿而来，结果却看到这样一幅景象。很明显，这里发生了变故，被人一把火给烧了。

石昊相信，这不是火灵儿自己所为，便是离去，也没有必要烧掉自己心爱的小院，让这里一片凄凉。

“是谁？”石昊怒了，同时心中一颤，无比担忧。

火灵儿到底怎样了？她如今在哪里？为什么会发生这样的事？

石昊思绪万千，心绪也乱了。这一次赶到这里，原以为会重逢故人，不承想会看到如此景象，心中万分失落。

他睁开天眼，希望能发现一些线索。

“嗯？”

石昊一惊，天眼大睁，看到了灰烬下的一些残器，那是被击碎的。

他一挥手，黑色土石飞溅，一块骨盾出现，不过早已碎成了数块，上面有裂痕，当中有暗黑色的物质。

是血！

石昊心头当即就是一震，腾起一股怒焰，更有一种惊慌，他怕发生那种意外，纵有天大的本领，也难以挽回。

“怎会如此，是谁来这里，对一个无辜的少女出手？”石昊握紧了拳头，脸色铁青。

火灵儿无仇敌，与外界没有什么联系，隐居在此，可以说是与世无争，那些人为什么要找到这里？

是因为他吗？若是如此，那些人也太狠辣了，鼻子未免过于灵敏，连这种地方都能找到。

石昊思来想去，觉得火灵儿自己是不会与人结怨的，若是发生变故，多半是因为他。

一时间，石昊心中冰冷，生出一股自责、懊悔之意。火灵儿如果因此而发生意外，他这一生都不得安宁。

“我曾让你离去，不要守在这里，如今避过祸端了吗？”石昊声音有些发颤，他并不能确定。

当年也曾考虑过，避免有人过于狠毒，不放过一切，沿着蛛丝马迹寻到这里，石昊建议火灵儿另换一个地方。

这里像是发生过战斗，有过剧烈冲突。

石昊的心一下子沉了下去，仔细搜索了每一处地方，但最终什么也没有发现，不知道当年发生了什么。

下一刻，石昊化成一道光芒，在这里出没。天眼睁开，扫视每一寸土地，想要发现什么。

可惜，并无发现其他线索。

“不！”石昊大叫，心有些痛，他怕真的发生意外，若是那样，他这一生都将在悔恨中度过。

一天一夜，石昊都在这里寻觅，不曾离开过焦黑的遗地，却一无所获。

院前有两株火桑树，虽然遭遇火灾，却顽强地生长着，因为它们本身就是火属性的，不惧火。

石昊还记得，这是他当年离开前跟火灵儿一起栽种的，那一幕好像还在眼前。可是几年过去，小树长开了一些，比他都要高很多了，人却已不在。数载光阴，物是人非。

石昊不能接受这个现实，一纵万丈，疾速离开了此地，向着最近的一座城池而去。

离火城，周围火桑树很多，带着赤霞。一些数千年的古树更是跳动着炽烈的火焰，热浪袭人。

火族，以火为基，以火立教。

这块区域属于上界火族的地盘，他们自然亲近火，故此居住地附近种满了这样的老树。

石昊不甘心，冲进这座城池，神识扫过，寻找强大的修士，想从他们口中了解情况。

很快，他就有了发现。

为了尽快得到消息，他不惜直接出手，拘禁了此城的城主，强行探其识海，意外得知了一些情况。

果然，数年前有一些人来此寻找什么，闯进城外的火桑林中。而且，至今有的人还在周围徘徊。

“是可忍，孰不可忍！”石昊怒了，满脸杀气，怒火滔滔。

这里是罪血族的地盘，不是什么重地，且很偏远，故此与外界消息往来很慢，有些滞后。

人们已经知道仙古遗地裂开，与三千州接壤，更知道那些天才回归了，但不知道这几年在仙古究竟发生了什么。

总的来说，这里消息滞后，人们只大体知道一些情况而已。

石昊怒发冲冠，冲向城外，再次赶往那片火桑林，而这一次他碰巧也见到了那些可疑的人。

“这么多年过去了，我们守在这里还有什么用？”

“听闻仙古一战都结束了，那个少年是活着出来了，还是死在了仙古遗地中？怎么没有人来通知我们？”

“在这片罪血之地，我们被人遗忘了，几年了都没有人来唤我们回去！”

石昊脸色阴沉，一步一步向他们走去。

而那些人没有察觉，依然向着那被焚掉的茅屋遗址走去。

“当年那小妞真水灵啊，虽然说是罪血后代，但的确超级漂亮。”有人轻佻地说道。

“不知道死了没有，可惜没有落在我们手里。”有人遗憾地笑道。

“噗！”

下一刻，这两人感觉双腿剧痛，整个人向前倒下，血光闪耀，他们的双腿都已经爆碎了。

“什么人？”这些人大惊，全都回头看。

只见一个少年走来，他们顿时变色，因为认出了那个人的容貌。

“是你，石昊！”

“噗！”

石昊点指，金色光束从指端飞出，那几人全都大叫，下半截躯体爆碎，上半截躯体横飞了出去。

“说，当年发生了什么？”石昊怒喝。

“别杀我们，我们全都说出来！”有人大叫。

“我们微不足道啊，连你回来都不知道，没有接到上面的消息，完全被人遗忘在这里了，不要杀我们！”

他们无比恐惧，很快什么都招了。

当年，这些人奉命寻来，目标就是冲着火灵儿，要将她捉走，结果晚了一步。

火灵儿的父亲曾在下界为人皇，游历归来，了解女儿同石昊见过面的情况后，立刻带她远去。

“你们没有发现他们？”石昊心头一松。

“后来有了一些线索，追捕过，不过又没有了音信。”他们老实地回答，并说那火皇曾来此大开杀戒。

很快，石昊了解到这些人的来历，是剑谷、火云洞、罗浮真谷等地的人，果然是那以镇压罪血族为己任的几个大教。

同时，让他目光冰冷的是，天人族的两个修士也曾参与其中。

“火云洞、罗浮真谷，还有天人族，你们欺人太甚！”石昊怒火中烧，他发誓，将来必登门拜访。

他从这些人口里得到了想知道的情况，最后一挥手解决了这批人，不曾留情。

石昊一叹，天下之大，去哪里寻找火灵儿？希望她安然无恙。

在接下来的几天里，他始终在这片区域徘徊。想到过往，想到在下界的事，他发出一声叹息。

火桑林很大，但石昊在这几日间却几乎踏遍了，想将火灵儿曾经劳作的地方，仔细看个透彻。

第四日，石昊心中一震，目光一凝，看向前方。

这里已经离茅屋遗址很远，处在火桑林的边缘。

那里有一个少女，秀发披散，穿着粗布麻衣，额头上满是汗水。

她身材很好，只是容貌过于普通，背着竹篓，在这里采桑叶。

此前，石昊没有见过她的容貌，但此时看到了她的眸子，心神一颤，他有点不敢相信，那双眼睛很熟悉。

石昊一步一步走了过去，那个少女转身，竹篓当即坠落在地上，眼中瞬间浮现水雾，清澈的大眼一下子迷蒙了。

“是……你！”她声音发颤。

即便容貌改变，石昊也认出了那是火灵儿。她竟然不曾离去，一直在这火桑林中，一直在此等待！

第764章 相逢

她是火灵儿!

火桑树成片，温度很高，赤霞蒸腾，这里氤氲的火雾弥漫。

那少女很朴素，粗布麻衣，肤色雪白。她已经露出真容，明眸带着水雾，睫毛很长，在轻轻颤动。

火灵儿身材高挑，比一般的女子要高出一头，拥有很完美的身材。

恢复容貌后，整个人都有了灵气，她看着前方那少年，心中一颤，一步一步走来。

“你还好吗？”石昊问道，他大步迎了上去，能在这里看到火灵儿，他心中有一股暖流，悄然在流淌。

有人在寻找火灵儿，要对她不利，结果她却依旧在此地，采桑等待他回来。这让石昊心绪起伏，想说什么，张了张口，又不知道从何谈起。

“我还好，就是离开了原来的地方，怕你回来后寻不到。”她轻声说道。

“这里太危险了，你怎么能一个人在此？他们将茅屋还有那座小院都烧毁了。”石昊上前，看着她。

“那两株小树还在，保存了下来，总算没有将东西全部烧尽。”火灵儿笑了笑，双眸中充满水雾，但笑得很灿烂。

“不要再这样冒险了。”石昊说道。

“我怕你回来，担心我不在世上了，就等在这里。以后不会了。”火灵儿小声说道。

石昊心中很感动，伸出手，帮她擦去了莹白俏脸上的汗水。这里很热，而她整天都在采桑叶。

相逢很平淡，并没有大悲大喜，有的只是一种温馨，还有一种真实的情感流露，彼此关心。

“你在仙古经历了什么？是不是遇到了很多危险？我没有想到，你这么快就回来了。”火灵儿说道。

这几年来，她着实很担心，因为她清楚地知道那是怎样一个地方，石昊要面对怎样的对手。

须知，古往今来，也不知道有多少英杰埋骨在那里。群雄争霸，古今王者大战，注定无比惨烈。

在她看来，石昊在下界时虽强，但不一定可以纵横仙古。

“放心吧，我都回来了，说明那些敌手都败了，没有什么险情。”石昊笑道，并未提太沉重的话题。

“我不信！仙古那么大，对手那么多，你一定拼得很艰辛，无论如何能活着回来就好。”火灵儿道。

她不知道石昊的经历，但是猜测，一定遇到了很多强大的对手。她根本没有想过他真能争到天下第一的名号，数年来一直在祈祷，只希望他活着回来就好。

今日，终于见到他平安归来，她便放下了所有的忧绪。

“走，我请你吃仙古特色大餐，有很多珍馐。”石昊大笑道，拉着火灵儿的手向前走，找到一个清静之地，伴着小溪，流水叮咚。

火灵儿一下子就笑了，仿佛又回到了下界，来到了百断山，一如过去，这个家伙什么都敢吃。

“这是……纯血青蛟？”火灵儿惊讶，而后很快又变色，道，“它是天神？”

她一下子震惊不已，感受到了那种威压，阵阵心悸，即便那条蛟龙已经死去，但依旧有种恐怖的气息在弥漫。

天神超然，高高在上，一般的神祇在面对时，都会有巨大的压力。

“不用担心，早就被斩杀了，我来炼化它身上的凶气，一会儿做成美味。”石昊说道，拎着蛟龙，就跟揪着一条菜花蛇般，弄到溪边，直接剥皮清洗。

这个场面，看得火灵儿目瞪口呆，那可是天神啊！这家伙就这么大咧咧地给收拾了，还要熬炖起来。

“你在仙古究竟都经历了什么？”火灵儿坐在溪边，声音发颤。

“除却修行，就是厮杀、征战，很枯燥。”石昊简单地道来，不想隐瞒什么。

“你杀了很多对手吗？我记得仙殿传人、宁川等很多绝世人物，都想对你不利。”火灵儿说道。

“这些人，有的被我击败了，有的被我杀了。”石昊笑容很灿烂，说道，“都说了，我纵横仙古，最终胜出，独占鳌头，没有人是我的对手。”

“你……是天下第一！”火灵儿着实大吃一惊。

当年，石昊在下界的确神勇，可是来到上界后，一切都不同了。那么多的种族，那么多的天才，就是再强的下界奇才，也可能会泯然众人。

怎能料到他居然这么强势，横扫仙古，群雄争霸时，做到了无对手！

石昊跟她细细道来，从三千道火加身，到血拼古代王者，再到被天神追杀，被教主惦记，以及渡天劫等。

火灵儿听得很入迷，身临其境般，时而紧张，时而开心，时而蹙眉，心潮跟着起伏。

当最后听到圣祭成功，击毙天神时，火灵儿心中如擂鼓一般，双眸大睁，泛出惊人的光彩。

她真的很激动，石昊才多大，不过二十岁而已，就已经可以击毙上界天神，这是怎样的一种威势？

无需细想，他将来注定会君临天下，俯瞰三千州，成为上界最强大的人！

但是，很快她又是一声轻叹，目光暗淡了下去，她怎能追得上石昊的步伐？

火灵儿虽然不凡，体内传承的部分朱雀血液也已经复苏，但也只是在下界灿烂，不可能照耀上界三千州。

况且，就算是真正的朱雀再生，也只能跟眼前的少年持平吧，他这么的天赋超绝，绝对可以同天凤、鲲鹏等子嗣比肩。

不说其他，单从修为来说，她目前就已经比石昊差了一大截。

想到过去，再遥望未来，火灵儿竟有些伤感，越发觉得，会与石昊渐行渐远，两者间的修为差距会越来越大，成为天堑鸿沟。

“你都可以杀天神了，而我……”火灵儿垂下了头，眼中有泪，晶莹闪动，她觉得石昊早晚有一天会登临九重天，而她就是拼命地追赶，也无法上去。

将来，会怎样？

她觉得无比失落，等了这么久，终于见到石昊平安回来，本应该开心快乐，可是喜悦过后，又这般的黯然神伤。

“你在想什么，你我一同来自下界，相交至今，你认为我会在意你的修为如何吗？”石昊说道，拉住了她的一只纤手。

“你如同一只年幼的鲲鹏，早晚有一天会振翅而去，冲向茫茫无垠的宇宙，而我只是一束柔弱的火桑花，离不开地表。”火灵儿眼中含着泪说道。

她知道，以石昊的天赋，以及这样迅猛的崛起速度，一地岂能禁锢他，终究是要远去，前往更广阔的大世界的。

“我可以带你一起冲上九霄！”石昊看着她的双眼说道。

第765章 一路同行

火灵儿心头一震，双眸中一片迷蒙，张了张嘴，想说些什么。

此时的她，心中难以平静，只觉得无比温暖。

很长时间后，她才回过神来，看着石昊，想到了太多。

二十岁可杀天神，这样的天赋古今罕有。火灵儿知道，他多半是打破了纪录，开创了一段神话。

她知道，石昊一定会冲得更高，岁月悠远，而她不可能达到那样的高度。也许多年过去后，她白发丛生时，这个人才度过人生的一小段。

修士，实力越强大，寿元越漫长。火灵儿觉得，自己实力太弱了，即便竭尽所能，也跟不上他的脚步。

事实上，她觉得，很有可能到了最后，连遥望他一眼，也只是看到一个模糊的背影。

“你能说这样的话，我就很开心了。”火灵儿说道。

不去多想，一路上曾经相伴同行过，便可以了。她看着天际，看着晚霞，想说什么，却难以说出口。

“你别乱想了，修为高与低代表不了什么。有我在，还需要你去战斗吗？”石昊尽量以轻松的语气说道。

“你的理想是什么？”火灵儿问道。

“谈什么理想，这两个字太沉重。”石昊笑了笑道。

“换个说法，日后你想去做什么？”火灵问道。

石昊明白她的意思，看着西方殷红的云彩，通红的落日，他的思绪飞扬，一阵沉默。

他要去征战边荒，从那里上路，到达柳神眼中的那个世界，要去那里参战，要扭转乾坤，改变一切。

目前来说，还很遥远，但是早晚有一天他都要面对，不得不做好准备！

火灵儿知道了，他心中有目标，而且很远大，一定要历尽艰难才能抵达，她不禁一声叹息，觉得自己若是跟随，肯定是个拖累。

“你想去做什么，就去吧。”她轻声说道。

“想太多，还早呢。我要去边荒征战，我想解开万古遗谜，我希望知道仙古纪元覆灭的原因，我想知道仙为何殒命，更想知道如今为何难以诞生长生者。”石昊在那里自语。

所有这些，目前都无法实现，只能先让自己一步一步变强。

火灵儿心神剧震，她没有想到石昊居然要走上那样一条路，当真是波澜壮阔，未来的路注定会无比悠远。

“好了，蛟肉熟了，龙雀也烤好了，快来吃吧。”石昊招呼火灵儿。

早先火灵儿眼中还带着水雾，有些黯然与伤感，但此时“扑哧”笑出声来，这个家伙本性难移，还如过去一般。

从仙古带出来的特产，居然是天神肉，纯粹就是一个吃货。

这若是传出去，一定会吓死人，让各方都忌惮。

“我送你一件礼物！”

当享用完天神肉时，石昊这样说道。

火灵儿正在盘坐，炼化精气，因为天神肉对于她来说实在是一种大补之物，为了更好地吸收，不得不运转符文。

“什么礼物？”火灵儿好奇。

又一种美味吗？她这样猜测。

“唰”的一声，霞光流转，灵气弥漫，一座古鼎出现，当中有晶莹的沙土，正是万物土。

而在鼎中，栽着一株小树，开满了花朵，还结着不少青涩的果实。

“请前辈赐果！”石昊对着小树施礼，而后伸出一只手。

那小树摇动，满树金色叶片绽放霞光，越发神圣了。从那树冠中“哧”的一声落下一颗果实，黄澄澄，圣光冲霄。

石昊接到手中，而后递给了火灵儿，道：“收下吧。”

“这是什么？”火灵儿惊异，难道是一颗神果吗？她这样猜测。

“这是神药，赶紧服下去，我帮你护法。”石昊带着笑意鼓励道。

火灵儿摇头，道：“还是不要了，我现在无病无灾，这样服食下去太浪费了，你留在身边吧，如果身负重伤一定可以快速疗好。”

“我不需要它，你赶紧吃吧！”石昊催促。

在他一再的要求下，火灵儿不得不开始吃这颗金色果实，当真是入口即化，芬芳扑鼻，且有一股热浪涌进身体。

就在那时，无尽符文冲起，没入她的血液与骨骼中，洗礼肉身，重炼筋骨，再造肌体，她一下子就被金光淹没了。

“这是什么？我为何感觉像是新生一般，道行在快速增长，法力也开始充盈起来！”火灵儿惊叫，不了解发生了什么，这种状况很特别。

“这是什么？”她问石昊，心中难以平静。

“天神果，可以让修为快速赶上来，超过我。”石昊微笑。

“竟然是它，这世间……真的有天神果！”火灵儿声音颤抖，忍不住惊叹。

这种果实太珍贵了，可以让肉体凡胎蜕变，即便没有修为，只要有幸吃下一颗天神果，就可以立地成为天神。

火灵儿发生了很明显的变化，在接下来的一天一夜里，她的朱雀血脉进一步开启，肉身无瑕，洁白晶莹。

火光闪耀，焚烧其躯，让她肉身与精神都发生了惊人的变化。

这就是天神果，拥有奇效，立竿见影。

“真的要成了？”火灵儿激动，她觉得修为一下子变强了不知道多少倍，实在是太快了。

在这世间，所有人都知道，天神树价值无量，比其他神药都要稀奇与珍贵，因为它可以让一个大教迅速兴起。

谁都明白，吃下一颗果实就能造就一位天神，长此积累，谁能与那一教相比？

“哎呀，我真的成为天神了吗？”火灵儿出关，充满了喜悦与感动，石昊将这么珍贵的东西送给了她，成就了她的天神位。

她长身而起，小心地控制自身的力量，最后终于确信，她的确成为了天神，超然在上，可以俯视同代人。

而这一切，都是眼前的少年所给予的。

“现在你不用担心自己的修为了吧？”石昊笑道。

火灵儿心情激动，一下子成了天神，简直不可想象。

“谢谢你！”火灵儿说道。

尽管她知道，就是成就了天神位，日后石昊也会很快超越她，但她还是没有忍住喜悦 。

“走啦，我们离开这里。”石昊道，要带她离去。

“去哪里？”火灵儿问道，意外成就了天神，冲淡了她刚才的忧愁，此时恢复了本性，活泼而灵动。

当然，这只是表面，内心深处她知道，自己多半只能陪石昊走上一段路程，相对于他漫长而辉煌的生命岁月而言，她的路途与时间不会太长。

“只要一起走过，那就足够了。”火灵儿轻语道。

“天涯，天下！”石昊答道。

他带着火灵儿，冲霄而起。他们要一起行走天下，踏遍壮丽山河。

在石昊与火灵儿结伴同行时，外界也发生了许多事。

仙古遗地各种事件都被传了出来，闹得沸沸扬扬，有些天才因此名动天下，也有的泯然众人。

还有一件事，不弱于仙古发生的那些事。域外来客并没有离去，就等着仙古的奇才们出来呢。

“从仙古归来的所谓王者，所谓天纵人杰，也不过如此嘛，太弱了。”域外来客中的年轻人林天说道。

这几日来，他仗剑走四方，寻找那些归来的强大奇才，想跟他们放手一搏，结果发现对方实在太弱了。

“三千道州，真的没落了，越来越差劲了。”域外来客中的其他人也这样说道。

的确如此。这几日来，从仙古回归的奇才们，根本无人是林天的对手，差距巨大。

“三千道州完了，传承断绝，昔日的强者只留下一些弱小的后裔。”这已不是奚落，而是更严重的贬斥。

域外的几名年轻天神，头上也有仙气化成的大道花朵。他们横扫上界，同辈中无人可敌。

“所谓的谪仙呢？石昊呢？让他们出来一战，试一试看！”他们竟连这都知道。

只是，谪仙不知所踪，而石昊也不露面了，无人去迎战。

“哈哈……”那人大笑，若是三千道州没有太强的奇才，他们就没有必要浪费时间了。

此时，人们都想到了石昊，很希望他出手，镇压一切。

只是，石昊出现了吗？可否前来一战？

此时，很多人都有点怀念这位强者了，因为觉得如果他出手，一定可以摆平那些蛮人。

域外来客，杀得三千州修士没脾气，根本不是对手。

“这些人真的太弱了，不堪一击。你们若是只有这种表现，还想进天神书院，根本不可能。”域外来客极度蔑视这里。

“三千道州的天才太差劲了，全都不堪一击。”他们这样说道。

外界，风雨飘摇。

石昊与火灵儿，一路畅游山川，很是惬意。

“你在想什么？”火灵儿问道。

“我在想那可恨的天人族，对付我也就罢了，居然连你也不放过。”石昊说道。

想到在火桑林遇到的那些人，除却剑谷、火云洞等大教弟子外，居然还有天人族修士。

而且，此地就是天人族最先寻来的，而后走漏了消息。

“你要怎样做？”火灵儿知道，他肯定要有所行动。

“去天州。当年我曾说过，他日一定会再次拜访，这次去讨个说法。”石昊道。

不久后，他们借助巨型传送阵来到了天州，也就是天人族所在的大州。

“会不会太冒险？”火灵儿道。

“无妨，天人族祭灵上次太滑溜，逃了出来，但战力不行了。”石昊说道。

来到一片龙脉起伏之地，石昊远远地驻足，看着前方，道：“天人族，我又回来了！”

第766章 驾临天人族祖地

石昊跟天人族之间的恩怨真的很深。他不会忘记，他曾在这里遭受屈辱，被恩将仇报，险些死在黑牢中。

昔日，他曾对该族言道，早晚有一天会回来，解决恩怨。

“这就是天人族的栖居地啊，很壮阔。”火灵儿道。

前方，山脉起伏，如一条又一条真龙横亘，宏大而开阔，腾起阵阵紫雾，还有一些云烟，都是灵气所化。

无需多说，这是天地间少有的灵土。

这里并不算是天人族的根本性重地，越过山脉，是一片平原，竖立着一座又一座巨城，栖居着大量的天人族的人。

很明显，这里才是他们的国土。

而天人族另有祖地，一般人想过去很不易，需要走古传送阵。

既然石昊敢来，自然是准备充足。他有破界符，更有仙古九大教主为他专门炼制的金色神符，可以穿透诸多大阵。

一路上，他们闯过普通天人族人的居地，径直来到了他们的祖地。

“大阵封山，要小心啊。”火灵儿为石昊担忧，怕他因复仇心切而将自己搭进去。

毕竟，天人族为昔日的皇族，底蕴太深厚了，就算没有了至高强者坐镇，也不是一般人能轻易闯进去的。

“别睡了，赶紧醒来！”石昊将打神石唤醒。

这几年，打神石得到了莫大的好处，又是混元石，又是天命石，还有仙古药园那个古凤巢穴中得到的奇石，都被它吞食了。

正如它所言，简直快修出了仙气。它身体四周灵雾阵阵，氤氲蒸腾，异常神圣。

近半年来，它将吞食的各种至宝熔炼，化成自身的一部分，不断地蜕变，气象惊人。

在此过程中，它不时沉睡，不唤醒它的话，就在昏沉中度过。

主要是它昔日吞食了太多的天材地宝，尤其是那些至宝，从来都是直接狼吞虎咽，而不是真正消化，直到最近才真正吸收精华。

故此，它处在一种奇妙的状态中。

“故地重游啊！”打神石复苏后，对石昊笑了笑，也很感慨。

只不过，当年石昊是被人抓来的。他护送云曦数十万里，跟战族大战不止，为此不断遭追杀，九死一生，结果换来的不是感恩，而是屈辱，沦为阶下囚，被天人族逼问宝术。

“这次不同了！”石昊说道，心有感触。

如今，他是主动找上门来的，就是他自己也没有料到，仅过去几年而已，他就能做到这一步了。

“咦，小妞，你又漂亮了。数年未见，想我没？”打神石看向火灵儿。

“咚！”

结果刚一开口，它就挨了石昊一击，敲得它身体铿锵作响，火星四溅。

“小子，至于吗？有了妞就忘了兄弟，没义气！”打神石叫嚷。

“铛！”

火灵儿也一掌拍来，如今是天神级的道行，击在打神石上顿时让它哇哇直叫，龇牙咧嘴，道：“你可真是夫唱妇随，忘记我这个故人了吗？当年在下界百断山相遇，我们也算是老交情了。”

“你少说两句，没人将你当哑巴。”石昊说道。这个家伙什么都敢说，还真怕它满嘴大放厥词。

“嗷……”打神石长嚎，跟一头大狼狗似的，道，“我天下第一石又回来了，天人族的兔崽子们颤抖吧！洗干净了屁股，等着抹脖子吧！”

石昊与火灵儿满脑门子冷汗，这家伙说的都是什么乱七八糟的，驴唇不对马嘴。

不过，现在需要借助它的法阵知识，虽然有破界符，但最好还是有一个阵纹大师在旁引路更好。

这里号称是天人族的禁地，方圆十万里都被古阵笼罩，一般人根本不可能进来。

可是由于有打神石领路，有九大教主炼制的金色破界符，他们有惊无险，顺利通过，走了进来。

在这片区域，古木参天，黄金巨象、五色彩鸾等应有尽有。这里不仅是天人族的猎场，更是他们的药园子。

这个药园子方圆足有十万里，宝贵资源无数，是该族最富庶的地方。

到了这里后，石昊自然不会客气，放出皇蝶和打神石，带着火灵儿一路横行，采摘各种宝药。

仅大半日而已，许多地方灵草尽失，变得光秃秃。

火灵儿有一种新奇的感觉，跟着石昊这样收割神草，一方面觉得像是在犯罪，另一方面又觉得很另类很刺激。

她是一族皇女，从未做过这种事，现在是一种完全不同的体验。

"我们现在算是大盗吗？"

"我们是在劫富济贫，行侠仗义。"石昊义正词严，纠正她道。

"不对，发生了什么？许多奇药都丢失了，有人在盗药！"这里有高手守护，很快就发现了异常，大声喊叫，进行示警。

什么人敢进天人族重地撒野？这可不是简单的毛贼，让他们又惊又怒。

石昊仰头，看向天空。茫茫天宇间，云层之上，有一座古老的巨城，被大阵守护，如同一座仙人之城。

那就是天之城，天人族最重要之地，所有高层还有最强大的人物都居住在此，高高在上，俯视这片大地。

"我们要攻上去吗？"打神石跃跃欲试，当年的事，石昊事后虽然不提，但是打神石也跟着觉得窝火。

分明有恩于人，血战数十万里，却遭受那样的不公正待遇，连它都恨得咬牙切齿，恨不得立刻攻下天之城。

"就在这里等，出来一个收拾一个！"石昊说道。

他不愿轻易冒险，虽然心中有很大的怨愤，但是那座城池非同小可，是当年的太古六大天人布置的。

即便他手中有重宝，以及而今实力强大，可杀天神，但贸然闯进城中多半也会遭遇不测，被天人族大阵围歼。

"哪个小毛贼，敢来我天人族禁地撒野，还敢偷盗药草，活腻了吗？"天空中传来大喝声。

有一群真神出现，扫视四面八方，要将人找出来。

为首之人手中持有一面骨镜，照耀四方。它的作用不下于天眼通，可以寻觅出躲在暗中的人，这是天人族的一件古宝。

“蠢贼，真不知道你是不是吃了天神胆，竟敢溜进我族祖地，不知死活的东西！”

人群中，有一名年轻的真神冷笑道，因为已经利用那骨镜发现了盗药者的踪迹，带人俯冲过来。

他口中喊着“蠢贼”，手中则动用秘宝，轰下一片雷电，直接出手攻击。

“这王八蛋，敢叫我们蠢贼，是他自己活腻了吧！”打神石气愤道。

这些年来，它跟在石昊的身边，也算是久经沙场，大场面见得太多了，一路上沐浴天神血而行，怎么会怕一个小小的真神？

石昊拉着火灵儿站在那里，任雷电劈落，根本就无恙，因为所有的雷霆都如灵气般，被他的毛孔吸收了。

“你……”那个人大吃一惊，急忙止住身形。

并且，他看清了石昊的真容，一下子就呆住了，而后脸色煞白，失去了血色。

他急匆匆冲来，是为了立功，所以利用骨镜照耀时，根本就没有仔细观察，直到此时才知道是谁来了。

“怎么了？”随后冲来的几名还算年轻的强者问道。

可是，当他们来到近前，看到石昊后，同样震惊，怎么会是这个煞星？

这些人全都是一个踉跄，差点从天空中一头栽落下来，实在是被吓住了。在这天人族重地，有几人不认识石昊？

须知，该族最顶尖的六大奇才都败给了石昊，包括那号称年轻一代第一人的幽宇，便是与天命石融合，却也在至尊道场前被打得半废。

“你怎么敢来我天人族？”有人叫道，但很明显是色厉内荏。

“自然是算账，当年你们做下那种无义之事，今日我来讨个说法！”石昊说道。

他抬手向虚空中点去，手指发光，几道神虹飞出，刺透虚空。

“啊……”那几人大叫，根本就没法抗衡，几乎在同一时间被击中，带着血花，跌下高空，摔在地面上。

虽然未死，但是很明显已经半废！

“都灭了会显得我狠辣无情，但不教训一下怎么能行？让天神都出来受死吧！”石昊低语道。

火灵儿握住他一只手，让他莫要过于激动。

“喂，你是什么人？”天空中其他神祇看到这一幕，都心惊不已。

“天哪，他是石昊，是那在仙古遗地中独占鳌头的石昊，他来这里找我们报仇来了！”

终于，有人仔细辨认出了石昊，一下子惊叫了起来，掀起巨大波澜。

石昊之名，早已震动上界三千州，到目前为止，各教都听说了他在仙古遗地大发神威的事。

在这短短数十日内，谁人不知石昊，四方皆在传他的威名。

这些天以来，天人族上下都不安，护道者重伤垂死而归，而昔日的那个少年则成名到天下尽知的地步，实在让他们心头蒙上了一层阴影。

他们早有预感，石昊终究有一天会打上门来。

可是，无论如何也没有想到，这一日来得这么快。

天空中，城墙上，一个紫衣少女原本正在眺望落日，结果被下方的动静惊动了，向下望去，仔细凝视。

“是他！”云曦一惊，心潮起伏，有一种难言的滋味与情绪，很快她又看到了陪伴在石昊身边，穿着火红色衣裙的高挑少女。

第767章 堵天之城

云曦站在城墙上，看到石昊打上门来，百感交集。怎么也没有想到，这一天来得如此之快。

她曾进过仙古遗地，知道石昊有多么超凡，修出三道仙气，力压十方高手，威名赫赫。

特别是当石昊在无人区脱困时，更是引发柳神、不灭生灵大战群雄，惊起轩然大波。

“那个少女是火族的公主？”云曦认出了火灵儿，因为在下界时就有过交集，因此还记得她的容貌。

她怔怔地看着那两人，想不到他们竟一路同行，杀到天人族祖地。云曦脸上露出很复杂的神色。

“快去禀告，石昊来了！”城外还有一群人，领头者都是真神，面色大变，想要去送信，为天之城示警。

可是，石昊已经出击，探出右手，向着高空抓来。

一时间，狂风大作，星光流转，雷电交织，居然降下成片的异象。

石昊的这只大手遮蔽了半边天空，截断他们的退路，劈头盖脸而下。

“咔嚓！”

这些人祭出秘宝，结果全都在虚空中炸碎。

石昊如同拍苍蝇一般，一掌下去，他们的法器全部被毁掉，并且这些人跟饺子下锅似的，噼里啪啦，全部栽下高空，坠落了下去。

很快，这片天空平静了，因为那一群人全被轰了下去，重伤垂死，都已经半废。

“怎么回事，为何骚乱？”城中有人觉察到外界不对劲。

“有敌人来袭，侵犯我天人族重地，快去看一看发生了什么！”有人叫嚷。

下方，石昊夺来那面骨镜，递给火灵儿，道：“这东西有些用处，可抵天眼，是一件古宝。”

刚才那群真神就是用这件秘宝来寻觅敌手的，现在已经被石昊抢夺了过来。

天之城，再无安宁！

有天神出现，他们还不知道是石昊来了，登上城门，向下眺望，寻找对手。

无论如何，敢临近天人族祖地，就是对该族的大不敬，更不要说在这里强势出手了。

“什么人？竟敢藏头露尾，给我滚出来！”那名天神喝道。

随后他带着一群人，离开城池，向下降落。

“老祖，小心啊！”有人大叫。

石昊目光一凛，这名天神可不是贸然出来的，而是踩着一条金光大道。金光是那城门发出的，将他映衬得越发神武。

“莫罗！”

石昊目光冰冷，一下子认出了这名天神——莫罗，莫罗曾经赶往火州大草原去追击他，在至尊道场外更是现身要击毙他。

不过，莫罗当时被齐道临抵住，一巴掌击溃，肉身近乎爆碎，只有元神逃走。

当日，齐道临可以杀他，却留下了他的命，称要留给弟子，让日后石昊足够强时去灭了此人。

石昊对他印象深刻。此人以天神之体去杀他，震动山河，让成片的山脉都崩塌了。对于那个时候的他来说，莫罗高高在上，简直不可抵挡。

再回首，那些事仿佛就发生在眼前。

石昊自然对他印象深刻，这是一个对他杀机很重的天神，今日正好要来做个了结。

“这天之城不简单，你看，那城门发出的金光能守护莫罗安全，一般人根本攻不破。”打神石开口。

“你们不要动，我去斩他！”石昊说道。

他取出一块鳞片，足有一尺多长，散发出一股强大的龙气，熠熠生辉，正是逆龙鳞。

“哧！”

石昊身影一晃，出现在天之城近前。

“什么？！是你！”莫罗终于看到来犯者，面色一下子就变了，不承想竟然是石昊，是昔日那个少年。

从骨子里来说，他有种轻狂，看不起石昊，因为当年那个少年随他揉捏，想杀石昊易如反掌。

若非是齐道临相阻，他在几年前，一根指头就将石昊点死了，不费吹灰之力。

可是如今，他也听到了仙古的传闻，这个少年强势崛起，一路高歌猛进，目前已经可以屠杀天神了。故此，他的心情是矛盾的，不能接受这个现实。

“小孽畜，你还敢来我天人族，当年的教训还没吸取够吧？”莫罗开口。

石昊闻言，脸色铁青。当年他是被人擒来的，怎会愿意来此，现在对方竟带着蔑视，旧事重提，简直充满了屈辱。

“天人族，你们太可耻了。昔日我是被掳到这里，而今日却是我自己要来的，讨个说法，洗刷耻辱就从你开始！”石昊喝道。

事已至此，不管外界有何传言，莫罗都不会管那么多了，嘴上奚落道：“昔年若非齐道临出现，我一只手像拍苍蝇一样，就可以杀你这样的一大群人。”

“你昔日是天神，我不过是尊者，你也好意思开口炫耀，还要脸吗？”石昊说道。

“轰！”

他一掌拍出，符文滚滚，鲲鹏虚影出现，向前方攻去，想杀莫罗。

“嗡”的一声，那条金光大道炽盛，越发璀璨了，竟然包裹住了莫罗，将他守护在当中。

这是天之城的威力！

成片的瑞霞从城门内涌出，加持在莫罗身上，护他安全。

“断！”

石昊大喝，祭出手中的逆龙鳞。这东西很神秘，他摸索了很久也没有弄明白，但是知道，它威能不凡。

此时，他直接以它为武器，截断金光大道。

龙气滔滔，龙吟阵阵，这块鳞片被打进金光大道中，遭受瑞霞冲击后，一下子炽盛了起来，截断此地。

虚空炸开！

“不好！”莫罗大叫，他跟金光大道失去了联系，无法得到天之城的庇护了，坠落了下来。

这可不是诱敌深入，而是真正地暴露了出来。

“唰！”

石昊速度太快了，抓住逆龙鳞，将之收起，快速冲了过来，攻向莫罗。

他不是天神，却敢大开大合，去迎战一位成名多年的天神级高手。

“小辈，你敢！”莫罗又惊又怒。当年他抬手就可以捏死的少年，现在成长到这一步，竟要来杀他。此时，他的心理极度不平衡。

再加上听到的那些传言，此子曾经连杀数位天神，让他更是神色难看，奋力出手。

“哧！”

一张大网飞出，若满天星辰闪耀。这是莫罗新炼制的一件法器，以天地中的星辰砂祭炼而成，一网下去，可以收走山川万物。

然而，此时大网失效了。落向石昊时，他浑身雷电密布，动用雷帝宝术，全力击在那张大网上。

星辰砂全部炸开，这张网变得破破烂烂，焦黑一片，最后彻底破碎了。

石昊裹带着滔天雷电，如同雷仙转世，疾速俯冲了过去，一拳轰出，雷光滔滔，诸天星辰齐现。

“轰！”

莫罗动用宝术，跟他对抗。

可是，根本无用，才第一击而已，莫罗就被轰飞了出去。

石昊那只拳头恐怖无比，带着一颗又一颗大星，滚滚而来，以不可阻挡之势镇压而下。

“不！”莫罗大叫，非常的不甘。一个小辈而已，才几年未见，就强大到这等地步，连他都不能阻挡了。

他连施秘法，各种宝术祭出，化成成片的光华，阻挡石昊那只拳头。

可是，那拳头附近，一颗又一颗大星太恐怖了，如宇宙降临，事实上它们都是雷光化成的。

此际，这些大星全部炸开，化成了雷霆。

“噗！”

一瞬间，莫罗惨叫，身体破烂，在雷电中浑身焦黑，骨骼都露了出来。

“住手！”他大叫着，想要逃遁。

可是，石昊目光冰冷，根本就懒得跟他多说什么，一冲而过，掌刀落下，“扑哧”一声，将他的头颅斩下。

莫罗的元神想逃，结果石昊一指点出，让其元神爆碎，彻底消失。

天之城城墙上的众人哗然，那可是一位天神啊，就这样轻易被消灭了。

这让很多人胆寒，来人实在太强了。

“是石昊，是数年前那个少年，他复仇来了！”

“怎么会如此，这才几年而已，他从仙古出来后就这么强大了！”

终于，天之城内所有人都知道石昊来了，当年被他们关在黑牢中险些折磨死的少年打上门来了。

全城皆动，人们登上城墙，向下眺望。

至此，人们已经可以确信，几年前那个少年又回来了，不过其实力早已不可同日而语。

“天人族，我又来了，来履行诺言了。所谓的天神、护道者，都滚出来吧！”石昊叫阵。

此时，火灵儿也冲上天空，跟他站在一起，火红色衣裙飘舞，说不出的灵动。

城墙上，云曦看着那两人，如同一对神仙眷侣。她面色复杂，几次张嘴，想要说什么，但最后只剩下苦涩。

当年，天人族针对石昊，仇恨结得太深了，现如今云曦说什么都无用。

她心中有股酸酸的感觉。当年石昊为了救她，同行数十万里，一路激战，结果最后反倒被污蔑与羞辱。

而今，另一个少女依旧是与石昊同行，跟云曦一样来自下界，结果却完全不同，那两人如今很亲密。

就是天人族一些高层，此时也充满了悔意。若是当年不那样欺压这少年，贪图他的宝术，怎会如此？

要知道，当年这个少年跟云曦同行，关系很亲近，若不是他们逼迫、欺压与羞辱他，怎会落到如此地步？

当年若是对他足够礼敬，今日也许就是另一种情况了。

或许，而今跟石昊站在一起的少女就是云曦了，而非城外那个身着火红色衣裙的灵动少女。

天人族一些高层心中有悔，觉得太过可惜了。原本这个少年很可能会成为天人族最强大的援手，而今却彻底对立。

事实上，当年的种种往事，早已传到了外界，各大道统都在笑他们，生生将一个绝世人物逼向了对立面。

“可恨啊！”有人握紧拳头，忍不住大叫。

现在还能怎样？不可能改变了。

“天人族，你们的天神、护道者呢？都统统出来受死吧！”石昊堵在天之城外，大声叫阵，一个人堵住一族人马。

第768章 逼压

天人族高层很失落，同时也很愤懑。

错失一位修出三道仙气的人杰，让他们后悔不迭。这是古今罕有的奇才，望遍三千州不可再寻觅到。

可是，他们也很不甘，心有怒火，毕竟当年的石昊不过是一位尊者，随他们揉捏，若不是因为意外，早就被他们诛杀了。

当年，随便一个真神都可以杀死石昊，至于高层，一根指头就足矣，甚至一声大吼就能将他活活震得爆碎。

如今反差太大了，他们有点接受不了。

“喂，有人要出来一战吗？”石昊开口，声音在整座天之城上空激荡，长空轰鸣。

这里是什么地方？昔日皇族祖地，即便已经没落，但也不容小觑，可是而今一个少年居然敢这样堵在城外，在这里叫阵。

天人族高层全部脸色铁青，一个个目光森冷。

因为他们知道，今日无论结果如何，天人族在上界都要声望大跌了。

一个二十岁左右的少年，堵在他们的祖地，狂妄地挑战，这本身预示了太多的问题。

也许很多人都会认为，天人族彻底没落了，不然何以至此?

这是一个信号，是一族衰弱的表现。

即便是杀了石昊，估计也很难挽回声誉。况且，他们根本没有把握击杀石昊，他的战绩早已传出，一般的天神怎会是对手?

“可恨啊！”天人族恼怒，今日的这个结果十分糟糕。

其实，石昊根本不用做什么，无需血战，只要堵在这里，相持半日，就会对天人族的声望造成巨大打击。

很明显，这对一族来说是不能接受的。

“必须要在最短的时间内杀了他，不然消息传出去，会让人以为我天人族衰败不堪，会引来更多饿狼窥视。”有人寒声道。

但是，他的建议很快就遭到了别人的质疑。

“别忘了，这个少年背后有一个柳妖，三千州有多少人可敌？我们若是杀了他，会惹出大祸！”

提到柳神，每一个人心头都蒙上了阴影。那一日柳神大战各路高手，强势击杀众多教主，震动上界，这是他们有目共睹的。

有几人敢轻易招惹？

“他都欺凌到我们头上了，难道还不能反击？即便不杀死，也要镇压，我想那个柳妖不会因此而大动干戈，大不了他若是寻上门来，我们再放掉。”有人这样说道，感觉无比憋屈。

他们当年可是皇族，威震天下，居然要这样妥协，实在是一种耻辱。

有人十分悔恨，当年若不是那样针对石昊，何至于此！

昔日若是与他结好，连柳神、不灭生灵等都将与天人族站在一起，形成强大的联盟。

有人看向云曦，张了张嘴，很想她出面。因为他们早已看出，当年若非他们阻挡，两人也许会发生一些什么。

甚至有不少人猜测，当年若不阻止，石昊可能会成为天人族的女婿。

只是现在说什么都晚了，只是希望云曦能出面，劝阻住石昊。

云曦蛾眉微蹙，莹白的俏脸上有失落、有酸楚，看着族人，发出一声叹息。若非族中长辈咄咄逼人，恩将仇报，觊觎别人的宝术，何至于此？

天人族也有强硬派，道：“没什么可说的，现在绝不能跟这个毛头小子妥协，强势镇压他，留他一命，这才是正途！”

“没错，若是我们示弱，外界会怎么看我等，于我天人族更不利。他主动攻上门来，即便我们拿下他，我想那柳妖自恃身份也不会乱开杀戒。”有人附和道。

“好吧，启动法阵镇压他！”高层讨论过后，做出了这样的决定。

下一刻，天之城发光，如同一轮巨大的太阳横空燃烧了起来，漫天的符文照耀，层层叠叠，密密麻麻。

“轰！”

天之城居然在移动，在飞行！它化成一个巨大的法器，向着石昊撞去，符文万千，如同惊涛骇浪般。

石昊吃惊，疾速而行，迅速远遁。

这种法器太可怕了，发出滔天神威，一般的天神被击中也会粉身碎骨，刹那消亡。

因为，这不是一般的法器，而是当年太古六大天人寻到的一座古城，又经过百般祭炼，添加无数天材地宝造就而成的。

可以说，这是一族的至宝!

虽然没有入选上界十大兵器之内，但也不会差太多，因此异常的可怕。

石昊带着火灵儿，不断移动，纵横于长空中，躲避太古六大天人的法器，不能硬撼。

“小孽畜，你太嚣张了，不过是踏入圣祭领域而已，还没有真正天下无敌呢，就敢来我天人族撒野，纳命来！”

天之城有人喝道，带着快意，声音冰寒。

刚才，他们有一位天神殒命，且所有人都被这少年堵在城内，实在是一种耻辱，更是憋屈，现在这样追击，终于出了一口气。

“杀了他！”

“犯我天人族者，虽远必诛！”

有人高呼，鼓噪了起来，整个天人族的情绪都被带动了起来，一些热血青年更是要求立刻诛杀石昊，无需忌惮什么。

火灵儿很担忧，觉得石昊冒失了，这毕竟是一个皇族，即便没落了，也有不可想象的手段。现在该族动用天之城这样追击，让石昊他们陷入险境中，很狼狈，只能遁走。

不过，她并不惶恐，纤手与石昊的手紧紧地握在一起，与之共进退。

“不用担心，我既然敢来，就不怕他们！”石昊说道，让她放松，不要担忧。

下一刻，他取出了万灵图，抵在身前，对抗那座天之城。

“轰隆隆！”

巨大城池压来，在地上投下大片阴影，空中却是一片璀璨，那符文如同骇浪般奔涌而来。

就在此时，万灵图发威，光华夺目，晶莹剔透，并且从当中冲出一道又一道身影，乃是太初万灵。

各种古兽、神禽，应有尽有，更有许多强大的植物系生灵，挤满虚空，在这里腾起，震动长空。

万灵图发威，挡住了天之城。

一如过去，它不主动攻击，但是可进行防御。

天之城轰落下来，不断冲撞石昊他们，但是所有符文都被挡住，巨大的冲击力全被化解，不能奈何下方的一对男女。

天人族众人震惊，这是他们一族的至宝，所向披靡，今日却奈何不了一个少年，着实让他们吃惊。

更有一部分人心中生出冷意，这个结果太糟糕了！

刚才还在叫嚣的人，此时都闭嘴了，心中满是苦涩，无比失望，有一种巨大的落差感。

“为什么会这样，怎么杀不了他？这才几年啊，他就成长到了这一步，如果给他时间，难保我天人族不会被彻底灭掉？”

一些人面孔扭曲，声嘶力竭，握紧了拳头，内心深处有一种惶恐。

“不行，一定要解决掉他！”有人喊道，这个战绩一旦泄露出去，天下都不得安宁，必然是一场轩然大波，各教都会轻视天人族。

然而，任他们催动天之城，就是无法粉碎万灵图，一直被抵在外面，不能靠近石昊他们。

不断尝试，多次催动，天之城都奈何不了那块莹白的骨，下方被柔和的力量挡住了。

天人族高层阴沉着脸，全都预感到大事不妙。

“虽然没有败，但是这会影响我族兴衰，传出去的话，外界会怎么看？”

“你们有什么办法，谁能拿下他？”

结果所有人都沉默了。老天人族人离去，遵守太古盟约，去参战了，而护道者则剩下的生命无多，重伤垂死，现在无人可制石昊。

催动天之城，接连撞击，消耗巨大，各种天材地宝都会有损耗，长时间下去，该族承受不起。

“罢了，让云曦去跟他交谈，问他如何才能退走。”有人叹息，充满了失落感。

另一位天神更是脸色铁青，狠狠地拍碎茶几，愤恨无比，但也只能同意。

云曦被传唤过来，吩咐了她之后，天之城开启，出现一条通道，将她送了出去。

天之城后移，符文消失，恢复了平静，城墙上站满了人，都在关注着。

云曦一声轻叹，这可真是一件尴尬而又让她觉得苦涩的差事，怎么会走到这一步？她如今的心情难以言喻。

袅袅婷婷，云曦走来，一身紫衣飘动。她很美丽，雪白肌肤如玉石，发丝飘舞，眸子如宝石般，来到石昊不远处。

“天人族真是胆大，这样派你出来，就不怕我出手吗？”石昊说道，看着这位故人。

云曦美丽的瓜子脸上有酸涩，也有羞赧，她为族人而羞愧，到了最后居然推她出来交涉。

“你还好吗？”云曦开口，没有劝说，只是这样问候。

“还好。”石昊点头，并未多说什么，他对云曦谈不上有什么仇恨，当年的事也与她无关。

云曦心绪复杂，她感觉到了石昊的疏远，对方的回答很简洁，并没有多说什么。

“火族公主，一别多年，我们又相见了。”云曦调整情绪，看向伴在石昊身边的火灵儿，仔细地凝视，这样说道。

“是啊，数载过去，没有想到我们又重逢了，云曦仙子风采更胜往昔。”火灵儿答道，不算冷淡，但也谈不上热情。

第769章 天人殇

云曦张了张嘴，想说什么，可是有些开不了口。

“你还是回去吧。”石昊说道。他知道云曦为何而来，但他怎么会答应呢？

“石昊，族老要我问你，如何才能善罢甘休？”云曦终于还是说出来了，如果不说，无法向族人交代。

“让那几个所谓的族老出来，我一并解决掉，从此便与天人族恩怨皆消。”石昊很平淡地说道。

云曦睁大了眸子，非常吃惊。石昊虽然话语平和，但是杀气太重了，迫人心神，这是要大开杀戒啊。

对于天人族来说，这条件太苛刻了，是不可承受之重。

一族能有多少天神，几位族老是天人族高层，是族里最强大的几名天神。如果被屠杀掉，那么天人族将一落千丈。

这是要将天人族高层一窝端吗？

远处城墙上的一些人虽然听不到他的话，但是可以读懂唇语，以此判断出他说了什么，一个个都怒不可遏。

这太嚣张了，一个人而已，居然要屠掉一族高层。

别说他们不认可他的实力，就是真有那种手段，天人族高层又岂能坐以待毙，等着他去杀？

天之城，一片骚乱。很多人不忿，瞬间嘈杂了起来。

城外，云曦怔怔地看着石昊，做着最后的努力，道：“我知道，当年族老等对不住你，可是……能否退一步呢？”

她想问石昊需要什么补偿，天人族可以付出各种天材地宝，以及诸多灵丹宝药。

石昊的回应很强势，根本就不想退步，道：“云曦，你回去吧，看在我们同来自下界的分上，我不为难你，不过其他天人族高手若是来劝我，我定一剑斩之！”

云曦不说话，眼圈通红，默默转身离去。这次交谈以失败而告终，她夹在中间，真的很为难。

“毛头小子，你以为自己是谁，长生者吗？动辄就要取我族高层头颅，你还没有天下无敌呢！”城头上有人爆喝。

天人族曾经为皇族，从骨子里带来的骄傲，怎能容忍这种屈辱？

天之城发光，向石昊镇压而去。

可是，石昊手中有万灵图，自保足矣。

事实上，没有那样的大杀器，石昊想攻进城中也不现实。万灵图属于“被动型神物”，只有遭遇攻击，才能进行防御。

就这样，双方一下子僵持住了。

石昊还好，不算焦急，但是天人族就不同了。这样被一个小辈堵住城门，封住祖地，实在是奇耻大辱。

而他们最担心的还是这则消息泄露出去，引发各教对天人族的嘲讽与轻视，认为天人族彻底衰败了。

石昊想攻进去，而天人族也想镇压石昊。

“天之城是上界有名的重宝，我们是无法攻破的，这样僵持下去好吗？他们也许会有特别深的底蕴。”火灵儿开口，提醒石昊。

“无妨，我只需要堵住他们的神城一两日，就足以让他们威名扫地，在上界抬不起头来。”石昊说道。

如今他可以比肩天神，但还不足以覆灭一个大教。他也知道，想要攻破天之城不现实，但可以让他们焦头烂额，名誉扫地。

果然，才过去半日而已，天人族众人就坐不住了，这太丢脸了，一个毛头小子居然将他们逼到了这一步。

“坏了，戚拓天神在外面，算一算时日要归来了，如果被这小贼截住，那就麻烦大了。”天之城有人低语道。

他们很担心外出的戚拓天神遭遇阻击。

“咦，这个小子哪里去了？”众人都是一呆，因为石昊不见了踪影。

“在下面！”

有人发现，石昊还在天人族的祖地内，不是在狩猎，也不是在采药，而是将那早先被他击落下去的真神提起，一个一个拷问。

很快，他眼中露出精光。居然有一名天神在外，并且马上就要回归，这是一次难得的好机会。

特别是当石昊听到那个天神的名字时，握紧了拳头，目光炽热。

“戚拓，是你！”

当年，正是戚拓将他从血色平原掳到天之城。

“谁知道戚拓在哪里，赶紧为他送信。”天之城内的人急了。

那可是一位强大的天神，可是所有人都在担心戚拓殒命，可见在他们心中，石昊是何等的凶残，简直成为了天神猎手。

可惜的是，无人知道如今戚拓在哪里，因为天神的归途以及位置很难确定。

石昊仔细地盯着这片古地，守株待兔，静等那位天神回来。

并且，他让打神石布阵，用以监视，为了更好地截住戚拓。

“太嚣张了！他们将这里当成了什么？”有人怒喝，驾驭天之城再次冲了过去。

“来了！”石昊目光炽热。

他没有看向天之城，而是盯住了下方的古地。有人从外界进入这里，踏足方圆十万里的猎场、药园。

石昊一眼认出，正是戚拓！

“快躲避！”天之城也有人发现了他，赶忙传音，大声呼喝。

戚拓，正当壮年，血气旺盛，反应神速，快速冲天而起。

然而，石昊早已盯住了他，驾驭闪电，背负鲲鹏翅，刹那间就冲了过去。

两人都撕开了虚空，将速度发挥到了极致。

可是，戚拓终究慢了一些，再快也无法同鲲鹏相比。

“是你！”他一眼认出石昊，心头凛然。尽管数年前他像拎小鸡仔一样将石昊捉到天之城，可现在却没有办法轻视他了。

因为这些日子以来，三千州都在传石昊的威名，比如他在仙古大发神威，连斩天神，震动四方。

“轰！”

戚拓拼尽神力，使出所有道行，对抗石昊。

与此同时，天之城也镇压而下，想要解救他。

石昊双眼如同金灯般，犀利无比，射出的光束异常绚烂，“锵”的一声拔出大罗剑胎，向前斩去。

一般来说，石昊不轻易动此剑，一旦拔出就意味着他杀气滔天。

剑光冲霄，宝术惊天，海浪般的符文将此地淹没，两者展开激烈对决。

“噗！”

一颗人头飞起，戚拓被斩杀了，就连元神都没能逃走，被石昊补了一剑，贯穿眉心，当场毙命。

“啊……”天之城上，许多人惊呼，而后大声尖叫。

在这一日间，天人族莫罗、戚拓先后毙命，着实是不可承受之重。

“怎会如此！怎会如此啊！”城中，有一些族老怒吼。被人打上门来，他们只能龟缩城内，无法出去杀敌，太憋屈了。

“可恨啊！”天人族许多人大叫。

特别是一些激进派，双眼早就红了。

可是，无人敢出城去报仇。堂堂一族，被人堵在这里，实在是让他们觉得屈辱。

就这样，石昊一堵就是一天一夜，天人族族人简直要疯了。

城中有不少人请战，希望联合起来，去击杀石昊。

故此，城中一片嘈杂，无比喧嚣。

“发生了什么？为何这般吵闹？”一座冰宫中传出苍老的声音，正是天人族的护道者。

“大人，石昊来了，堵在天之城外，连杀我族两大天神。”一位道童谨慎地禀告。

“什么！石昊那个小辈来了，敢这样行事。那柳妖是否跟着他来了？”护道者问道。他内心有些紧张，若是那株柳树来了，谁可力敌？

“没有，只是石昊自己。”

护道者闻言，当即出关。

随后，天之城的高层得到消息，立刻赶来觐见他。

“大人，你伤势未愈，还请静养。”有人劝道。

“我还能静养吗？那个小兔崽子都杀上门来了，我去收他。”护道者面色铁青。

前阵子那场大战，影响深远，天人族护道者虽侥幸逃得一命，但也险些死掉，因此回来后一直在闭关休养。

“护道者大人出关了，要去击杀石昊！”

“我猜，大人肯定是要活捉他！”

天之城沸腾了，人们都在期待。

“嗯，那个老家伙出现了！”石昊一凛，他一直在动用天眼通，注视着天之城。

所以护道者刚一出现，第一时间就被他捕捉到了。

“我们赶紧走吧。”火灵儿劝道。

“不急。”石昊摇头。

“小孽畜，你还敢出现在我天人族！”护道者大喝，直接探出一只枯瘦的手掌，向前抓来。

“老家伙，上一次在仙古遗地外，你被人打了个半死，第一时间逃走，如今又开始耀武扬威了吗？”石昊讽刺道。

他疾速后退，躲避这一击。

天人族护道者面色冰冷，肤色苍白，缺少血色。他直接跃出天之城，追击石昊。

“老家伙，听说你重伤垂死，怎么还敢出来蹦跶？”石昊奚落。

但是他没有敢耽搁，以大罗仙剑斩开虚空，快速逃遁，并且准备好了破解符，化成流光远去。

他不可能跟护道者硬碰。

“轰！”

天地沸腾，虚空炸开。护道者脸色阴沉，宝术失效了，没有打中石昊，还让他逃了。

护道者追了过去，结果却没有追上。

因为石昊手上有一些秘宝，可让他速度达到极致，比如说仙古遗地九大教主为他炼制的金色破界符。

这张符可以反复用，且还拥有极致速度。

“逃出来了，我们别回去了。”火灵儿长出了一口气。

“不用担心，他如果足够强，我们怎能逃走？”石昊目光闪动，他很想干掉那名护道者。

“那个人太强了，我们不能招惹。”火灵儿劝阻。

“他原本就寿元无多了，这次更是遭受重伤，我觉得可以慢慢磨死他。”石昊说道。

护道者无功而返，很不甘心。

然而，时间不长，石昊又出现了。

护道者脸色越发阴沉了，再次追击，结果还是被他逃走了。

“我们还要回去？”火灵儿吃惊。石昊一次次逃走，一次次返回，不断进行挑衅。

“没错。逼这老家伙动动筋骨，耗也要耗死他！”石昊说道。

第五次后，天人族护道者盘坐了下来，推演石昊的下落。

“大人不可！”天之城有人劝阻。

“我原本就寿元无多了，加上上一次身负重伤，注定要死去了，正好对他探究一番。”护道者说道。

若是石昊足够远，护道者也不会推演了，可近在咫尺，他觉得很容易成功。

“噗！”

可是很快，护道者就吐血了，脸上写满惊恐。他伤了大道本源。

“为什么？他就在附近，这么近的距离，本是不容易遭受反噬才对。难道我遭天谴了吗？”护道者震惊，喃喃自语。

可是，他不甘，再一次推演。想在临死前做些什么，镇压石昊。

这一次更严重，护道者遭受重创，大口喷血。

“怎么会这样？”他以前也推演过，知道石昊极其不凡，不可窥视。

那一次是因为相距太远了，难度异常的大。

可今日，石昊就在附近，他居然还是失败，不能推演，且伤势严重到极点。

“无论如何，我临死前一定要抓住他！”天人族护道者有一股执念。

他又一次推演，结果七窍流血，喃喃着：“怎么会是这样，我看到了未来的一角，这个人……”

天人族众人看到护道者居然在微微颤抖。

“大人，你怎么了？”

“石……”护道者只吐出这样一个字，接着眉心龟裂，整个人大吼了一声，仰面倒下，浑身是血，就此毙命。

“天啊，护道者大人死了！”

一声惊呼，震动天之城。

“那个小子，他逼死了护道者大人！”有人惨呼，悲恸无比。

“走了。”石昊说道，带着火灵儿离去。

这一日，消息传出，很快就有人知道了，都无比震惊。

石昊连杀天人族两大天神，结果还耗死了该族护道者，让得到消息的人目瞪口呆。

显然，这是一场大波澜，定会引发一场上界大震荡。

第770章 风云

天之城内哭声冲霄。

护道者死了，形神皆灭，真仙转世也救不了他。岁月在他的元神上留下了太多的痕迹，如今遭创，彻底消亡。

修道者，肉身可以修补，甚至能夺舍，换一具新的躯体，但是元神无法更换，总会在岁月中慢慢腐朽。

天人族护道者原本就走到了生命的终点，寿元无多，上次更是在仙古遗地外遭受重创，根本就活不长了。

这一次，天人族护道者强行动用大法，推演石昊的一切，引动上苍惩罚，导致自身殒命。

整座天之城弥漫着愁云惨雾，到处都是哀嚎声，许多人大哭。护道者殒命，这件事影响太大了。

对于石昊来说，那个老头子非常可恨，但是对于天人族来说，他是一个强大的守护者，怎能不伤心？

石昊走了，带着火灵儿离开了天之城，因为他知道现在留在这里，还不如离去，免得发生意外。

但是，这件事的影响太大了，并未随着他的消失而平息，反而在持续扩大，震动四方。

“你们可曾听说，石昊登临天之城讨要说法，连杀两大天神，更是磨死了天人族的护道者。”

“这是真的吗？天人族护道者当年可是一个狠角色啊，强大无比，就这么死掉了！”

这是一股巨波，迎面打来，惊得所有人发愣，全都觉得不可思议。

昔日的皇族，即便没落了，但也不至于如此吧？一个年轻人独自一人堵住天之城，在那里叫阵，并有这等战果。

“这不会是谣传吧？石昊即便再强大，也不见得敢跑到昔日的皇族那里去叫板吧。”

“怎么不可能！石昊与天人族恩怨纠缠已久，这次果断带着一个女子堵在那里，让天人族没了脾气。”

消息传开，四方哗然，像是一股飓风，造成的影响无比深远。

“石昊才二十岁啊，就有这种手段与战力，将来没有几人可以制衡。”

“唔，这样一个年轻人值得接近。我听闻一些大教在行动，想拉拢他，比如最璀璨的几颗明珠，他们可能打算招婿呢。”

“我也听闻了，比如补天教号称最圣洁、终生不嫁的圣女，貌似就与那石昊有密切关系。”

许多人都在议论。

然而，石昊却没有理会，只是带着火灵儿在一些名山大川游历。当然，这不是单纯地观景，还是在悟道。

他们所去的地方，都大有来历，如疑似真龙盘踞的寒潭，凤凰隐居的梧桐岭……

石昊处在圣祭领域，一日不晋升天神境，一日修为便不算稳固，在这些负有盛名的古地游历，对他有好处。

圣祭，不是苦修就能迈过去的，还需要心境的平和、精神的升华、自身意志的饱满等。

万丈红尘，就是圣祭炼心之地。

大半个月后，石昊与火灵儿从名山大川中走出来，又出入一些有名的巨城中，体会红尘百态。

直到一个月后，他们才结束这种旅程。

不知不觉间，又临近了罪州。

这段日子以来，他们不断借助传送阵，从一地赶往另一地，浏览了诸多名胜古迹，甚至还曾跑到冥土外去转了一圈，看那里黑雾腾腾，死气滔天。

罪州，让两人止步。

“去见一见火皇吧。”石昊说道，他想去见一见火灵儿的父亲，那个中年人在下界时曾帮过他。

如今，他与火灵儿走在一起，关系亲密，更是要去一见。

“你怎么突然想起了他呢？”火灵儿问道。

“我想早日娶他女儿过门啊，所以拜见未来岳父大人，自然是应该的。”石昊笑嘻嘻地说。

火灵儿羞赧，直接捶了他一拳。

火皇很不凡，无论是气魄，还是道行都非同一般，绝非凡夫俗子。

他们眼前横亘一片灵山，云霞缭绕，古树繁茂，灵药众多。

“嗷……”

这才一接近，一头庞大的凶兽就长嚎着，快速扑了过来，跟一座小山似的，踩踏虚空，气息狂猛。

“这家伙天天吃什么了，长这么大个儿。”石昊呆住了。

那是一头巨狼，通体毛发光滑，如绸缎子似的发光，背后长有一对翅膀，大如山峰，从天而降。

正是小狼，数年过去后，已经成为一只庞然大物。

“灵儿！”

这头巨狼降落，快速缩小，直到一尺长，而后冲到两人近前，且望向石昊。

“你从仙古回来了？”小狼看着石昊，有喜悦，也有激动。

石昊笑了，一把将小狼抱了起来。这个小家伙当年可是非常黏他，哪怕火灵儿喂它灵药，它还总是往石昊怀里跑，气得火灵儿骂它是养不熟的白眼狼。

不过多年过去后，它跟火灵儿好得不能再好了，毕竟一同经历了很多事。

“哎哟，你怎么这么沉，都快把我压趴下了，这是天天吃了多少肉啊。”石昊打趣，揉了揉它的头。

“哪有，人家很苗条的！”小狼瞪着大眼，凶巴巴地纠正。

“母的？”石昊乐了。

“去死，不跟你好了！”小狼愤愤，挣脱出来，直接跳到了火灵儿的怀中，不搭理他了。

“我父亲呢？”火灵儿问道。

“又游历天下去了，不知道什么时候才能回来。”小狼答道。

火皇是一个洒脱的人，时常远游，参悟天地至理，修行自己的道。

不过，他也很惦记自己的女儿。当日正是他前往火桑林，将火灵儿还有小狼提前救走，带到这里。

只是火灵儿怕石昊回来找不到她，故此改变容貌，化作采桑女，重新在那片区域出没。

“唉，好可惜，又不能见到火皇。”石昊叹息。

“以后会见到的。”火灵儿笑了笑。

“原本还想跟老头子商量什么时候迎亲呢，结果他不在。”石昊笑道。

“你乱说什么！”火灵儿脸上出现红晕。

小狼更是睁大了眼睛，骨碌碌转动眼珠子，道：“你要办坏事？”

石昊直接给了它一个栗暴，道：“大人说话，你一头小狼乱掺和什么？”

“谁说我小了！”小狼不忿，轰隆一声，直接化出本体，成为一座巨山，将石昊给压在了下方。

若是一般人绝对吃不消，但是石昊化出一只巨大的金色光手，将它瞬间就给托了起来。

“我也要跟你们出去！”被制服后，小狼叫道。

它守在这里很枯燥，早就想跟着离开了。

就这样，两人一狼再次上路，行走于各大州间。

而这个时候，他们也听到了不少传闻，心中惊讶。

“三千州以外，竟然还有古界、九天十地大联盟，这还真是个丰富多彩的世界！”

“石昊你去吗？九天十地英才齐聚，居然要建圣院、仙院、天神书院等，确实有点惊人。”

他们俩一个走出仙古后还没来得及详细了解外界之事，另一个则一直隐居火桑林，也不曾注意。这次意外得知，就在最近这段时间内，英才选拔已经开始，据说无比严格。

特别是有域外的年轻强者把关，也不知道击败了多少人，拦住了上界多少天才。

“域外来客是修出仙气的天神，横扫三千州，所向披靡，还真是强得一塌糊涂，狂得让人无语。”

石昊虽有耳闻，但没有详细了解过，颇感兴趣。三千州外，有人降临在上界，那是怎样的人？究竟有多强？

“真想看一看，他们究竟有多厉害。”他无惧挑战。

“你没听说吗？域外的英才要挑战你、谪仙，还有十冠王呢。”火灵儿道。

在这段时间里，域外来客无人可挡，击败了不知道多少高手，而且几乎都是在三招内结束战斗。

最近的三千州无法平静，一些从仙古历练而出的修士，都有点抬不起头，因为他们跟域外来客交手时都败了。

“你要去闯关吗？要离开上界吗？”火灵儿看着石昊问道，怔怔出神。

九天十地大联盟，要从各地挑选、培养真正的至尊英才，也许最终那天神书院根本不会建立在上界。

火灵儿担忧，因为这可能导致分别。

而她很难进入那所谓的天神书院，因为据传一些极其强大的天才都失败了，没有通过考验。

据闻，到目前为止，还没有人成功，不曾有人被挑选走。

“最近我们的消息太闭塞，找个地方先了解下情况。”石昊道。

三千州很大，有大量的高手存在。而在平日间，自然会有各种交流盛会等。

石昊打探清楚了，就在青州便有一场盛会，受邀者来自不少大州，据闻都是各族的翘楚。

他们都有意接受考验，期望进入天神书院，而后前往域外，期待变得更强。

许多人的目的一致，因此讨论的都是这方面的话题。

随后，石昊了解到，域外来客在横扫四方，而这一次竟然也到了青州。石昊不请自来，进入一座巨城，他要去看一看到底怎么回事。

据悉，许多强大的修士都在做准备，希望被选中，进入所谓的天神书院。

第771章 聚会

青州，宽阔的青石街道，熙熙攘攘的行人，红尘气冲霄。

“冰糖葫芦，又大又甜。”

“蛟肉包子，皮薄馅多，香汁浓郁可口！”

刚一踏进城内，就听到了各种叫卖声，非常的热闹。车水马龙，行人川流不息。

冰糖葫芦的确很红，但那可不是一般的果实，而是罕有的灵药串在一起做成的。

至于蛟肉馅包子铺，那肯定也不是一般人能开得起的店铺。蛟可是凶兽，少有人敢常年屠之。

这也从侧面说明了青州的不凡之处。虽然红尘气很重，但是修士众多，强者不少，有些人就是在这红尘中炼心。

近日，城中颇不平静，来的很多强者，都在讨论那九天十地到底有多么广阔，三千州外的古地究竟怎样。

域外还有人，这对三千州各教来说着实是不小的冲击。

若非域外来客横扫三千州天神，所向披靡，他们还真不相信对方所说的话是真的，更不敢相信有九天十地。

现在的三千州别说诸多翘楚，就连一些老辈人物都恨不得横渡虚空，去域外看一看，了解真相。

奈何，从三千州离开，不要说登临九重天，就是前往十地中的其他九地也很困难。

因为古传送阵残缺，需要拿出诸多天材地宝才能启动，代价太大。

而且即便能拿出那么多天材地宝，那些古界也不见得认同三千州，只会严密探察跨界的人。

“唉，连我们三千州都只能算是十地中的一地，那九天到底又是怎样的九个古界呢？”有人叹息。

石昊他们进城，路途上听到了很多议论声。他不禁点头，这座城果然不凡，是一座修士之城，凡人很少。

在巨城中央，有一座焦黑的石山。

它很高大，气势磅礴，奈何已经断掉，只留下一部分，但即便如此也显得无比宏大，气息迫人。

“这本是一位超越了教主的山神，据说想渡劫，引发出仙光，然而一道惊雷劈下，将他打出本体，更是被斩杀了元神，只留下半截山体。”

刚一临近，石昊与火灵儿就听到有人这样说道。

事实上，这是青州一景，且来历不凡。有很多修士慕名而来，特别是外州的人路经此地，必须瞻仰一番。

本地人不吝介绍，一些商家与店铺为了卖掉灵药、兵器等，更是热情地解说。

在这座焦黑的石山周围，旺铺很多，因此这片区域无比繁华，生灵密集，人来人往，摩肩擦踵。

石昊与火灵儿登山，旁边的人都露出羡慕之色，同时带着敬畏。

这断山通体焦黑，虽然折断了，但依旧很宏伟，还有数千丈高，只有一条小径可直达断山最上方。

这是一处奇地，山体虽残，但有奇怪的法则，导致人们不能飞行，只能徒步向上走。

而且修为不达真神境的人，在这里根本迈不开脚步，没有办法上去。

传说，这山神昔日很强大，触到了至高领域，虽然在窥探天机时遭遇了天谴，但是它的残体依旧不凡。

山体上有丝丝仙道气息，走在上面对修士有很多好处，但也不是一般人所能攀登的。

“这地方不错！”石昊点头赞道，他感觉体内三道仙气仿佛真的与此地发生了些许共鸣。

山上有小酒肆和茶馆，都是露天的，更有一些高手坐在蒲团上。

此外，还有一些琼楼玉宇悬在虚空中，看起来美轮美奂，带着云烟，像是不属于凡界。

很明显，这次聚会来了不少人，匆匆一瞥，石昊就知道这些全都是强者，可谓高手林立。

他与火灵儿上来后，没有向人群那里走去，只是在边缘找了个小酒肆，然后坐了下来，听着他们谈论。

现在很多人都在提域外来客，因为到现在为止，那些人没有败过一次，将三千州的修士都打得抬不起头来了。

“确切地说，域外来客只有一人出手，而我三千州不知道多少高手被击败了，真是耻辱啊！”有人叹道。

一个人力压三千州各路高手，无人可敌，这不得不说是一件可怕的事。

“你们说九天十地是怎么划分的，难道所谓的十地真的比九天差了很多吗？不然他们随意一个人出手，何以就压得三千州如此抬不起头来？”

“那人应该是域外少有的年轻高手，但我们三千州也不是没有人能战胜他，只是如今不曾出手罢了，比如谪仙、石昊、十冠王、宁川，哪一个是凡夫俗子，一个个都强大得离谱。”

“说到石昊，他当真是了不得啊，在天人族那里闹了个天翻地覆，将他们的护道者都磨死了，真是惊人。”

一些人在谈论，说着近来的事。

至于远处，还有更多的人，分成了几片区域。很明显，那些人更强大，一个个都身份不凡。

“晓月仙子，听闻这一次你在那仙古遗地中战绩辉煌，足以排在前列，差点就得到一部玉石书？”一位年轻男子开口。

琼楼上，一个白衣女子盘坐在蒲团上，恬淡而平静，道：“终究是功亏一篑。”

不少人吃惊，这绝对是高手。据说只有前数十名的人才有幸得见玉石书，但最终只有十人左右得到。

石昊看向琼楼，那女子有点眼熟，仿佛在仙古看到过，不过应该是在百名左右冲进那造化地的。

“晓月仙子果然强大，纵横仙古，一路不败，敢跟那些王者去征战。”有人恭维。

“李兄说笑了，在场可是有几位比我更先冲进那造化地的，可惜也都与玉石书失之交臂。”晓月仙子道。

山上，众人皆惊。琼楼上的一群人果然都很强大，超出他们的预料。

“你认识他们吗？”火灵儿小声问身边的石昊。

“不认识。”石昊摇头。

旁边一些人听到了他们的对话，有人忍不住嗤笑道：“不是每一个人都能认识那些天骄人物的。”

火灵儿撇嘴，有人当着她的面说这番话，摆明就是无视石昊，她自然不爱听，不过她也没有多说什么。

“这位仙子是何派弟子？”很显然，那人没有料到火灵儿这般美丽出众，向这边望来时，眼睛顿时亮了起来。

“我们只是小修士，说出来你也不认识。”火灵儿撇了撇嘴。

在那里的也有女修士，见到火灵儿生得貌美如花，身段完美，扫了一眼，甚有敌意。

有一女子小声咕哝道：“倒也有自知之明。”

火灵儿不愿惹事，没有理会，石昊却没那么多顾忌。他一两个月前纵横仙古，连天神都照杀不误，更不要说其他人了。

“不认识那些人不可以吗？非得认识那几人才算不凡？”石昊冷淡地说道。

“一般的人还真是没资格认识琼楼上的那些人，他们都是在仙古中杀出赫赫威名的佼佼者！”有人嘲笑。

“我等也进过仙古，只能远远观望那些人。晓月仙子等实在太强大了，实力稍弱的话根本无法临近看他们激战。”另有人说道。

石昊闻言嗤笑，道：“你们也进过仙古？失敬。”

“这么说来，你们两人都不曾入过仙古？”有人神色不善地问道，“你们难道不知，这次来聚会的人都是入过仙古的高手吗？”

“这位仙子看起来颇为不凡，倒也可以留下。你这个人话语孟浪，还是下山去吧。”有人鄙夷，对石昊说道。

石昊闻言，顿时就笑了，摇了摇头，饮下一杯茶水。

“还不下山！”有人斥道。

很明显，这里的动静吸引了其他人的注意，就是琼楼上的人也都向下望来。

“你是……”晓月仙子一声惊呼，睁大了双眸，一下子站起，怔怔地看着石昊。

很快，琼楼上其他人也注意到了下面的情况，又有几人吃惊，全都起身。

“石昊！”

“他竟然来了！”

琼楼上最强大的几人全都发呆，而后又向石昊抱拳，带着敬意急忙见礼。

这个人是谁？下方所有人都吃惊了。

晓月仙子等人从琼楼上下来，一个个都带着惊容，向石昊打招呼。他们真的感觉太意外了，居然在这里发现石昊!

“见过石兄！”

“几位客气了。”石昊回应。

“什么，他就是石昊！在仙古独占鳌头，勇猛无敌的石昊？！”其他人也都震惊了。

特别是之前奚落石昊他们的人，面色发白，微微颤抖。

并不是每一人都能认识石昊，因为在仙古时，不是所有人都有资格去看他大战，只有部分人有幸而已。

“这个人就是石昊，横扫仙古无对手！”

“不久前，他还磨死了天人族护道者啊！”

这个地方不能平静了，一片喧哗。

晓月仙子等全都举起酒杯向石昊敬酒，引发一片热论。

石昊也不为难他们，微笑着跟他们碰杯。在他看来，有几人的确很强，在仙古都能排进百名内。

“诸位，我想了解一下，那域外来客究竟怎么回事？有多强？”石昊这般问道。

“石兄，他们真的十分强。只有一人出手，其他人都不曾出击，便是这样也压得我上界高手抬不起头来。”有人说道。

“石兄，他们可是点名要与你一战呢。”晓月仙子说道。

“什么乱七八糟的人也想与我一战。”石昊说道。

这里一下子宁静了，众人哑口无言，张了张嘴，这位也太彪悍了，想来并未将域外来客放在眼里。

恐怕也只有石昊敢这么说话吧，其他人谁敢?

“石兄，那些人今日也许会来此地。”晓月仙子说道。

他们举办了这次聚会，消息传出后，可能会引那些人来。因为最近但凡有什么盛会，域外来客若是离得很近的话，必然要去参加，会一会高手。

现如今，听闻那些域外来客就在青州。

“是吗？”石昊点了点头。

突然，远空传来瑞霞，撕裂长空，直接冲着青州而来。

不会吧，那些人真的来了？所有人都吃了一惊，腾地站起身来，望向天际。

第772章 通臂神猿

一片瑞霞喷洒，如同数千条彩虹横贯长空，一辆战车闪动惊人的光芒，带着玄光，快速冲来。

在它所冲击而过的路途上，虚空裂开，烟云弥漫，流霞炸开，景象异常惊人。

人们吃惊，这辆战车了不得，速度太快了，这样正常行驶就已经撕开了虚空，可见它有多么的强大。

一刹那，它到了近前，这是五色神铜铸成的战车，一看就是罕有的秘宝，一般人根本炼制不出来。

它太快了，冲进青州，来到黑色的断山上。

周围，虚空龟裂，出现一道又一道黑色的大裂缝，景象恐怖。

这种威势太强了，宛若一位超级大人物驾临，让很多天才都凛然，就是晓月仙子等也都脸色大变。

唯一美中不足的是，这座黑色的断山影响虚空，干扰物体飞行，当五色神铜战车冲来后，它一阵摇动，彩光迸发。

不过，这车遭遇此地干扰，疾速降落，“砰”的一声，落在山上，并未出现意外，只是让那里土石飞溅，烟尘冲起。

这是一辆强大而惊人的战车，上面雕刻着神魔图，吞吐日月，手抓星辰，更有万兽拜祭坛图，还有飞禽朝圣景。

显而易见，这辆战车了不得!

并无猛兽拉车，不过即便如此也尽显威势，它可以借助符文飞行，一样拥有疾速。

所有人都盯着，想看一看究竟是何等大人物到了，不过人们也很紧张，来人绝对强大。

车中传出沙哑的声音，晦涩难明。

一时间，许多人竟然没有听懂。

“这是何种语言？”许多人露出异色，甚是不解。

“真的是域外来客，他们就是说这种语言！”晓月仙子神色大变，很明显她这些日子以来了解到了许多事。

其他几位高手也都神色凝重。果然，他们的聚会引来了这等神秘高手。

因为，人们早已听说，但凡某一州举办盛会，他们必然到场，去看一看是否有真正的强者。

事实上，这段日子以来，各州的年轻俊杰等全部惨败，被人羞辱，无人可支撑下来，最好的战绩也不过是对抗十招。

可以说，这一两个月以来，上界群雄颜面尽失，那种败绩让各教丢尽了脸。

车中再次传来话语，一时间人们依旧难以分辨。

这是一种古语，需要细心琢磨，才能辨清，跟太古以前的语言相近。

“哼，三千道州果然没落了，连当年的天地母语都忘记了！”

终于，战车中传来人们能够听懂的话语，带着不满，有种傲然，还有一种轻视。

“前辈，有何吩咐？”有人回应，无比拘谨，站在战车前，谨慎对待。

“我没那么老！”战车中，传出这样的声音，冷哼了一声，有些不耐烦。

随后，他再次开口，道：“这就是在青州举办的盛会吗？看来也不过如此，根本没什么高手。”

场面一下子静了下来，来者很自负，对在场的人并不重视，连车都没有下。

一时间谁都没有开口，静静等待，看他到底要做什么。

很多人都已经起身，但是石昊没有理会，依旧坐在那里，细细品味美酒，火灵儿跟他坐在一起，帮他斟酒，自己也在小饮。

至于小狼，直接抱住一个小酒坛子，尽量做出很文静的样子，在那里喝酒。

“太差了，你们凭这样的资质也打算进入天神书院吗？根本就没有机会！”战车中，沙哑的声音传来，那个人似乎在摇头。

一群人都露出难堪之色，被人这样评价，无论如何也不会心情愉悦。

“道兄，我等需要达到何等条件，才有机会入选九天十地联合开创的书院？”有人壮着胆子问道。

“自然是胜过我才行！”战车中的人说道。

人们一听就蹙眉了，难度非常之大，这个人就是那个名为林天的域外天神吗？很多人都已经听说，一直是他在出手，战败三千州诸多天神级高手。

时至今日，他一路碾压，从未遭遇失败。

“林兄，这……太难了，你道法高深，上界的确没有几人可以与你一战。”晓月仙子说道。

就在这时，战车的青铜帘子被掀开，露出当中的强者。

一瞬间，所有人都呆住了。

那根本不是人们想象中的年轻强者，而是一头雷公嘴的生灵。

这是一只神猿，金色毛发，雷公嘴，盘坐在那里，目光如同金灯般，烁烁发光，甚是强势。

这只猿穿着道袍，看起来很滑稽，但是有一股强大的气息弥散开来，目光凛冽无比，让人不敢直视，所有人都心头悸动，这是一尊很强的天神。

“请问道友是？”有人小声问道，域外来客中似乎没有一只猿啊。

“我乃通臂神猿一脉的猿天。”它冷冰冰地说道。

这让人诧异，难道不是域外来客？

“请问前辈跟那几位来自天外的人是什么关系？可否认识林天天神？”有人问道。

“我自然是来自域外，奉林天为主。”它答道。

这句话一出，人们都变色了，域外来客的一个仆从就敢这么大模大样地驾车而来，傲视群雄，让人难以接受。

“猿道兄，你来此是何意？”有人沉声问道。

“听闻此地有盛会，自然是来考量的，看一看是否有真正的英杰能进天神书院。”它说得很直接。

这一刻，晓月仙子、鹿公子等都露出不愉之色，很是难堪。他们很强，在仙古遗地大战中都排进了前百名，结果此时却被域外来客这样轻视。

林天没有来，居然只派了一只猿猴，一个仆从！

“过分了！”有人咬牙。

这是一种耻辱，正主没有来，居然让他豢养的通臂神猿驾临，考验众人，也太看不起人了。

“怎么，你不服？”那金色的通臂神猿沉下脸，冷冷地扫视所有人，道，“我家主上出手，挑战数百州，就没有一个人可以支撑十招以上，一般都不会超过三招，太过失望，你们凭什么值得他亲自来出手？”

这话太不中听了！

人们愤怒不已，可却只能叹息，从某种意义上来说，三千州还真是极弱，这一两个月来败得太惨了！

“怎么，有人不服吗？可以尽管来挑战我，过了我这一关，才有资格去与我主人一战，不然就别妄想加入天神书院了。”它很强硬地说道。

在场的人都目光不善，很多人不忿，凭什么一只猿猴也敢来耀武扬威？

一些人不甘，向前走去。

“我来试一试你的身手！”有人说道。

“好啊，自信足够强大的尽管过来！”通臂神猿走出战车，站在空地上。

一只头上长有牛角的男子向前冲去，手持一根号角，轻轻一划，呜呜声震天，裂开虚空，这是一位天神。

“轰！”

那通臂神猿力大无穷，双拳捶动胸膛，发出沉闷的声响，而后对月咆哮，响声如雷。

它的声音直接盖过了号角，而后一个腾跃，化成一道金色闪电，向着那人冲去，“砰”，两人撞在一起，激烈对抗。

“咔嚓！”

号角折断，那人横飞，心脏差点都被通臂神猿掏出来，鲜血淋淋，出现一个大洞。

“不堪一击啊。”通臂神猿冷笑道。

那人脸色铁青，踉跄倒退。

其他人感同身受，一个个都很愤懑，林天养的一只猿猴都这么强大，难住了他们，实在让人悲郁无比。

通臂神猿冷笑，道：“不都是天才吗？就没有一个人特别一点吗？都这般弱小！”

这些话语很不留情面，让人愤怒。

通臂神猿道：“哦，你们当中有不少人都进过所谓的仙古遗地，算是天才？不过很多人都未达天神境，太脆弱了。这样吧，我给你们机会，既然是天神书院选拔弟子，那肯定是看重潜力，我自缚修为，压制到跟你们一样的境界，谁来挑战？”

“我来！”

果然，有人坐不住了。

“哧！”他张口吐出一个五色神环，发出五行神光，向着那猿打去，击裂长空。

在真神境界，有如此修为也算是超绝了。

但是，这猿异常的可怕，一下子躲避过这五色神环，而后徒手向前杀去。

刹那间，两人间宝术绽放，符文交织，对抗了十几招，那猿一爪子探出，“噗”的一声，差点将此人半边身子撕下来。

“你败了！”

通臂神猿冷笑道，扯下他一条臂膀，扔在了地上。

群雄震怒，一时间很多人都望向晓月仙子，又看向石昊，等他们发言。

“石兄，你看如何？”晓月仙子为难，有心上场，可又觉得没有必胜的把握。

通臂神猿盯着晓月仙子，又看向石昊，露出一嘴雪白的牙齿，道：“你们不服吗？”

“一只猴子而已，跑这里乱蹦作甚？”石昊开口，既然很多人都看向了他，他也不能没有表示。

正巧，他也看不惯这只猿，太嚣张了！

“你是谁？”通臂神猿觉得有点不太对劲，因为它竟看不透这个年轻人。

“去将你主人喊来。”石昊懒得理会它。

“想见我主人，先过我这一关！”通臂神猿叫板，冷笑连连。

第773章 巨大差距

这头神猿很壮实，通体金黄，双臂过膝，头上还有一对黑色的犄角，让它看起来很凶猛。

“哧！”

通臂神猿脾气很暴，说完那些话语便出手了，一爪向前探来，带着刮骨般的罡风，撕开了虚空。

它的指甲也是金色的，长达半尺，弯如铁钩，锋利无比。

石昊盘坐在那里，根本就没有起身。火灵儿担心，因为对面那是一个域外强者，强得有点离谱，怕石昊托大而吃亏，她准备动手，毕竟她已是天神了。

但石昊一把拉住了她，让她安然坐在自己的身边，神态平和，无喜无忧。

通臂神猿目光寒冷，对方竟敢如此托大，浑然不将它放在心上，让它杀意陡增，那只金色的爪子越发璀璨了，已经燃烧出百重符文！

自从来到三千道州，谁敢轻视他们，它的主人林天打遍天下无敌手，没有一名天神可以支撑过十招，往往是一击制敌！

近来，它代替林天出手，参加了很多盛会，将一州又一州所谓的英才压制得抬不起头来，野心早已膨胀。

又因它无论走到哪里都被人敬畏，即便只是林天的战宠，也格外受人礼敬与害怕，现在遇上这么一个人，它自然不忿。

它的爪子已经到了近前，离石昊不足三尺，那黑色的虚空裂缝都快蔓延到石昊的身上了，要将他分裂。

通臂神猿冷笑，此人这般自负，对它不恭谨，它不介意施辣手，将他格杀，给所有人一个教训。

“愚蠢的生灵，死！”它一声冷笑，金色指甲剧增，冲着石昊的面门就去，想要将他的头颅洞穿出五个窟窿。

人们惊呼，这太快了，那里已经被金光淹没。

众人心头一凉，都知道石昊强大，可是现在都到这份上了他还没有出手，来得及吗？所有人心中都是一凛，若是连石昊都负伤，上界那就真的找不出人可对付域外来客了。

就在这时，那金光忽然暗淡，神猿暴退，那里有晶莹的水花溅起，并伴着丝丝血迹，很是奇异。

众人都是一呆，仔细打量，随后所有人都一震，而后又释然。

神猿暴怒，因为它的指甲断了，带着血液脱落在地上，手指此时跟针扎般的痛，殷红的血溢出。

“你敢如此轻视我！”它怒喝，眼睛瞪得如两轮金色的小太阳般，因为石昊刚才并未起身，也没有出兵器等，只是抬手间，将一杯酒泼了出来，击在它的黄金指甲上，就直接让它们断裂、脱落。

这也太小觑它了，同时也让它心中发毛，这绝对是一名恐怖的对手，超越在三千道州所见到的所有天才。

“轻视你又怎样？你不过是别人养的一只战仆，却跑到这里来作威作福，不将三千州的人放在眼中，还指望我尊敬你？”石昊很平淡地说道。

在场的人心惊肉跳，不愧是石昊，一杯酒就挡住了这只神猿，削落了它的黄金指甲，果然名不虚传。

“吼！”

通臂神猿怒发冲冠，连日来受人尊敬，现在被人看不起，它脸色阴沉，轰出该族镇教绝学——通臂拳！

只见它的右臂剧增，一下子拉长了，而且粗大无比，拳头更是如一轮金色的太阳般，从虚空中爆发，轰向石昊。

结果很可惜，它的这只拳头被一只酒杯挡住了，被扣在了酒杯上，一动不能动，剧痛无比。

别说是其他人，就是石昊身边的火灵儿都双眸大睁，真正感受到了身边这人有多么的强大。

须知，这酒杯不过是玉质地，根本不是武器，可石昊却用它抵住了一位异常强大的天神，并将它的拳头禁锢。

“啊……”

通臂神猿大叫，掌指关节剧痛，它快速倒退，刚才向前用力砸去，指骨已经折断了。

下一刻，人们看到它的手掌血肉模糊，指骨扭曲，不成样子。

到了此时，人们才知道石昊有多么恐怖，许多人在此前只是听闻过，而没有机会目睹，此刻亲眼看到，格外的震撼。

要知道，那可是域外来客，在此之前轻易就击败三千州的天才，所向披靡，难逢对手。

可是在石昊的眼中，那根本不像是在对付域外强敌，倒真像是收拾一只普通的猿，太轻松了。

“不愧是石昊，养成了无敌气魄，在这三千州内的同代人中难以遇到对手了。”晓月仙子白衣出尘，容貌绝丽，一声轻叹，双眸中闪动异彩。

她曾在仙古遗地中见到过石昊，也曾听闻他横扫对手，强斩天神，一路高歌猛进，当真是有无敌的风采。

可是这些都比不上亲自目睹这一切，现在她深刻了解到这个人有多么的强大。

因为若是换作她，就算全力以赴，也不见得能稳拿下这只通臂神猿，可是石昊抬手间就可镇压对方，差距太大了。

其他人也是如此，激动而又紧张，忍不住感叹，都说石昊厉害，唯有亲自看到，才能体会到他的可怕。

“你等着，我去请主人！”通臂神猿一下子明白了，它跟此人差距极大，不是对手。

“早先我让你去请人，你却对我出手。你当这里是什么地方了，想来就来，想走就走？”石昊盘坐在那里，冷淡地说道。

“你想怎样，我来自域外，到此是为了考验你们的强弱，看你们是否有资格进入天神书院，你还想对我不利不成？”神猿呵斥道。

“你也算是考验者？正主不来，派一只猴子逞凶，藐视青州群雄，这是对上界修士的羞辱，你还有理了不成？”远处，晓月仙子呵斥道。

其他人也纷纷开口，对它怒目而视。

“你们不想入天神书院了吗？敢这样针对我！”通臂神猿道。

“真是聒噪！”石昊说道，这一次真的动手了，右臂探出，手掌放大，向着神猿抓去。

“你敢！”通臂神猿大叫，同时疾速倒退，冲进那辆五色神铜战车中，想要疾速远遁。

可惜，石昊修出了三道仙气，在同阶中绝对有震古烁今的实力，放眼天下，可战任何天神级对手。

它自然跑不了，整座战车都被那只大手抓住了，五个手指合拢，将五色战车包裹在掌心中，而后炼化。

“啊……不！”通臂神猿大叫，拼命催动战车，五色神光冲起，日月山河在铜车上浮现，气象宏大。

虚空中大手一抖，五色战车发出轰鸣声，并且冲出成片的神魔虚影，在这里咆哮。

不过，这大手再次一抹，所有异象都消失了，接着神猿从车中坠落而出，躺在地上一动不能动。

通臂神猿骇然，这辆战车来头甚大，绝对是一件可怕的秘宝，是封印的教主级法器，属于林天，不过是被它借用而已，可是如今却被压制了。符文与仙气交织在一起出现，战车臣服。

通臂神猿出了一身冷汗，这个人太强大了，就是它的主人亲自出手都不一定能够稳胜，实在可怕。

“三千道州还有你这样的人！”它又惊又怕，感受到了对方的恐怖，头皮发麻，终于知道，在对方眼中自己的确只是一只猢狲。

它一动不能动了，躺在那里，浑身骨头仿佛都折断了，因为对方那只大手隔着战车就差点将它炼化。

此时，所有人都倒吸凉气，跟着一阵头皮发紧，石昊真不愧是在仙古独占鳌头，可以横扫四方敌的人。

这种战绩，这样的手段，远远甩出他们一大截，高高在上，使得众人难以望其项背。

甚至可以说，纵观古今，历代最强天神也很难是他的对手。

也许，只有追溯到上一纪元，才能为他找来一批势均力敌的对手。

“唔，还有域外来客，他们也可以作为石昊的对手。”有人这样想道。

“你这样对我，就不怕得罪我的主人吗？他会亲自来镇压你！”通臂神猿说道。

“我早先就说过，让他亲自来，你一只猴子乱掺和什么？”石昊平淡地回应。

可是听在众人耳中却完全不是那么一回事，人们感觉到了一股强势的霸气，石昊……这是要出手了！

他要迎战域外来客，且强势无比。

石昊盯着通臂神猿，道：“怎么处置你呢？听闻猴脑是大补，可滋补元神，强壮神魂，很是不错。”

这句话一出，通臂神猿顿时汗毛倒竖，一双金色瞳孔急骤收缩，它有点毛了。这谁啊？想吃它！

其他人也都露出异色，传闻果然是真的，石昊是一个无敌的少年，还是一个吃货！

“你……你别乱来！”神猿大叫。

“嗯，我有一个朋友是朱厌，吃你的话，总是情不自禁会想起它。算了，留你一命，给我赶车吧。”石昊说道，将五色神铜车丢下，要收通臂神猿为车夫。

“我现在还没有神兽拉车，你就暂时出点力吧。”他补充道。

“你！”通臂神猿惊怒交加，很难接受这个结果。

“你什么你，还不快去，这车不错，以后你好好表现。”石昊祭出一道禁制，而后将通臂神猿抛向战车。

“你就不怕我的主人寻你麻烦，将你灭了吗？”通臂神猿喝道。

“域外来客不是一直在挑战三千州英才吗？我在等他，快点出现更好，我想早些去天神书院看一看其他古界中的奇才有多强。”石昊说道。

所有人都是一叹，也唯有石昊敢这样说话，对能否进入那书院根本不担忧，去那里就像是闲庭信步般。

“我的主人要来了，有种你别走！”神猿叫道。

“聒噪！”石昊一巴掌将它拍得咯血，而后将它彻底禁锢在战车上，看着天际，道，“我在这里等他。”

第774章 林天

黑色断山上，群雄皆一颤，石昊终于要出手了吗？

人们已经等待太久，全都在期待他与谪仙、十冠王出击呢，因为域外来客横扫数百上千州，让所有人都有一股郁气。

修出三道仙气的人，应该可以获胜吧！

许多人期待，渴望见到那一战。

“我主人是天神，而你还不是，远非其对手，你若放了我，凭你的天赋也许有资格进入天神书院！”

通臂神猿说道，目光闪烁，它很想离开，不愿成为俘虏。

石昊笑了，道：“我有没有资格，还需你来说吗？”

“你要知道，这样扣押我，等于是在挑衅我主人，他天纵神姿，在你们三千道州无敌手，你真要跟他碰撞，后果很不妙。”通臂神猿说道。

“三千州无敌，谁给他封的？”石昊哂笑，不以为意，而后又盯住了它，道，“你最好闭嘴，别再挑战我的耐心，如果本分地做个车夫，我留你性命，要是继续聒噪，那么我就准备吃猴脑了。”

他说得很随意，但是有一种强大的威慑力。

通臂神猿虽然桀骜不驯，但是真的不想死，它能够感觉到，这个人很强，很恐怖，不能再顶撞了。

“我……只是好心提醒你，九天十地超乎你想象的广袤，远胜这三千道州，高手太多了，甚至有长生者的后人！”它这般咕哝道。

虽然不敢顶撞了，但是换了一个委婉的方式告诉石昊，域外强大而可怕，想让他忌惮，从而放了它。

事实上，这些话语的确引发了波澜，人们都心中震动。

在那九天十地间，还有长生者不成？竟还有他们的后人，这太过震撼了，让人遐思万千。

石昊也不例外，他越发地想走出三千州去看一看了，想进入那天神书院，登临那九重天，俯瞰各个古界。

“我很期待，那些古界中若是有长生者，我愿拜访，更愿同他们的后人切磋，只是不知道他们这次是否来了？”石昊盯着它。

“你要知道，这次不光是我的主人林天到了，同行的年轻人还有几个，至今都还未曾出过手呢！”通臂神猿说道。

“嗯，我知道了，你还是老老实实，准备驾车吧！”石昊点了点头说道。

通臂神猿泄气，这位真是油盐不进，根本就没有当回事，无惧域外强人。

事已至此，黑色断山上，群雄都对石昊敬畏无比。什么是强人？这才是！根本就不怕所谓的九天十地的英才。

所有人都感觉到了，石昊在渴望，想与世间同代中的最强者一战，不管他来自哪里，有何身份。

“石兄，要小心啊，我听闻那林天真的很强，他毕竟修成了天神，仙气已经转化为大道花瓣，悬在头顶上方，先天立于不败之地！”有人说道。

“无妨。”石昊点头，他微笑着与几人碰杯，谈起了仙古遗地的事。

从他们口中，石昊了解到，仙古遗地跟外界贯通了，如今有不少大人物进去，想要寻机缘。

不过，里面的人却很少出来，因为限于诅咒，无法远离那片古地。

“目前，唯有那九大教主可以远行，他们摆脱了诅咒的影响。”晓月仙子笑道，唇红齿白，秀发柔顺，眼波流转，向石昊道出这样一则消息。

石昊点头，这个消息很好，九大教主是在他的帮助下化解诅咒的，那些人越强对他越有利。

当日在他被困时，这九人就曾同柳神一道出手，跟外界强人对抗。

“石兄，你真要等那几人来啊，要知道，他们可不是易与之辈，也不止一人，这样迎敌有些被动。”有人低声道。

上界，跟石昊有仇的大教不少，比如冥土、天国、火云洞、仙殿等，都是庞然大物，但还有很多古教跟他无冲突。

那几个与他有仇的大教远离此地，断山上没有他们的弟子，故此这里没有他的仇视者，这里的人都对他很关注，没有敌意。

“等吧，有那种修为的人不会同他人联手的，不至于围攻我。”石昊说道。

事实上，他有底气，无惧一切。

唯有自身足够强大，才能如此，哪怕几名修出仙气的人一起围攻他，也可以一战。

不过，他也相信，凭那些人的傲气，不会联手。

打神石插嘴："哼，在仙古时，我们又不是没有遇到过那种围攻，还不是好好的，败尽各路对手！"

众人哑口无言。

很快，这座黑色断山上，气氛逐渐活跃了起来，众人频频碰杯，把酒言欢，很是热闹。

所有人都在等待，等着看石昊与域外强者的一战。

然而，人们左等右等，始终不见天际有人赶来，那域外绝世奇才没有一人现身。

"你的主人呢？为何不来？我还等着跟他一战呢！"石昊说道，看向那头神猿。

这个时候，通臂神猿相当低调了，因为它已经了解到，这位强势得一塌糊涂，最喜欢吃天神，再敢逆着他叫阵，绝对没有好下场。

"我主人在黑崖，你可以自己去寻他。"通臂神猿眼睛珠子转了又转，这样说道。

火灵儿开口，小声对石昊道："这个家伙眼睛乱转，一看就不老实，不要去冒险。"

石昊虽然无惧，但也不愿因它的话而动身，道："听好了，我并非上赶着要去与他一战，我就在这里等他，尽管让他来挑战我！"

通臂神猿立时哭丧着脸，道："那最起码需要一天后了。"

"为何？"石昊问道。

"我主人已经跟人约好，今日有一场很重要的对决。"神猿答道。

众人闻言都是一怔，域外来客都很自负，被他们这样重视的一战，绝非等闲，要与之一战的那个人是谁？

一座黑色断崖上，一位年轻人手持一杆黑色长枪，指向南天，自身发丝披散，眸子却越发璀璨了。

他在调整自己的精气神，要达到巅峰状态。

这是林天在调节自己，他很少这般郑重。

自从来到三千州，他们一行人一直很随意，这是他头一次这般郑重行事。

"该走了，时间不早了。"远处，有人提醒他。

那是四名年轻男女，有仙道气息弥漫，男子头角峥嵘，女子美丽异常，一看就是人中龙凤，超凡脱俗。

这四人深不可测，修为只在林天之上。

“我在等战车。”林天道，他发丝披散，根根晶莹，竟然都在发光，瞳孔深邃无比，手中的长枪如同一条墨龙般。

“理应回来了才对，难道说猿儿遇到了麻烦？”一名女子说道，妖娆绝世，眼睛是蓝色的，如同海水般晶莹。

林天皱眉，取出一根五色铜鞭，手持着它，而后催动神力，令它发光。

“不对，与战车配套的五色铜鞭同那战车失去了感应，它被人炼化了。”林天说道，目光灼灼，望向青州方向。

“真是出了个人物，将猿儿打败了，不算简单，要知道，没有修出仙气的天神一般来说都不是那只猿的对手。”一位紫发男子说道。

“我们要去看一看吗？”另一人道。

“时间不多了，该上路了，回来再说。”

“不行，我得去寻回战车，那东西怎能落在他人手中？我倒要看一看在这三千道州内，有哪尊天神敢要我的东西！”林天声音冰冷。

“好吧，那就顺路走上一趟，去解决掉。”那拥有蓝色瞳孔的美丽女子点头道。

他们冲天而起，踏在一艘紫色战船上，撕开虚空，横渡而去。

这几人出身不凡，都有强大的代步法器。

青州，黑色断山上，石昊盯着神猿，道：“你是说，林天要去跟宁川一战？”

“是，最近才约好的，他要有真正的一场大战了。”猴子点头，它不了解三千州，只知道它主人很重视这件事。

“六冠王，他要同六冠王大决战！”人们哗然，而后议论纷纷。

石昊立刻站了起来，道：“真扫兴，难道就不考虑先来与我一战吗？”

火灵儿笑了，拉着石昊的手，不让他去参战，道：“让他们两个激战，我们看着就好了。”

石昊微笑道：“我并不是想横插一脚，的确是要去观战。”

他没有一点心理负担，因为自己曾经在仙古大战宁川，震动八方，如今那两人若是对决，他倒是愿意作壁上观。

“诸位，有愿意去观战的吗？我们一同上路！”石昊笑着说道。

“好啊！”许多人点头，都很振奋。

“走！”石昊进入五色神铜铸成的战车中，让神猿驾驭此车，其他人也被邀请了上来，人数众多。

这是宝车，是教主级法器，自然可以芥子纳须弥，容下很多人。

石昊问明决战之地在何方后，整辆古战车发光，疾速冲向远方，到了最后更是撕开虚空，横渡而去。

不久后，黑色断山上，出现一艘紫金战船，走下五位年轻的修士。

林天皱眉，脸色难看，他的战车不在，被人驾驭着离开了。

“还真有人敢用我的战车。”他站在这里，脸色生寒，看着远方。

“时间不多了，你要先去与宁川一战。”紫发青年提醒。

“好，击败宁川，我再去收拾那个敢动我战车的人。”林天点头。

紫金战船起航，跟石昊他们一个方向。

第775章 失败

麒麟岭，一处在上界负有盛名，有诸多传说的古地。

据传，曾有麒麟出没，十凶现过踪迹！

历经一个纪元，许多东西都烟消云散了，但是有些生灵，却还能偶尔再现，闹出巨大风波。

按理来说，真正的十凶麒麟不应该出现在人间了，应该随着岁月的流逝而葬在了太古以前。

但是，在后世却有人称曾亲眼目睹一头麒麟脱落鳞片，浑身雪白，在这片山岭一晃而过。

五色战车发光，从虚空中冲出，来到了这片山岭。

“这就是宁川的闭关地？”石昊问道。

“没错，听闻六冠王目前就在这里修行。”晓月仙子点头道，告知他具体情况。

一群人都从战车中走出，它看着不大，但是有空间法则，容纳上万人都不成问题。

通臂神猿愤懑不已，这是它主人的战车，结果它不仅被擒，还成为车夫，载着这么多人来此观战。

林天与宁川的决战地就是在这里！

“我们来早了。”火灵儿道，她如今身在天神境，自然神觉强大，并未感应到麒麟岭中发生过激战。

“这里也是宁川的出生地。”有人说道。

“你说什么？”石昊一惊。

麒麟岭，白麒麟，再加上宁川曾经施展的宝术，反复有一头白麒麟腾跃，横扫群雄，石昊一下子联想到了很多。

“哦，确切地说，同在一州，相距不是太遥远。”晓月仙子补充。

石昊了解到，宁川所在的家族很强大，跟石昊以前听到的情况差不多。

宁川出生时，异象惊天，震动诸多古教，他背负天图，头长龙纹，不过现在看来应该是头长麒麟纹。

那夜神光照苍宇，亮如白昼！

在那一夜，诸多大州都可以看到这里的情况，震撼了无数人。

也正是因为如此，宁川被许多古教看重，很早就被寄予了厚望。

后来，妖龙道门、火云洞、罗浮真谷等一个又一个大教找上门来，想收他为弟子。

这也就使得宁川精通很多大教的绝学。

石昊思忖，没有说话，大家都很安静，因为所有人都发现没有什么决战，可能来早了，但平静很快被打破。

“来了！”

又过了片刻，有人惊呼。

在天际，一艘紫金战船从虚空中穿越而出，带着刚猛的气息，紫光滔滔，冲散云朵，快速到了近前。

战船上，立着五名年轻人，每一个都沉静而稳重，三男两女都是人中至尊，全都有不凡的气派。

有人紫金发丝发光，有人额上有金色竖眼，有人长有龙角，有人冰肌玉骨、国色天香。

这三男两女，一个个都太过非凡，皆是人中龙凤。

“那个是林天！”有人低声惊呼，一眼认出了当中一人。最近林天横扫数百州，所向披靡，很多人都见过。

不少人向前望去，盯着那五人。

最让众人惊讶的是，只有林天动了，其他四人很淡定，站在船上，俯视着麒麟岭，没有出手的意思。

林天发丝披散，目射神光，一下子就盯住了对面，怒火中烧。那不是他的五色战车吗？结果被人驾驭到了这里，真是岂有此理！

林天是谁？就是在域外也很有名，来到三千州更是横扫群雄，谁敢阻挡？

可是眼下，有人抢了他的战车，还大模大样地驾驭到这里，这是要观他和别人的大战吗？

“谁动了我的车，自断一臂，过来请罪。”林天脾气很冲，这般喝道。

五色战车周围，一群人都愕然，险些被惊得倒退，因为对面林天的头上大道花朵绽放，仙雾重重，无比慑人。

“主人！”通臂神猿激动地叫道，然而它无法逃走，因为石昊就站在旁边。

林天脸色一下子阴沉了，夺他的战车，用他的战宠，居然真有人敢这样招惹他，不可忍受。

“你，将战车送过来请罪，我心情好的话饶你一命！”林天手指指向他，虽然看出石昊有些不凡，但还是没把他当回事儿。

现场气氛一下子紧张了起来，所有人都吃惊，就是林天的几个同伴也颇感惊讶，这还是他们第一次见到林天这般愤怒与失态。

“你在梦呓吗？”石昊说道，轻描淡写，并不放在心上。

“哧！”

林天跃起，手持一根黑色的长枪，瞬息冲来。他实在太快了，化成一道黑色闪电，抡动手中的兵器，横扫石昊。

所有人都是一惊，没有想到两人间的战斗爆发得这么突然，一下子就开始了。

“铛！”

石昊捏拳印，迎上了此人，击在黑色长枪枪杆上，火星四溅，声音刺耳，两人对视，都露出异色。

“修出仙气的人！”林天瞳孔收缩，第一次露出这样的神色，有点不安，还有些期待，这是一个了不得的对手。

“彼此，彼此！”石昊回应，瞳孔灿灿，盯着这位域外来客，自然能看出对方的不凡。

“我不管你是谁，不管你有多强大，敢动我的战车，那就要付出代价！”林天瞳孔慑人，映现出流血漂橹的景象。

他手段强硬，上来就要施展辣手，击杀石昊。

“铛！”

他手中的黑色长枪又一次跟石昊的拳头撞在一起，让人担心石昊的骨头随时会断掉。

“好霸气，你的战宠来羞辱三千州的修士，被我拿下，你就委屈了？”石昊奚落。

“锵！”

两人间黑色光芒迸溅，长枪所向，虚空崩碎，也唯有石昊可以挡住。

“轰！”

又是一击，两人分开，不过此地爆碎，虚空轰鸣，出现了丝丝混沌气息。

这一次的对抗太强烈了。

“竟能挡住我的攻击！”林天心中愕然。

“轰！”

又是一击，林天气血翻腾，面露惊容，这个对手太强大了，还没有晋升天神领域就能跟他一战了。

可是石昊却不满，在蹙眉，身在圣祭领域，分明可与天神持平，现在居然不能立刻击杀对方。

事实上，林天比他还震撼。

“同修出仙气，看谁先在头顶上方结出大道花瓣谁就更强，我如今成功了，怎么无法拿下他？”林天惊讶。

“不对，修出仙气的生灵，在天神领域和圣祭领域是不同的，可以压制低境界的人！”石昊了然，弄清楚了状况。

头顶上方，有仙道花瓣一成，下位者再厉害都对付不了。

“铛！”

石昊动了真火，运转无量神力，向前冲击。

林天感觉虎口出血了，这个敌手太难缠了。

圣祭，对其他人来说，可比肩天神，可是一旦拥有仙气就不同了，天神境化形出的仙气大道花瓣，会提升战力。

“他拥有三道仙气，只有如此，才能在圣祭领域对抗修成大道花瓣的我！”林天心头剧震。

林天手掌负伤，带着血。他用力攥住，怕暴露出来。

“铛！”

麒麟岭中传来一声钟响，接着一座巍峨大山爆碎，从中冲出一人，白衣胜雪，气质出众，超然无比。

“域外来客，你们何在？”宁川出现了，盯着前方，血气充沛。

“林天，先去旅行约定吧，同宁川决战。”紫金战船上有人传音。

“好，敢动我车的人，你且等着，等拿下宁川，我再来收拾你！”林天呵斥道，而后转身，向麒麟岭冲去。

“啊！”

林天擅长战斗，手持黑色长枪，猛力刺出，呜呜声震耳，像是神魔在号叫，抵得上千军万马。

“哧！”

一张天图浮现，宁川也想早点结束战斗，不然会被人虎视眈眈地看着。

大战爆发了，两人针锋相对，直杀得日月无光，四方修士皆震。

“我的宝术，我的神通，不是每一个人都能看的，我们进虚空战场，避开这些人，一决高下！”林天说道，黑色战矛刺来，粉碎真空。

对面，宁川祭出的天图浮现在虚空中，异常恐怖，有一颗又一颗大星在旋转。

“噗！”

让人吃惊的是，那黑色长枪刺出，一枪一个，让这些大星先后炸开，景象恐怖。

“唰”的一声，两人都消失了，麒麟岭恢复了冷清与宁静。

过了很长时间，虚空炸开，两人再次出现，结果人们发现林天满身是血，负伤不轻。

宁川身上也有血迹，但不知道是不是自己的。

“林天你……败了？”紫金战船上，一直关注这件事的几人，都有了不好的预感，这次他们败了！

“哧！”

林天脸色铁青，一语不发，向外冲来，在路过石昊近前时，更是一枪刺出，这是趁势给石昊一击。

“轰隆！”石昊施法，把柳神的法还有雷帝印都释放了出来。

林天想顺道解决掉石昊，结果却让自己陷入困境，那个年轻人根本就不怵他。

可叹他不依不饶，想要夺回战车，结果再次激战，伤上加伤。

“锵！”

石昊以掌代刀，削掉他那黑色长枪的一部分，并且震得他大口咯血，面色苍白。

“砰！”

随后，石昊更是擒住了他的一条手臂，准备生擒活捉。

第776章 入选

石昊的手指非常有力，擒住他的一条手臂，双方都在运转玄功，骨节发出清脆的声响。

林天想挣脱，脸色当即就变了，对手的力量太强大了，如同仙道枷锁般将他束缚，让他的臂膀剧痛。

“轰！”

在两人间，冲起刺目的光，那是宝术在迸发，那是符文在绽放，形成了剧烈的冲击。

“噗”的一声，一道血光闪烁，林天腾跃而起，冲天而去。

所有人都望向两人，刚才的短暂搏杀谁胜了？

“一条小臂！”一些人惊呼。

“石昊太强大了！”许多人心惊肉跳。

石昊手中拿着一只小臂，这是被他生生扭下来的。

天空上，林天面孔扭曲，额头上满是汗水，那是断掉小臂的剧痛使然，此次遭受了重创。

可以说，这是他有生以来受伤最严重的一次，在他的那个古界，他是天之骄子，即便有过败绩，也不可能断臂。

所有人都大感震惊！

“林天负伤了，断掉了小臂！”毫无疑问，这是一则爆炸性的消息，因为他在来到三千州后一路横扫，根本无人是其对手。在这上界，也不知道有多少天神败在他手下，即便是最强大的人也不过支撑了十招而已。

现如今发生这种事，颠覆了人们的认知，那高不可攀、几近无敌的林天居然就这么败了，还被人折断了手臂。

“啊……”

林天长啸，其音如龙吟，若雷鸣，众人体内血气奔涌，躯体摇动，有些承受不住。

先是在宁川手下吃了大亏，然后又在那个夺了他五色战车的人手下丢掉手臂，让他有一种很深的挫败感。

“你是石昊？”虽然已猜到，但是这样亲口喊出又是另一回事。

“不错，是我。”石昊回应，他看了看手中的小臂，运转玄功，想让它显现出原形，结果发现本身就是如此。

“真是让我失望，人形的，还你！”石昊抖手一扔，将那条小臂抛上天空，那洒落出的血液异常的璀璨。

人们心颤，这是何其可怕的血统，蕴含着仙道之气，难怪如此强大。

可正是这样一个人，还是败在了石昊手下，令人震撼。

林天将那手臂抓住，脸上青一阵白一阵，但终究还是接上了断臂，神光一闪，符文绽放，手臂完好如初。

事实上，即便石昊不还他，他的手臂也可以再生，不过是需要耗费一些先天精血罢了。

此地一下子静了下来，人们都已经看出，石昊将手臂还他并不是什么示好，而是根本不在乎，哪怕对方在巅峰状态，他也无惧。

五色战车上，通臂神猿傻眼了，在它眼中，自己的主人战无不胜，所向无敌，可现在却这么败了。

而且先是败在宁川手中，而后又被石昊折断一条手臂，可说是遭遇人生最惨重的大败。

“林天回来！”紫金战船上，有着蓝色眼眸的女子说道，让他回归，不要再战斗了。

那女子发丝如绸缎，瞳孔如纯净的蓝色海洋，泛出神光，看着麒麟岭间的宁川，又看向很平和的石昊。

“想不到，三千道州也有这等人物，我们还以为这片古界彻底没落了呢。”她这样轻语道。

林天虽然不甘，心中愤懑，但短暂迟疑之后，还是回到了那艘紫金战船上。

一是这女子身份不一般，极其强大，说话有一定的分量；二是林天已经明白，他的确不是那两人的对手，再战下去的话肯定要吃大亏。

不远处，宁川望来，看向石昊，对于他来说，石昊是不世敌手。

石昊也看向那白衣男子——宁川，没有杀气，但眼神炽盛了起来，整个人凌空而起，随时准备发动一战！

人们感觉到了一股压抑的气息，都很紧张，忍不住倒退，想脱离这片被强者气息笼罩的区域。

直到他们退得足够远，那股压抑感消失后，才能长出一口气，并且开始期待起来，难道说石昊要与六冠王决战吗?

不少人都知道，他们势同水火，一个扬言要镇压罪血后代，一个曾经直接去干扰对方渡劫。

事实上，石昊曾在雷劫中杀得宁川重伤，一路洒血退走，这件事很多人听闻过。

很明显，这是宁川此生的耻辱，那一战让他吃了大亏。

现在两人对峙，无形的场域形成，空气中仿佛有火花闪烁，一场大战即将爆发。

但是，两人都没有出手，因为不远处还有一艘紫金战船，上面有五大高手，一个比一个厉害。

“下次决战！”宁川吐出这样几个字。

石昊笑了，没有说什么，转身看向那艘紫金战船。

“两位都是人中翘楚，都是一方至尊，有资格加入天神书院。”战船上，一个紫发青年说道。

这出乎人们的预料，原以为会有一场大决战，域外来客会一起出手对付石昊还有宁川，不承想没有发生。

“这样就可以了？”有人嘀咕。

“没错，只要你们当中有人可以击败林天，或者击败我们当中的任何一人，都有资格加入天神书院，离开三千道州。”那蓝色眼眸的女子笑道，她肤色雪白，妩媚动人。

可是，同代人中谁能胜过他们？就是遍寻这上界，恐怕也只有石昊等数人吧。

人们很失落，这样看来，注定没有什么希望去天神书院了，这仅是针对最强大的几人而铺就出的一条道路。

“去天神书院能有什么好处？”石昊很直接。

紫金战船上，林天对他怒目而视，很不服气，尽管败了，但是他很不甘，也很窝火。

“九天十地，远比你想象的广袤，有诸多秘籍，有绝代高手，只要加入天神书院，这些都可以向你展示。”那女子说道。

“有妞吗？”打神石叫嚷道。

战船上，那蓝色眸子的女子愕然，绝色容颜一僵。

即便是石昊脸皮很厚，也觉得丢脸，斥道："你在乱说什么。"随后，他又向身畔的火灵儿解释，这石头口无遮拦，一向如此。

谁知紫金战船上那女子笑了，缓过神来，道："自然有，我不就是吗？"她竟然没有动怒，笑容很甜，浮现出仙道气息。

"加上你身后那冷冰冰的女人也才两个啊。"打神石说道。

火灵儿掐石昊的腰部，低声道："都是你教它的吧？"

"冤死我了，这货本身就不是好东西，跟我没有一点关系！"石昊急忙撇清。

"我怎么听说，你在仙古曾经叫嚣，要将古代王者中的男的统统击杀，女的全部都抓去暖床，而且你还的确那样做了。"火灵儿在他耳畔说道。

"我的确击杀了一些古代王者，但是没有抓一个去暖床。"石昊小声道，而后贼兮兮地说道，"要不今天晚上你帮我暖？"

"去死！"火灵儿俏脸粉红，而后道，"你没有抓到暖床的，是因为古代王者中几乎没有几名女子，你未见到。"

"乱讲，龙女不就是少女吗？我见到了。"石昊咕哝道。

别人听不到，可是紫金战船上的五人神觉强大，完全能透过那两人的护体符文捕捉到他们的对话。

一时间，这五人啼笑皆非，一阵无语。

"我可是听说了，你第一次见到龙女在那凶巢中就摸过她的屁股！"火灵儿说道。

石昊流汗，回头道："哪个浑蛋泄密，不是，哪个混账乱说？"

他一下子盯住了打神石，神色不善。

"别看我，是皇蝶告密的。"打神石道。

石昊狠狠地瞪了它一眼，这货绝对故意的，这不是等于证实了吗？

紫金战船上，那蓝色瞳孔的女子笑了，开口道："九天十地，无量无边，就是有真仙的后代出现也不稀奇，有真正的仙家女子现身于书院也有可能。"

她似笑非笑，看着石昊，道："你敢抓她们去……暖床吗？"

石昊瞪她，这女人绝对故意的，诚心给他制造麻烦。

果然，火灵儿再次动用龙爪神功，在他的腰上拧了几下，疼得他龇牙咧嘴。

"你这样的人，虽然资质不错，但如果进入天神书院不够本分，肯定要被人打得抱头鼠窜！"战船上，还有一名冷冰冰的女子，就跟冰山一般，不过的确异常美丽。

“忘记介绍了，这位妹妹的祖上就曾出现过真仙。”蓝色瞳孔少女笑嘻嘻地介绍。

“你们两人已经有了资格，如今可愿前往？”紫金战船上，那紫发青年开口，打断了他们的调侃。

“去哪里？”宁川问道。

“去见几位大人物，他们有些话要对你们讲，也许还能拜在他们门下，成为他们的弟子。”林天冷飕飕地说道。

他虽然败了，在这件事上却不敢不尽心，因为他是奉命在选人。

“好，那就去看一看。”石昊点头。

“请登船！”有人道。

石昊一挥手，将那通臂神猿抛出，对林天道：“还你！”

不过，他却很不客气地将五色战车收起，而后一揽火灵儿的小蛮腰，带着她冲上了紫金战船。

同一时间，宁川也登船了。

下方，众人既惊又羡慕，这就要去拜师，要离开三千州了不成？也太过迅速了，跟他们想象的完全不一样。

战船远去，洞穿虚空，瞬间消失。

“轰！”

此时消息像是长了翅膀，飞向四面八方，传向三千州。

石昊、宁川被选中，即将入选天神书院，也许要离开这片大世界了，震动天下。

战船上，火灵儿很不自在，因为那五人看了看她，又看了看石昊，很明显不认可他带家眷上来。

不过，五人倒也没有明确反对。

不知道过了多久，他们冲进中州，来到一座巨大的断崖前，见到了三个人。

那是三名中年男子，他们如同庙宇中供奉的无上至尊般，一动不动就笼罩着混沌气息。

石昊当即就是一震，这种大人物绝对恐怖！

“你们可愿拜我为师？”其中一人开口。

“我有师尊。”石昊答道。

“唔。”那人点头，道，“我知道你，同那株柳树有关，我不勉强你做决定。”

他这样一说让石昊心头一震，更加确信自己要去域外，要加入天神书院，因为通过他们就可以了解柳神。

“可以带家属吗？”石昊脸皮很厚，这样问道。

上面的三大至尊皆面色古怪，啼笑皆非。九天十地，其他英才看到他们，哪个不诚惶诚恐？这家伙居然敢这么问。

“你以为是去游山玩水吗？你是去修行，要去的地方无比险恶，困难重重，你自己都不见得能活下来。”一人说道。

“要去什么地方？”石昊询问。

“首先，要去了解太古地盟约，去一座古城，这是对你等的考验，能成功者，才可以进入天神书院。”

“什么！”石昊吃了一惊，他一阵思忖，觉得真的有必要前往，因为若是一路走下去，他心中的很多疑问肯定都将会找到答案。

第777章 九死一生的路

“那座城在哪里？”石昊问道。

“在三千道州外，无垠禁区最深处。”一位中年男子说道。他盘坐断崖上，灰色道袍如钢铁般，丝毫不随风而动。

虽然早就了解到了一些，但是石昊此时还是忍不住一声轻叹。

边荒、太古地盟约、上一纪元所有生灵战败覆灭、天人族老主人将要去的战场……这一系列交织在一起，让人觉得分外沉重。

这些地点，这些人与事，有些是关联在一起的。

“这是必须要走的路吗？”宁川开口，他面孔美丽到极致，让女子都要嫉妒。

事实上，将他们带来的蓝色瞳孔女子，还有那冷冰冰的女子，在路途上都忍不住多看了他几眼。

一个男人有这等容貌也算是罕见了，再加上他天资绝世，修为超凡，想不引人注意都不行。

就是她们所了解的仙道遗族中也寻不出几个这样气质出众的青年。

“必须要走这条路，这是一种考验，更是一种历练，让你们初步明白将来要面对什么，有多么的残酷。”断崖上，混沌雾卷动，那声音冷漠而无情。

宁川没有立刻说话，而是在思考。

那片禁区太过广阔，没有边际，根本寻不到尽头。

三千州已经够大了，但是最乐观的估计也还不足那浩瀚禁区的十分之一，可以说那里深不可测。

事实上，那片疆域的可怕与恐怖，古来无人不知。

从古至今一位又一位强者走进去，结果大多都一去无回，其中包括很多老教主，都是功参造化之辈。

“前辈，这样是不是有些强人所难？那里如此危险，我等还未臻天神境，这样走上一遭岂不是送死？”宁川说道。

“虽然死了不少强者，但你们应该知道，也有一些人活着出来了。”断崖上一位中年人说道。

在那禁区中，遇到活着的生灵不是最可怕的，有些神秘物质才是最令人惊惧的。比如说一摊烂黄泥，可以瞬间将一位教主溶解；一滴五光十色的奇异水珠，能将一位至强者覆灭；一根普通的枯草能发出绝世剑气，斩落下星辰……

进去的教主，九成都是死在了这样的物质下，而非活着的生灵手中。

“自身强大与否，不一定是活下来的关键，因为有些东西即便是对教主而言，都超出想象，无法力敌。”

他的意思很明显，修为超绝与否在那禁区中不能起到决定性作用，因为那里的危险因素太过不确定，凭教主的修为都挡不住。

故此，从某种意义上来说，这一代的年轻至尊同老辈教主算是站在同一起跑线上。

而了解到这种情况就越发让人恐惧了，可见那里环境多么险恶，危机重重，动辄就要夺去各路人杰的生命。

“前辈，这未免太过分了吧，分明是让我等送死。我知道这天地也许要起烽火，要出现战乱，你们这样做不是在培养高手，而是在消耗掉诸多英才。”石昊说道。

断崖上，混沌中，那三人笑了，只是有些凄冷，古板的面容上难得有这种情绪流露。

“你了解的倒不少。的确，日后注定要烽火遍地，人间大乱，那是一场无法想象的大劫。”

随后，他一声轻叹，断崖上的身影越发模糊了，那三人像是沉浸在某种悲观的情绪中。

“你们不了解，真要开启战端会有多么的残酷，上一纪元那么强大的生灵都全部覆灭了，更何况是这一世。”

他们不加掩饰，直接说出这种残酷而缺少希望的事实。

“在我们看来，与其培养一万条虫，还不如造就出一条龙！”

这种言语赤裸裸，带着血腥，明白无误地告诉两人，他们要的是无上高手，不会按部就班地培养一批所谓的人杰。

进入天神书院注定要历经险阻，什么事都可能发生，他们要可以一战扭转战局的盖世人物，就不能以常规手段培养。

因为上一纪元连数十名仙都战死了，让人绝望，也看明白了寻常力量不可能挡住敌手，唯有超脱，唯有震古烁今，成为最强者，才能去一搏！

石昊、宁川都非常人，不需要细说，就已经明白了很多。

这世间不缺少天才，天神书院需要的是“变数”，需要的是不可以按常理度之的至尊。

面对未来，这是怎样的一种悲观！

“在其他古界选人也是如此吗？”宁川问道，他出身不凡，不会轻易陷自己于绝境中，他只要正常成长起来，就可以傲视天下。

“九天十地，各方古界，选取人杰的标准都很严格，其他地方甚至更残酷。”断崖上的人给出一个答案。

言下之意，面对三千州，他们已经放宽了标准。

“毕竟，这里有战场遗迹，封印的古路最异常，所形成的场域影响深远，导致这里诞生的人杰不多，所以适当放宽了标准。”另一人补充道。

“我觉得还是不近人情，去无人区走上一趟，能活下来靠的也许不是实力而是运气，若是让一些奇才枉死，很不值。”宁川说道。

如果真是那样必死的泥沼，他不愿涉足。

“我们也不会逼着你们送死，有一条路通向禁区深处的一座城，相对来说还算平静，你们可以藉此走过去。”断崖上一人说道。

“为什么非要以这条路作为考验？”宁川进一步问道。

“为了让你们提前感知到，日后会多么可怕与凶险，因为禁区中的物质会在未来烽火遍地的战场上出现。”断崖上的一位中年人透露道。

什么！

这些话语让宁川还有石昊都是一震，非常吃惊。

“好了，是否愿意走那条路，随你们自己决定，这九天十地间真的不缺少天才，在其他古界也有不少年轻至尊通过了考验。”

“好吧，我去看一看所谓的禁区中都有什么。”石昊点头了，他要去走上一遭。

因为他心中有很多疑问，比如柳神、比如边荒、比如太古地盟约等，都需要他自己去寻找答案。

他方才也曾问那三人，结果得到的只是一阵沉默，让他自己去寻找。

“进入天神书院，能得到怎样的培养？”宁川问道。

“各种典籍、至尊宝术，甚至有长生者手札可供你们参考使用，更有仙家洞府用以闭关，还有不属于这一纪元的修行法，也许还会有真仙后人与你们切磋。”

一开口就说出这么多好处，每一项都让人动心，全都是绝世造化。

不远处，拥有蓝色瞳孔的女子，绝世容颜上写满了笑意，对着石昊眨眼，道："有真正的仙子哦，可以抓去暖床。"

石昊老脸尴尬，火灵儿则又拧了他一记。

"我劝你一句，不想被人打得抱头鼠窜，进入天神书院最好本分一些。"那冷冰冰的女子开口道，冰肌玉骨，风姿无双。

石昊瞪了过去，道："要不我们切磋下，看我能否抓住你们两人去铺床倒水。"

断崖上方，三位中年人在雾霭中一动不动，非常古板。

紫金战船上，三名青年则露出异色，至于那两名女子都一起看向石昊，表现各不相同。蓝瞳孔女子笑了笑，如春风拂过嫩柳，那气质冷冰冰的女子则像是寒冬腊月中的一株梅，凛冽气息扑面而来，看着石昊，简直要将他冰封。

"现在你们可以去准备了。"断崖上，一位中年男子开口。

"送你们离去。"紫金战船上，五名年轻男女分成两批，三名男子送宁川，两名女子送石昊。

显然，他们也知道六冠王同石昊有恩怨，不想他们现在就搏杀，拼个你死我活。

上路后，在一辆银色辇车上，蓝色瞳孔女子还有那冷冰冰的仙子都看着石昊。

"怎么是你们两人送我？难道真要同我切磋？先说好，想来我身边端茶倒水暖床，也不用故意输，因为你们根本就没有赢的希望。"石昊说道。

他已经看出，这两名女子想在路上动手，故此他的嘴巴很无耻。

"修出三道仙气就以为了不得了吗？在仙家面前一切都可瓦解。"那容貌倾国、气质孤寒凛冽的少女说道。

"还真是仙人的后代，一位真正的仙子。"石昊看着她，而后露出大喜的神色，道，"我还没有捉到过这样的胖子呢，谢谢你满足我的愿望。"

那少女蛾眉倒竖，仙道气韵尽显，白雾弥漫，越发凛冽，若广寒仙子降世。

那蓝色瞳孔女子则笑得前仰后合，不顾自身形象，道："这么婀娜的仙子，你也好意思称人家为胖子？"

"不得动手。"远空，传来三大至尊的声音。

"嘻嘻，你若不进天神书院也就罢了，如果进去，就有好戏看了。九天十地，英才无数，有的好玩了，等你哦。"蓝色瞳孔少女说道。

断崖上，三名中年人在叹息。

“三千道州有些弱，虽然有几个苗子出类拔萃，但是太少了，无法跟其他古界相比。”

“也许，我们该将条件放宽一些，不一定非要修出仙气的人才有资格，古往今来有不少至尊都是大器晚成，数百上千岁后才开始大放异彩。”

“那好吧。就面向所有年轻高手，不加限制，只要他们能走到那座古城，就算成功了，就有资格离开这一界，进入天神书院。”

三人做出这样的决定。

银色战船上，火灵儿患得患失，不想石昊离去，因为那条路太艰险，九死一生，而她却无法相伴在身边。

她的大眼睛急得通红，问石昊：“现在你要去哪里？要做些什么准备？”

“成婚！”

第778章 成婚（上）

“成婚”两字被石昊大大咧咧地说了出来，火灵儿闻言，面色绯红，瞪了他一眼，总觉得这家伙最近越来越放肆了。

只是想到又将分别了，她轻轻一叹，没有多说什么，眼中有水雾弥漫，看起来一片迷蒙。

又要分别了，而这一次石昊将要走得更远，要去禁区最深处，远离三千州，此行注定九死一生。而最后如果活下来，石昊也要离开这一方世界去域外，这一别不知道要多少年才能相见了。

思及此，火灵儿很伤感。她有一种预感，这次分别后，也许不能再相见了。

“你要小心。”她轻声却有力地说道。

因为，禁区中太危险，连教主进去都可能会殒命，更不要说石昊等人了。这是一条生死路，一旦踏上就不能回头，生与死很难说。

“放心，没有人能杀我。对那禁区我倒是很期待，说不定能发现一些仙禽瑞兽呢，回头给你捉来一头当坐骑。”石昊笑道。

他一向很乐观，也很自信，并不将前路的危险放在心上。

蓝瞳孔女子闻言笑了，她的脸皮也着实不薄，笑嘻嘻道：“也送我一头呗。”

“那是我给媳妇的礼物，你是吗？”石昊很生猛地问道。

“石小子，你这样得罪姐姐，就不怕进入天神书院后，我找人收拾你吗？”蓝瞳孔少女说道。

“尽管放马过来，一一降服！”石昊哈哈笑道。

“行，你狂妄，你嚣张，到时候我一定特别优待你，为你介绍几位姐妹，好好招待你！”蓝色瞳孔女子面上露出笑意，不过怎么看都有点妖邪的味道。

“好期待。那一群姐妹都什么来头？”石昊嘿嘿直笑。

“有皇女，有长生者的后代，还有真正的仙子，就怕到时候吓得你转身就逃，不敢让她们招待。”蓝瞳女子笑嘻嘻。

“他逃不了，肯定会被第一时间镇压。”那冷冰冰的女子说道。

“好吧，你们就等着一起迎接圣驾吧。因为我必然会进入天神书院，等你们服侍。”石昊笑得很张扬。

那位冰美人瞪他，蓝瞳少女依旧笑嘻嘻，道：“还敢乱换词，行，到时候别哭哦，看你表现。”

很快，他们离开了中州。依照石昊的要求，横渡数百州后，银色战船就止住了。

“天神书院见！”石昊一挥手，带着火灵儿跃下战船。

“我们去哪里？”火灵儿问道，刚才见到石昊与那两女斗气，她只是在笑，没有说什么。

“去魔州，见我祖父。”

魔州，曾经战乱频繁，上古年间出了很多大魔头，这一州也正是因此而得名。

据传这里有仙古纪元的遗迹，曾是大战无比惨烈的地方，地下有魔骸，有煞气。

火山成片，鲜红的岩浆汩汩而涌。

这是石昊第一次带人来此地，也是他第一次带一个少女给自己的祖父看。

十五爷早已生出感应，从一座火山口内飞出，黑发披散，看上去身材高大，非常的威猛。如今他血气充沛，古铜色的皮肤闪动光芒，外表看起来只有三四十岁的样子。

“昊儿！”

“爷爷！”

不久前才见过，如今分别没多久，祖孙二人都很高兴。

“这个娃儿是谁，难道是……”大魔神看着火灵儿，露出笑容，哈哈大笑了起来。

“爷爷，这是我媳妇，带来给您看看。”石昊脸皮一直都很厚，说这些话时根本就不带脸红的。

火灵儿实在有点受不了，有这样介绍她的吗？这才是第一次跟十五爷见面啊，就闹了她一个大红脸。

“女娃很好。只要你喜欢，爷爷自然支持！”十五爷说道，脸上满是笑容。

“见过十五爷！”火灵儿认真施礼，她在下界时就曾听闻过十五爷大名，更是知道他为了自己孙儿大闹皇都，镇压四方敌的事。

对于这个老人，她非常敬佩。

“火皇的女儿？”当大魔神知道她的来历后，立刻大笑了起来。说起来火皇在下界乃是一代人杰，超凡入圣。

十五爷自然见过火皇，如今看到他的女儿非常满意，除却佩服火皇外，还因为他们同来自下界，都被视作罪血后代。

“不用多说，我们是一家人！”十五爷开怀大笑，十分高兴。

大魔神一高兴，就连拍石昊肩头，让他准备天神食材以及美酒，今天要痛饮。

上次离开时，石昊给十五爷留下不少天神食材，比如说蛟、龙雀、黄金鹤等，应有尽有，更有一些圣酒。

时间不长，鼎中的黄金鹤已经煮熟，龙雀翅膀也烤好了，更有圣药酒飘香。

“今日，我为你们主持婚礼，如何？”当喝得半醉时，十五爷这样说了一句。

火灵儿顿时低头，这也太豪放了，虽然有离别愁，但是这样提及还是很突兀。

“爷爷，有件事我还没有和您说，我即将踏上一条特别的修行路，要离开很长时间，前途未卜，这个时候不宜谈及儿女私情。”石昊说道。

他暗中传音，告诉祖父，那条路很危险，生死难料，离别在即，他不想误了火灵儿，万一回不来怎么办？

“你要去禁区深处？”大魔神蹙眉，真的舍不得这个孙儿，为他担忧，气氛一下子有点沉重了。

火灵儿在尴尬被化解的同时，也很失落，就这样别离了吗？前路茫茫，他年何处再相见？

十五爷是一个明白人，不能阻止自己的孙儿，那是他的路，更不能随便乱主持婚礼，因为万一自己的孙儿真的出了意外，岂不是误了眼前的少女？

石昊在这里陪了祖父两日，然后就离开了。

火灵儿一声叹息，心有愁绪。

“你要去哪里，我送你。”石昊说道，收起了嬉笑的姿态，很郑重，因为他即将上路了。

“你又离开了，在这上界，举世茫茫，只有父亲与你可以让我相依，而今你又要走了。”火灵儿失落，面带凄然。

她来自下界，如今也不再是一国公主，数年来，在火桑林中生活，她粗布麻衣，静静守候，等待一个人归来，与这个世界格格不入。

如今石昊又要离去了，她满是伤感。

“如果我还活着，一定会回来寻你！”石昊说道。

“他们说，未来这天下会大乱，是吗？”火灵儿看着他。

若是有朝一日，天崩地裂，战乱席卷人间，他们还能否相见？到了那个时候彼此会在何方？这些都是未知数。

“真有那么一天，无论我在哪里，都会回来保护你！”石昊做出承诺，话语铿锵，如神剑在鸣。

“我只要你平安就好。”火灵儿含着泪说道，在这上界她很孤单，不想这样一个重要的人离去。

“我会回来的，没有人可以杀我。”石昊说道。

他要送火灵儿离去，问她去哪里。

火灵儿一路沉默，茫然而失神，道：“去哪里，何处是家？”

于是石昊将她送向罪州，来到了火皇的隐居地，想让她在这里，等火皇回来。

可是火灵儿摇头，眼中满是水雾，反要送他，要看着他去无人区深处。

“太危险，我不放心你送完我后一个人踏上归途。”石昊不答应。

“就在这里吧，火皇早晚会回来的，你跟他在一起我才放心。”石昊说道，而后看向小狼，道，“努力修行，保护好灵儿。”

石昊终是要离开了。

“送我去那片火桑林吧，我想在那里隐居。”火灵儿突然开口，要去那片静谧的火桑林中居住。

石昊心头当即就是一震，涌起一股难言的滋味。

火桑花开，遍地赤红。

又来到了这个地方，清风拂来，漫山遍野，火桑树摇动，一片又一片红如钻石般的花瓣洒落，清香阵阵。

“我很喜欢这里！”火灵儿低语道，看着火红的古树，还有远处的采桑女，她的心仿佛平静了下来。

因为这里有回忆、有憧憬，还有希望，曾经在这里等候一个人，竟可以让她的心宁静而满足。

不承想，才离开这里，她又回来了。

这一次同上一次相比，前路更加难测了，石昊此行生死难料，而即便活下来，也要离开这个世界了。

火灵儿怅然，心有迷惘。

再相见，真的不知道要过去多少年了。而那时，整个天下都可能已经大乱，烽火遍地，还能再相逢吗？

这一次的重聚，已经算是惊喜，她感谢上苍庇佑，而下一次多半遥遥无期。

她知道，将来这天地间诸多英豪会殒灭。在那金戈铁马的岁月中，一切都是未知的，石昊难以回头，他要去征战。

将要离别，石昊默默地看着她，不知道说什么好。

“火桑花开，一年又一年，我在这里等你回来。”火灵儿轻语道，看着他，要目送他远行。

只是，她有一种感觉，这一别，很有可能就是永远。

听到她的话，看着她的目光，石昊心中一颤，此时竟有股酸楚，他的眼睛也有点发涩了。

第779章 成婚（下）

“一定还会再相见的！”石昊说道，心里头有些微酸的感觉，但是话语很坚定。

火灵儿抬头，看着他，看着满天飘舞的火红花瓣，眼中有泪滚落，却在微笑，道：“你该走了。”

有些人不可挽留，有些事值得回忆。她没有痛哭，只是这样平静地带着笑，也带着泪，送石昊远行。

石昊怅然，心中狠狠地悸动了一下，他向前走了几步，又驻足，回首望去，难以移动脚步。

他不禁在想，此去究竟为了什么，这一生难道都只在修行路上前进吗？

这样一路走下去，有朝一日他也许能登临巅峰，俯视天下，可是到头来再回首，遥望来路，究竟错过了多少值得留恋的人与事？

值吗？

他不知道。

“你去吧，我在这里默默为你祝福，愿你此生平安，得见长生。你不需要犹豫，选择了那条路，就要坚定，如果有朝一日这世界都不复存在了，还谈什么你我。无论你去了哪里，哪怕离开了这个世界，直上九重天，过边荒，挡大劫，浴血而战，我都会在这个世界的角落，在这片火桑林等你，默默守候，为你祈祷。”

火灵儿的话语传来。她擦去眼泪，努力绽放笑颜，冲着他挥手。

石昊真的有些难以迈开脚步。这一路远行，攀登武道巅峰，然后去征战，一别不知道多少年，他知道，这样一走一定会错过很多。

“我带着你一起走吧！”石昊回头说道。

“不。”火灵儿摇头，很坚定地说道。

“为什么？”石昊问。

“我不想成为你的拖累，哪怕被你庇护在身边，一时无恙，但到了关键时刻，一定会让你分心的。”火灵儿拒绝。

她知道，此去石昊自身都难保，前路危机重重，如果还要分心照顾她，一定会更加危险。

石昊陪着她，在火桑林中漫步，一路默默无言，也不知道走了多久，终究还是要分别了，他不能止步。

“保重，我会回来的。”石昊说道，他一步一步登天而去，向后挥手，越行越远，伴着晚霞，伴着夕阳，身影渐渺。

火灵儿终于忍不住，站在火桑林中，大哭出声，泪水模糊了她的双眼，口中轻轻地呼唤，用力冲着远方挥手。

石昊心中一阵颤抖，火灵儿看不到他了，但他早已修出天眼通，还能在天际看到夕阳下那个孤单的身影。

他很想止步，但是难以回头，因为那条路他必须要走。

“你就这样走了吗？”天空中，走来一名中年人，盯着他，大袖飘动，不怒自威。

火皇!

石昊认出了他，在下界时就曾见过，得到过他的指点，还曾得到过他的援手。

“前辈！”石昊开口。

火皇风采依旧，双目更深邃了，不再穿人皇战袍，如今返璞归真，更显平和，自身拥有一股大道气韵。

只是，此时的他有些情绪波动，难以静心，看着石昊，又看向远方的火桑林，忍不住一声叹息。

“你为什么不给她一个希望？”火皇问道，盯着石昊，双目如同火炬，炽盛无比，发出金色神光。

石昊怔然，不明所以。

“我会回来的，只要我还活着，一定回来。”石昊做出承诺。

“那为什么现在不能在一起，哪怕只有短暂数日，甚至几个时辰。”火皇说道。

石昊看向远空，道：“我怕自己发生意外，不知何年归来。我不怕敌人，最怕那沧海桑田，误了她。”

“什么叫误了她，你觉得自己这样离去，灵儿就可以放下一切，开启一段新的生活吗？”火皇怒视。

石昊闻言，心有愧意，道：“我不是那个意思。”

“那结果还不是一样？你虽离去，但灵儿依旧不能忘记你，此生都将沉浸在这种离愁中。与其如此，为什么不在一起？哪怕一天，给她希望，让她明白，让她铭记。”火皇斥道。

“我……”石昊张口结舌，想说什么，却说不出口。

他想说，自己如果战死边荒，殒命域外，到时候岂不是徒留伤感，让火灵儿悲伤。

可是他又想到，这样离去，不再回头，结果是一样的，这里注定会有一个女子在火桑林中默默守候。

“好，我回去！”石昊说道。

他化成一道金虹，从天际回转，冲向那片火桑林，降落而下。

林中，一个孤单的身影在哭泣，扶着一株火桑树，柔弱之躯难以站立。

石昊眼睛发酸，快速冲了过去。

火灵儿双眼模糊，滚热的泪水不断地滑落。她很孤独，也很绝望，内心空空荡荡的。

可是，此时听到了呼唤声，眼前似乎有人影闪动。透过热泪，透过水雾，她依稀间又看到了石昊。

她无声地哭泣，心想都已经离开了，怎么可能还会回来，这应该是幻觉。

“希望你在远方一切安好。”看着前方的身影，她这样低声祷告、祝福。

“我还没有走。”石昊将手放在她柔弱的双肩上，用力摇动，告诉她这不是幻觉，他还在。

“你还没有离去？”火灵儿声音发颤，快速擦去泪水，面容一下子明亮了起来，而后她露出了笑颜，觉得这片天地仿佛都明艳了起来。

石昊愧疚，不知道如何安慰。

火皇站在远处，没有上前，静静地看着。

“父皇！”火灵儿终于发现了他，露出一抹羞涩，还有一种依恋。

今日她真是悲喜交加，愁绪满怀，现在最亲近的两个人都出现了，把她心中的感伤冲淡了几分。

“孩子，既然你们有缘分，那就在一起吧，不要留下什么遗憾。今日我为你们主持婚礼。”火皇很坚定地说道。

“父亲！”火灵儿脸色微红，带着笑也带着泪，看着自己的父亲，有敬佩、有感伤，还有喜悦。

“我们都是修行之人，不需要什么繁文缛节，就一切从简吧。”火皇无比坚决。

在这夕阳下，火皇盘坐在一块大青石上，先让他们拜天地，而后接受两人的跪拜，又让他们互拜，礼成！

就这么简单，省却了其他各种繁琐的事项，不曾请亲朋故友，只在火皇的见证下，两人算是成婚。

石昊心中有愧，即将远行，他不知道这样做是好还是坏。

“离开这三千州，前往其他古界，你可能会遇到各种女人，甚至有真仙之女，我不强求你什么，我只要你别忘记，这里还有一个女子在等你。”火皇严肃地喝道。

他又补充道：“九天十地，广袤无边。我知道一旦离开这里，你会面对各种复杂情况，也许有无尽诱惑。我还是那句话，不强求你，因为身为男人，我懂，我曾经也有很多妃子，但是我再强调一遍，无论你走到哪里都不可忘了灵儿。”

说到这里，超然的火皇已经在咬牙切齿，大声威胁。

因为他不仅是火皇，还是一位父亲，这只是单纯的对女儿的爱，是对她的保护，以及不放心。

“不会忘记！”石昊郑重地说道。

“很好，哪怕你回不来，甚至此生此世，你们都再也不能相见，你也要记得她！”火皇盯着他，严厉告诫。

石昊并不恼，反而很感动，这样的父亲是值得敬重的。

他深吸了一口气，道：“请火皇放心，我会回来。”

火灵儿哭了。三千州已经很大，而外面却还有更为浩瀚的世界。九天十地，以及边荒，充满了未知与变数，若有征战，天下山河尽染血，那个时候如何相见，怎能重逢？

石昊明白她的心意，想了又想，在这里发誓，道：“如果真有意外，此生不能相见，我也会想尽办法寻到。”

还如何寻？火皇唯有一声叹息。

“如果不能重逢，如果沧海化桑田，如果真的难相见……”石昊声音发颤，而后猛地抬头，目光如神虹，道，“我会改变一切，寻到所有，从轮回中走出！”

他的声音不大，却引发异象，虚空中劈落下闪电，可怕无比。

然而，石昊一拳向天轰去，全部击散，没有一丝电弧落下来。

火皇知道，有些话，有些行为，会导致天降雷虹，异象惊世。

“你相信，有轮回吗？”火皇问他。

“我不信！”石昊说道。

“那你说那些有何意义？”

“如果没有，我就造一个轮回，寻到所有！”石昊答道。

火皇摆了摆手，不想继续这种沉重的话题。

这一夜，石昊陪着火灵儿，无关欲望，只有情谊，没有房舍，也无桌椅。他们只是背靠着背坐在地上，一起仰望星空。

两个人在一起，不断地说话，像是要将此生所有的话都说尽，一直到天明，一直到一抹金色的朝霞射来。

四目相对，终于是什么都说不出了，最后还是要上路，不过火灵儿的心似乎平静了下来。

“走吧，我等你。”简单的几个字，她迎着朝霞，那笑容很纯净，也很灿烂。

“我走了！”石昊起身，拜别火皇，又告别火灵儿，冲霄而去，就此不见。

他横渡虚空，直到远离罪州，才忍不住一声长啸，震得虚空崩开，苍穹激荡。

石昊化成一只鲲鹏，金色躯体带着黑色斑纹，铺天盖地，双翼一展，扶摇直上九万里，冲向天际尽头。

这一日，很多人都看到了这只鲲鹏，心中震撼无比。

第780章 闯禁区

三千州，无边无垠，一个人精力有限，即便再强大也很难走遍。

石昊化身鲲鹏，带着一种难以言喻的心绪，振翅击天，横渡天地。

也不知道过了多久，他感觉到有强大的人物盯上了他，这才斩开虚空，从苍穹上消失。

按照约定，他要去那片浩瀚无人区，走进传说中的禁地，途中也许会经历很多凶险，甚至直接死亡，但他无惧。

在接下来的路途中，他借助州与州间的巨大传送阵，开始向着目的地进发。

而在这个过程中，石昊意外得悉，域外来客放宽了条件，允许所有人去走那条古路，只要能够寻到那座古城，就算过关，就有资格加入天神书院。

上界一下子沸腾了，到了如今，各方都已经知道域外来客所为何来，诸多天才动心，恨不得立刻赶到无人区。

不过，各教一些高层却在蹙眉，如果那些年轻俊杰过于自大，不顾一切地上路，那么很有可能会让上界损失惨重。

“昔日，造化书院的老教主都死在了禁区中，你们如果非要进去，一定要掂量一番。”

“从古至今，能活着出来的人，毕竟只在少数，必须小心谨慎，三思！”

一些大人物出面，话语不多，但是像是一盆冷水浇头，熄灭了不少年轻高手心中的炽热火焰。

这是一个事实，三千州很大，而那可怕的禁区更壮阔，充满了危险，真正踏足进去注定是九死一生。

虽然有一些区域现在已经被开辟出来，相对来说还算安全，但是，那试炼路，那条古道绝对不在此列。

到底去还是不去？

在接下来的两日里，三千州不再平静，各地都在喧哗，许多人在讨论。

“你以为你是十冠王，人家是有真正的实力，有资格进入天神书院，故此踏上那条路也没什么。”

“是啊，我等当清醒，不曾修出仙气，远无法和谪仙几人相比，如果想凭运气进去而获得资格，那不现实。”

当然，也有人不屈服，不信邪，认为自己还有潜力可挖。

“从古至今，真正的超绝至尊往往都是大器晚成，都是数百岁以后才渐渐崭露头角，逐步强大起来的。我坚信，等我踏足天神领域，一定可以突飞猛进，不弱于任何人！”

一些年轻人心有欲望，觉得以后可以崛起，不甘于平凡。

他们的长辈却在叹息，认真劝告，骨书中记载的至尊，都是亿万中无一的，不值得去效仿。

那三名中年人在那一日放宽条件时，还道出一番话语，告诉三千州的天才们，修出仙气与否不要紧，因为他们还有崛起的机会，天神境可蜕变，甚至后面的大境界也能浴火重生。

这无疑鼓舞了很多人，不少怀着梦想的天才上路了！

上界越发喧嚣，不能平静下来。

石昊按照约定，已经来到了无人区外，不过这地方与进仙古遗地的区域不同，隔着数十州。

这是一片可怕的区域，平日间少有人敢踏足。

而通向仙古遗地的无人区，那里虽有危险，但已差不多都被探索过了，可以进入。

嵊州，最边缘区域，毗邻高耸入云的巨山。

石昊站在这里，向前眺望，禁区中那些大岳未免太高了，黑压压的，气势磅礴，仿佛是在支撑着天帝的宫殿。

石昊才到半山腰就已经云山雾罩了。

“你决定了？”在不远处，一座矮山上，域外三大至尊都来了，盘坐在上，看着下方的石昊。

此外，林天、蓝瞳女子等也都在，站在一旁，对那三人很恭谨，聆听吩咐。

“我决定了！”石昊说道，他已经做好准备，随时都可以踏上征程。

“你且坐在一边休息。”矮山上，一位中年人用手一点，虚空中出现一个蒲团，以白色神草编织而成，荧荧发光，隐约间有阵阵禅唱响起。

一旁，蓝瞳女子五人都无比惊讶，特别是林天，露出羡慕之色，似乎很在意那个蒲团。

石昊也不多语，凌空而起，盘坐在上，闭眼休息。

刹那间，他心头一震，这蒲团太怪异了，他才坐上来而已，就让他心中平和，离愁、不舍等都被斩去。

很快，他就陷入空灵之境，隐隐要悟道！

这是什么蒲团？他暗暗猜测。

像是知道他在想什么，那蓝瞳女子笑道："这可不是一般的神草编织成的蒲团，那是仙家洞府中的东西。"

石昊吃惊，他知道，九天十地中有很多机缘，有不少造化，自然不乏真正的真仙古洞。

可是，如今亲自坐在一个与仙有关的蒲团上，还是让他相当地吃惊。

很快，他又释然了，类似的东西他又不是没有得到过，想当年从鲲鹏巢中还带出来过一个呢，不过那个蒲团让他喂皇蝶吃了！

这自然是败家的行为，被人知道，肯定会奚落他。

连等几日，宁川来了，谪仙出现，十冠王也来了！

除了他们之外，还有很多人，总数不下十万。

人不算少，但是跟进仙古遗地时相比，还是少了太多，因为这次远行太危险了，注定九死一生，没有多少人可以活下来。

"嗨，这边！"人群中，石昊看到曹雨生在拼命摇手。

此外，石昊还看到了一些熟人，比如说天仙书院的凤舞，补天教的月婵，截天教的魔女等，她们都来了。

此外，还有一些仇敌，如剑谷的孤剑云等。

仔细望去，十万人中还来了一些身份与地位不一般的俊杰，阵容强大。

"我再说一遍，此去动辄就会殒命，你们要考虑清楚，现在退出还来得及！"矮山上一位中年人开口，进行最后的提醒。

虽有喧哗声，但是无人退缩。

"好，那就开始吧！"

矮山上，其中一位中年人站起，大袖一展，罡风浩荡，无人区中立即出现一道璀璨的光，化成一条金光大道，冲向前方。

"就是这条路，你们一路前行，只要能够坚持走下去，就可以寻到那座古城！"

随着他的大袖挥动，那片禁区中腾起很多符文，仿佛被激活了，尘封的古道开启，正式迎接试炼者。

“前辈，这条路你走过吗？”谪仙开口。

“我没有踏足过这条路，但我有其他办法进入那座古城。”站在矮山上的中年男子说道。

这句话一出，许多人脸色发白，一下子就急了，连这位至尊都没有走过，还让他们进去？

“我退出！”

刚才无人退出，可现在一下子足有上万人选择退出，不再进去了。

“还有人要退出吗？”三大至尊都站了起来，看着众人。

“好，既然无人了，那么就上路吧。”三人一同施法，霎时间这个地方烟霞冲天，符文如同海洋般。他们将剩下的人送上了那条路。

“石昊，这边！”曹雨生喊道。

然而，他注定失望了，三大至尊出手后，所有人都化成了雨点，稀里哗啦地随机没入了禁区中。

众人分开了，很少有相邻者，全都分散在这条古道上。

这条路，仅宽就有八千里，长度更是不可想象，直通无人区最深处。

有的人已经在百万里开外了，而有的人则刚开始起步，这是三大至尊联手动用大法，将他们分开所导致的。

石昊进来了，踏上这片古地时，他觉得不像是在密林中，而像是来到了荒凉的大戈壁，因为太寂静了。

尽管古木参天，植被葱郁，但是没有一点声息，看不到鸟雀，听不到兽吼，甚至连一只蚊虫都见不到。

这很诡异，但这就是真实的无人区。

也没有同行者，最起码现在还未见到。

石昊睁开了天眼，谨慎地打量所有景物，任何异常都不放过，因为在这片区域，黄泥、水滴都可能杀死教主。

“啊……”

突然，凄厉的惨叫声传来，就在前路数十里外，有修士惊惧地大叫。

石昊眉头一皱，身子一动，如一道光般贴着林地，疾速冲了过去，然而让他吃惊的是，听着像是在数十里外，结果却奔行出去数百里才发现。

眼前的一幕让他心惊，一根古树丫上挂着十几具尸体。

或许，确切地说，是十几张干瘪的人皮！

不是剥落下来的人皮，而是有什么东西吸光了他们的血液，并且溶化了他们的骨骼，吞噬了骨髓、内脏等，仅留下一张完好的皮，随风飘荡，被悬挂在古树上。

石昊目光凛冽，那是什么东西，未免太诡异了，他的神识不曾捕捉到，而且他疾速而来时，也没有见到什么。

“哧！”

突然，一根枯草抖动，向他飞来。

石昊避过，那株枯草“轰”的一声，直接将远处一座高耸入云的黑色大山砸成齑粉。

石昊转身，看向一个方向，“锵”的一声拔出了大罗仙剑，能让他动此剑，一定是他有了杀意，或者情况极其不乐观。

一道森冷的笑声传来，带着无尽的寒意。

而后，一种从来没有听说过的古语，在密林中响起，带着极大的恶意。

石昊听不懂，但是感知到了其神念。

“越过边荒，一下子见到这么多的食物，真是运气。”

这种话语，让石昊打了个冷战。

他知道，坏了，出了大事！

恐怕那三大至尊也不会想到，这条路出了意外，居然有边荒那一边的生灵闯过来，这是天大的事！

究竟是什么样的生灵？石昊瞪起了眼睛，想要看个清楚。

第781章 边荒那一边的生灵

成片的古树，都有数百丈高，叶片透亮，树影婆娑，更有许多水缸粗细的藤蔓缠绕，非常蛮荒与原始。

只是，太静了。

石昊手持大罗仙剑，戒备着，在这个地方寻找。

忽然，远处传来奔跑的声音。又有人来了，是三千州的修士一路疾驰到了这里。

“小心！”石昊大声提醒。

那越过边荒的生灵没有对他出手，只发出一股奇异的波动冲向来路，向着新赶来的人而去。

“啊……”

一声惨叫传来，快到让人来不及反应，那个人就毙命了，这种手段还有速度让石昊都大吃了一惊。

他没有退缩，而是冲了过去，因为他知道绝对绕不过去，必有一战！

在那里，一条虬龙般的古藤上，有一名人身象头的生灵毙命，依旧如同前面的那些人般，骨髓、脏腑、血肉都被吸干净了，只剩下一张皮。

那人挂在藤蔓上，随风飘舞，面色苍白，有点让人瘆得慌。

又一位修士遇害，这个地方恢复平静，那个恐怖的存在竟没有立刻出手对付石昊，而是沉寂了下来。

不过石昊心有所感，暗中有东西在窥视他。

此时，他浑身肌肉紧绷，汗毛倒竖，觉得像是被一只洪荒野兽盯上了，如临大敌般，那种危险的感觉让他心有寒意。

虽然高度戒备，无比紧张，但是同时石昊心中的巨石也放下了，情况没有他想象的那么糟糕，因为这个生物如果足够强，就不会观察他，而是直接吞食他。

这是个什么东西？

石昊蹙眉，那个生灵居然可以隐伏在虚空中，即便生有天眼，都很难发现它。

找到了！

天眼通可以看透虚空，直视本源。他目中精光一闪，他看到了虚无中的一团黑乎乎的东西。

然而，下一瞬间，那里出现一道赤霞，简直像是钉子般，刺痛了他的双眼。

接着赤光一闪，那生物消失。

“哧！”

石昊挥动手中的剑胎，向着后方斩去，这是一种本能，因为他后背汗毛炸立，生出一层鸡皮疙瘩，肯定有危险临近。

“锵！”

火星四溅，一片符文被毁灭，那生物发出的一团光挡住了剑胎，并且有一股灼热气流涌向石昊的体表。

这是罕有的事，石昊全力一击，大罗仙剑可断苍穹，可裂诸天秘宝，此时却受阻了，石昊自身反倒遭遇侵袭。

他脚下化出一片符文，缩地成寸，快速横移，前方一片古木化成灰烬，而后一座巨山化为岩浆，在那里炸开。

虚空中，一团黑乎乎的东西隐去。

石昊双眉倒竖，一声呼啸，浑身出现金色斑纹，十万根鲲鹏羽毛飞出，都是符文所化，将那片虚空淹没。

那里直接炸开，十万根神羽像是十万柄天剑，将虚空斩碎。

终于，那生物冲起，露出本体。它浑圆若球，直径能有一米，有点儿焦黑，而且还有血迹。

这是一只眼睛！

当它闭合时，隐藏于虚空中，难以发现。

而它稍微睁开时，眸中发出赤光，如同火焰，又如闪电，可毁掉阻挡在它前方的有形物质。

而此时，它倏地大睁，顿时间，整片天地都被血色光束充斥着，带着一股森然的杀气，像是坠落进血色地狱中。

“喀！”

石昊抬手间就是一道闪电，从掌心中喷薄而出，金色光芒滔滔，如一条长河奔了出去。

“雷帝的秘法！”

那只眼睛以非常诡异的古语说道，石昊自然听不懂，但是透过其神念感知其意，明白了意思。

“你连这都知道？”

“小鬼，我知道的事多着呢！”那眼睛这般说道。

“轰！”

眼球发光，血色雾气蒸腾，居然挡住了雷电，并且这虚空中开始莫名其妙地渗血，恐怖无比。石昊周围的虚空，似乎遭遇碾压，在扭曲，然后出现一道道裂缝，向外淌血。

石昊一怔，那血液腐蚀万物，将他困在当中，其中一些血液溅起，他尝试用手指碰了碰，感觉阵阵灼痛。

“血池再现，灭！”

随着那眼睛一声断喝，虚空扭曲，出现一口血池，当中全都是污血，拥有奇异的力量，要将石昊吞进去。

他终于知道那些人为何只留下一张皮了，就是这么被吞食掉的。

“雷罚！”

石昊大喝，双手结印，虚空中各种光芒浮现，而后天地间雷电滚滚，如同倾盆大雨般倾泻而下。

随后，在其身前，出现一口雷池，当中蕴含着各种雷，有太阴电弧，有五行神雷，有混沌电芒。

这是他几次渡劫而悟出的雷道大法，现在直接整出一口雷池。

“咔嚓！”

电光霍霍，雷霆万钧，从雷池中随便溅起的电芒就形成了毁灭性的力量，跟那血池对抗。

最后两座池冲向一起，在那里爆发出绝世光芒。

一瞬间，什么都见不到了，只有雷霆，只有血液，其他都被覆盖了。

直到这些消退，石昊变得很狼狈，被炸得战衣破碎，浑身是伤，整个人砸塌了数座山峰，那林地更是被毁得不成样子。

而这还只是余波，因为刚才的对决全部是在虚空中展开的。

雷池不见了，血池亦消失了。

天空中，悬着一只眼睛，黑乎乎的，上面的血迹又多了一些。它在那里转动，带着冰冷的杀意。

“可惜了，我只有一只眼睛过来，不然你这种蝼蚁成千上万也不够杀。”

古语晦涩难明，但是那种意念却很清晰，它很不甘，觉得连一个天神级的生灵都斩杀不了，很丢面子。

石昊心中大惊，它的本体怎样？会强到何等地步？连一只眼睛都如此，真是可怕。

他觉得，就是教主来了，多半也远不及其本体。

下一刻，石昊更加惊讶了。

因为，他见到眼睛中眼球转动间，露出了一个可怕的伤口，当中竟有半截青铜断矛，都已经生锈了。

“这……”

石昊发呆，若非那青铜断矛毁掉了眼睛大半的生机，他多半连一只眼睛都挡不住啊。

“若非有伤，你以为就凭你可以在我面前放肆吗？”那眼睛冷冷地说道。

“镇守边荒的七大王者盖世无敌，若是出手，你肯定过不来。莫非是他们的手下伤了你？”石昊问道，他在套这只眼睛的话。

“七大王者，这是多么久远的人物了，还有人在提及，哈哈哈……”眼睛大笑，带着凛冽，更有一股杀气。

石昊心头当即就是一沉，难道说，七大王者不复存在了吗？

罪血的祖先，号称无敌的王者，镇守边荒，不被三千州的人所了解，拥有盖世功勋，却死得这样无声无息吗？

石昊心中一痛，有股压抑，更有一种悲愤，一股这样复杂又强烈的情绪在心头奔涌。

“所谓的边荒都快不存在了，我们即将过来，到时候天下大同！”那眼睛阴森森地说道。

“你少废话，连你这么强大的生灵都只是逃过来一只眼睛，还被人用战矛钉穿了，险些彻底毁掉，还妄想全部入关？”石昊说道，希望得到更多的消息。

听了石昊的话，这只眼睛嗤笑一声，而后盯着无人区深处，道：“我这伤不是在边荒所负，而是这片禁区太诡异，有不灭的战矛，刺痛了我。”

竟还有这等事？石昊大吃一惊，这禁区中一杆生锈的战矛居然意外重创此眼睛。

忽然，那眼睛不再言语，像是在默默思量，而后猛地睁开，眸子中一片赤红，如同血海滚滚，杀气更浓了。

它自语道："被这战矛洞穿，我小憩了一会儿，以为只有几个时辰，不曾想到，已经过去一万年。"

一万年？

这是何等漫长的岁月，这只眼睛负伤休养，陷入长眠，直接就过去了上万载。

石昊一叹，这等生物实力强大，太过可怕，幸好被重创，不然的话必然是一大患，动辄休眠万载，不可以道里计。

"嘿，你所说的边荒不复存在，看来不是真的，你们那边败了，无法过来。"石昊揶揄道，希望刺激对方，了解更多。

显然，这只眼睛即便有损，不完整，是一个老古董，也明白他的意思。

不过，它并不在意，因为有信心，对边荒那里的事不着急，它自语道："看来，他们实施了第二种方案，不曾强攻。"

"哈哈……"石昊大笑。

"小子，你在得意吗？"眼睛看了他一眼，带着蔑视，更有一种冷漠的怜悯，道，"你应该感到悲哀，因为第二种方案实施后，一旦他们过来，这所谓的三千道州都将不复存在了，更可怕。"

"你在说什么？"石昊很想知道具体情况。

"等你死了，我告诉你的残魂！"那眼睛说道，向前扑来。

石昊一声长啸，动用所有宝术，跟它大战。

这几年来，石昊一路高歌猛进，也算是无比强势了，可是眼下却九死一生。这只眼睛即便残缺，但还是厉害得邪门。

"我不信杀不死你！"石昊大吼。

至于眼睛，早已赤红如血，通体发光，让虚空都扭曲、塌陷，不成样子。它更为恼怒了，因为自己竟虚弱到了这种地步，连一个小辈都杀不了。

就在这时，眼球中插着的那杆生锈的断矛开始颤动，而后发出炽盛的光，震落铜锈，上面浮现一行古字，熠熠生辉。

"啊……"眼睛大叫，不断淌血，整个儿更加焦黑了，像是遭遇了重击。

"我就知道，你这残兵器是仙器碎掉所留，有仙道意志！"它怒吼。

这也是它无法逼出这杆战矛的原因，只能任它始终扎在瞳孔深处。

"杀！"石昊大吼。

而青铜战矛亦在震动，令这眼球惨叫，鲜血长流。它在裂开，要被震为两半了！

第782章 仙途

眼球裂开，鲜血滴落。

那瞳孔猩红且刺目，当中赤霞迸射。

一杆断矛转动，在那里不断搅动，誓要将这只眼睛毁掉。

石昊各种宝术齐出，向前轰去，他觉得这只眼睛太危险了，还是趁早解决为妙。

“哧！”

污血溅起，一片又一片，这眼睛到了最后竟如无底洞般，不断喷涌血液，由赤红到乌黑，带着阴冷的气息。

“嗯？”

石昊吃了一惊，这虚空中竟出现一个黑洞，吞噬周围的一切，正是眼睛所化，它居然大变样子了。

石昊自然全力对抗，柳神宝术出现，数十条金色的枝条飞出，裂开虚空，要将那黑洞瓦解。

“你连他的宝术也会！”显然，这只眼睛吃了一惊。

它神色凛冽，瞳孔幽幽，虽然裂开了，却发出了奇异的光彩，盯着石昊，寒声道：“那株柳树还没死，是不是？”

“轰！”

就在这时，在眼球内，仿佛地狱深渊般，居然开启了一道门户，连通着一片血色通道，要将石昊收进去。

它动了杀机，不计后果，要将石昊镇压，将他收走。

“斩！”

石昊挥动大罗仙剑，剑胎发光，璀璨无比，剑体上的印记皆现，好似一个人在飞升，白雾涌动，光雨点点，灿烂无比。

“咦，怎么了？”这只眼睛吃了一惊，它发现插在它体内的那杆断矛疯狂震动，并且因此而燃烧，发光。

“跟那剑胎有关？”它心中震撼。

石昊也发现了异常，随着他挥剑，那青铜断矛像是复苏了，上面的一行古字也越发璀璨起来。

“不！”眼睛大叫，它感觉到了恐惧。

“轰！”

这断矛内残存的仙道烙印炸开，残器这是在自燃，就此分解，要拖着它一起走向毁灭。

污血飞溅，眼球在一瞬间爆碎，太快了，它所开启的门户自然粉碎，全部解体，化成血光，成为烟霞。

这太突然了，让石昊都觉得出乎意料，他手持剑胎向前刺去，正好迎上余波。

“啊……”

一声凄惨的叫声传来，一切便都宁静了，此地成为死寂之区域。

眼睛的一道残灵飞出，撞在剑胎上，结果一瞬间化成飞灰，不复存在了。

光芒消失了，山林恢复宁静。

若非有污血以及青铜粉末，很难让人相信这里曾经出现过一个可怕的生灵，并且刚刚才经历过一场激战。

石昊怔怔地看着手中的剑胎，这东西有点怪，有些诡异，绝非是表面看起来那么简单啊。

这是从仙古带出来的，是五冠王遗失的，据传当年是从地下古矿中开采而出，是天地生成的剑胎。

“这东西……”石昊没有多说，琢磨了很长时间才将它收起。

随后，他又想到了那只眼睛说的话，边荒不稳，果然要大乱了，这世间离烽火遍地、流血漂橹的日子不远了。

“路，还是要走。”

石昊一叹，现在想多了也无益，他所能做的就是尽快变强，早点崛起，不然的话，真正大劫到来时，任他天赋盖世也无用，没有成长起来，就是真龙幼子也只能沦为食物。

他开始奔行，疾速向前走去。

这禁区中很诡异，有些地方能飞行，有些地方就莫名其妙出现诡异法则，将人从天穹上斩落下来。这像是在告诫，让闯入者对此地敬畏，不得藐视，不能乱飞。

沿途，他追上了不少修士，并不是这些人速度快，跑到了他的前方，而是那三大至尊送这些人进来时，直接就让他们在数十上百万里开外了。

不过，在途中他也看到了许多死尸，只是不知道因何而逝，尸体上没有什么伤口，就那么含笑而终。

这种事，他不想探究，也没时间耽搁，在这样危险可怕的地方若是深究的话，多半会将自己也搭进去。

突然，前方阵阵血雾飘起，地上不知道有多少具尸体，简直可以说是全灭。

石昊赶到这里后停了下来，他离开三千州还不到百万里，就接连遇到险境，让他心有余悸。

他的脚步慢了，一步一步前行，因为这条路不能避开，他居然看到了一颗又一颗蓝色的大星悬在半空中，离地面不足百丈，且道路两侧也有坠落的大星。

它们有山岳般大小，荧荧发光，碧蓝如玉石。

这是一种奇景，每一颗星辰都在绽放符文。

“被绝代高手以大法力炼制，缩小成山岳的星辰，居然有这么多，排列在此，这是一组大阵吗？”

任谁走到这里都要心惊肉跳，一颗又一颗大星太壮观了。

石昊向前移动脚步，路上的尸体更多了，他面色凝重，终于到了前方重要地段，随后石昊看到一个女子也被禁锢了。

天上的星辰落下一道又一道流光，若沙粒般倾泻而下，漫无边际，压得虚空扭曲，更是震荡出无形剑气。

“咦？”

石昊惊疑，这剑气不伤肉身，只斩元魂，难怪路上有很多尸体，躯体却无损。

这是古代的残阵，即便破损得厉害，也十分惊人，毕竟是无上大能炼化诸多星辰而布下的法阵。

“是她！”

石昊认出，她一身青衣，身段挺秀，如一株神莲摇曳生辉。

那是青仙，也算得上三千州一位了不起的年轻高手。当年石昊从虚神界上来，登临铜雀坛，进入三千州的灵界时曾遇到过她的兄弟，还曾有一战。

青仙，为莲族初代，赫赫有名，比之闪电子还有冥子等都要强大，在女子中极其出名，排在前列。

可是此时，她却身不能动，眉心溢血，绝色容颜满是凄容，眸光越来越暗淡。

石昊想出手相助，但是已经晚了。

青仙看了他一眼，目光大盛，但最后还是殒命了。

“还真是残酷。”石昊面无表情，连三千州的名人都死在了这里。

但是，这条路必须得走，他向前闯去，催动各种宝术，进行对抗。

“噗！”

石昊的眉心出现血迹，因为到了最为关键的路口，那无形剑气碾压而下，诛杀其灵魂。

他口诵原始真解，催动各种宝术，竭尽所能对抗，神魂稍微受伤，但终于迈步而过，闯过去了。

“咔嚓！”

天空中，一颗蓝色的大星炸开。

那无形剑气变弱，不再那么强烈。

与此同时，青仙倒落在地上，快速缩小，居然化成了一粒种子。

“涅 ？”石昊吃惊，这个女子果然不凡，并没有完全灭绝，化成了一粒碧绿如玉石般的种子。

“请将我埋在附近。”一道虚弱的声音传出。

“我带你离去，岂不是更好？”石昊说道。

“不，这是我的大劫，也是我的机缘，我感觉到了混沌青莲的气息，这里有他留下的真迹，请成全我。”青仙传音。

石昊闻言，抬头望向天空中一颗又一颗蓝色的大星。它们密密麻麻，足有数万颗，乃是盖世高手炼化而成。

“混沌青莲？”石昊不解。

“他不属于这一纪元，但曾辉煌到巅峰，号称万古青天一株莲，请助我，他日必有回报。”青仙说道。

“好！”石昊点头，不再迟疑，这是举手之劳，当下就将这粒碧绿晶莹的种子埋进了不远处的土壤中。

而后，他继续上路。

五日后，一片紫色的竹林挡在前方，白雾腾起，宛若仙境。

这一路上，石昊没有见到人，只有他走到这里，看到这片景象，他相当地吃惊，因为隐约间感觉到了仙道气息。

“这片禁区果然妖邪，在路途上怎么看到了仙家气象？”

石昊戒备着，但还是选择前行。

当踏进紫竹林中，天地陡转，景象大变，各种霞光腾起，还有混沌气息在翻腾。

这是一个世界！

白雾拂来，山川灵秀，仙禽飞舞，瑞兽出没。

完全变了，这是一个不同的世界。

石昊看到了一些在这一纪元本应绝迹的生灵。

麒麟幼兽！

他看到一个少女，怀中抱着一头白麒麟，宝贝得不得了，在那里笑，逗弄小麒麟。

他看到一只仙凰，化成一个少女，身着五色宝衣，降落在一座发光的灵山上，非常恬静。

随后，石昊又看到一个青年男子，身上伴着仙气，背负一柄光明仙金铸成的宝剑，逍遥而行，唱着道歌。

“我来到了什么地方？”石昊心头惊异，以为误入幻境中，可是他的神觉告诉他，那是真正的强者，不是虚无的。

这是怎么回事？

难道说，仙古纪元有遗存下来的小天地，完好无损，还有那一纪元的人活着，碰巧被他发现了入口，故此见到了。

这里白色仙雾弥漫，灵山一座又一座，都在发光，各种古药都生长了数十万年，香气扑鼻。

石昊有点蒙了，不明所以。

他向前走去，有人对他打招呼。

那仙凰化成的女子，红唇轻启，带着明媚的笑颜问道：“兄台来自哪里？”

“三千州。”石昊回应。

“不曾听说，想来是一处真仙洞府吧。”她温和地笑着。

“请问这是哪里？”石昊问道。

“自然是仙府，浩瀚无穷，兄台也是来参加盛会的吗？近来诸多年轻俊杰会聚，都是各族翘楚，想来这次交流，我等都会有所获。”那仙凰化成的女子说道。

石昊张了张嘴，有些哑口无言，他到底来到了什么地方？

随后，有一些年轻人赶来，彼此都打招呼，没有一点戾气，全都祥和无比，这些人像是与世无争。

石昊有点不相信，亲自去捏了捏一位少女怀中的麒麟幼兽，结果发现是真的！

那头白色的小麒麟对他翻白眼，很是不满。

“我这是梦游仙古，还是仙古再现？”石昊发呆。

第783章 南海紫竹林

怎能不疑，到了如今这一世，怎么还能见到这等生灵？

“兄台怎么了？”那身着五色彩衣的凰女问道，很是关切。

“我有点头晕。”石昊手抚额头，他很迷惑，所见到的一切过于可疑，很难理解，这都什么年代了，还能见到白麒麟。

“扑哧”一声，凰女笑了，其他人亦诧异，就是那头白色的小麒麟都在扑闪着大大的眼睛，咕哝道：“走火入魔吧。”

身为他们这种修士，怎么可能会有头晕一说？除非重伤，不然的话，精气神饱满，与日月同辉，始终处在鼎盛状态。

五色羽衣鲜亮，那是凤凰真羽化作的晶莹战衣，穿在凰女身上，薄若轻纱，熠熠生辉，她连发丝都闪动五种霞光，皮肤雪白，一双大眼水灵灵的，长长的睫毛不断扇动。

“道兄，你难道开始合道了，有些不适，故此眩晕？”她打趣道。

其他人都笑了，在这里没有一个凡夫俗子，都有仙道气韵，着实让石昊震撼，他知道自己来到了一个匪夷所思的地方。

石昊讪讪地想，怎么合道，他没听闻过，自己现在的修行法门绝对跟这些人不同。

“兄台，我感觉你的气息与我等不太一样，修炼法门迥异。你是得到了什么仙种，与自己完全融合了吗？”那背负光明仙金剑的男子温和地问道。

“一种古火。”石昊硬着头皮说道。他对仙古时代的法门真的不了解，也只能这样应答。

“想必是前辈大能殒命后所留下的火种，你一旦融合，这世间就会多一位超级高手。”青年点头。

“咦，你也背负一口剑，看起来有点特别呀。”那怀抱着白色麒麟幼兽的少女说道，盯着那剑胎。

在进入紫竹林前，石昊取出了大罗仙剑，用以防身，后来背负在身上，此时被人发现。

“有点怪，怎么看着有点眼熟？”有人低语道。

“眼熟吗？这口剑这么暗淡，毫无光泽，看起来很普通啊。”凰女说道，眸子开合间，竟闪动五色光彩，有一股威严，更有一种超然。

在场的年轻人都看了那柄剑胎几眼，有几人觉得异常，直犯嘀咕，道：“跟祖师口中说的那柄传说中的剑很像，一定是仿品。”

其他人都笑了，因为他们的武器很多都是仿照前辈高人的兵器铸造而成。

“我的这柄剑也是仿品，当中掺了六两光明仙金，虽然看起来不错，但是比起那位仙王的兵器可就差远了。”背负宝剑的青年男子摇头笑道。

其他人也纷纷开口，都很平和，与世无争，缺少三千州大荒中各族的那股狠劲。

石昊心中一叹，这才是修仙者吧？一派祥和，超然世外，不求不争，跟他所见到的其他修士不一样。

同时，他心中也是一动，他背负的这口剑胎难道还有什么奇异来头不成？

“这里不是说话之地，我们去赴会吧。”

这是一场盛会，按照他们所说，各族来了很多人，都是强者，代表了世间杰出的一批年轻人，此外还有一些巨头来此讲道。

石昊听后，心头欣喜，不管怎么说，也要去看一看，管他是否有什么诡异，总要先经历才知道。

因为他觉得，这些人讲述的东西，如传承、道法等不是假的，刚才简单地提了几句，就让他心有感触。

如果真能在盛会上听到绝代高手讲道，阐释不同的修行法门，必然会对他有大益处，值得前往。

在路上，这些年轻人三三两两地在一起交谈，都很悠闲，没有一丝的焦虑，更没有什么慑人的锋芒。

石昊暗叹，这些人与世无争，与他之前所见到的修士完全不一样。

“到了，这就是南海紫竹林，一位前辈大能的府邸，这次盛会就在此举行。”

一条八头大蛇飞来，每一颗头颅都有小山那么大，在其背上驮着一座玉石宫殿，流光溢彩，没入前方的碧海间。

“一位真仙到了！”有人惊讶，看着那消失的身影。

“铛！”

悠悠钟声响起，一口大钟横过天际，进入南海紫竹林，钟声平和，让人想悟道。

“这位大人也来了，真是让人吃惊！”

“天哪，无终大人来了，这是什么情况，都说他参悟无上大法，身体出了一点问题，隐居不知道多少世了，不承想今日竟然重出江湖！”

就连那凰女都很欣喜，露出激动的神色，在这里又跳又叫，尽显一个少女应有的活泼，眸子中绽放五色光彩，没有了那种威严。

石昊闻言当即一震。无终？这个名字绝对不陌生啊，三千州有他的残钟，让他感觉一阵凌乱。

此人未死吗？躲在一片仙府中，如今真身要现了？

他越发期待了，石昊觉得，能入这南海紫竹林，绝对是一场大造化，不管怎样，他应该能了解到一些隐秘。

碧海无垠，一望无际，如同一块美玉刻成，晶莹而有光泽，且海面上腾起阵阵白雾，仙道气息弥漫。

“好地方啊。”石昊赞叹，这是修炼圣地，在这里坐关比在三千州任何一处地方都要强，因为这里让人心境祥和。

他们一路向前飞去，不久后看到了一株又一株紫色的竹子，扎根在碧海中，每一株都非常粗大而茂盛。

石昊张口结舌，这是竹子吗？

这也太粗了，全都跟山岳似的。

最为重要的是，它们都扎根在海底，还有大半截露出海面，全都坚韧直立着，偶尔起的海浪不能折其身。

这就是南海紫竹林？这也太过虚幻了，石昊从未见到过这样的竹子。

放眼望去，紫莹莹一片，每一株都如紫金铸成，熠熠生辉，每一节竹子都很有型，叶片流淌着紫霞。

“真是一处好地方啊。”石昊忍不住开口。

碧海无垠，紫色巨竹成片，景象壮丽，氤氲灵气扩散，当真是让人忍不住惊叹。

“咦，那是一条龙？”石昊指着海面，双目大睁，不禁吃惊。

那里起了大浪，碧波汹涌，像是被一柄巨斧剖开了。大浪向着两旁翻卷，当中的水花激荡而起，形成一条水道。

在那里有一条白龙，乘风破浪而来，好不威武。巨角如树，龙头如山，带着一股惊天的龙气而来。

“这不是龙，是白蛟君王，还差那么一步才能完成蜕变，不过它也很强了。”那背负光明仙金剑的青年解释道。

连只差一步成龙的存在都能见到，这个世界肯定不缺少真龙。石昊暗自思索。

事实上，当他回头时又释然了，因为就在他的身边还有一个凰女呢，更有一头雪白的小麒麟。

很快，石昊他们穿过成片紫竹林，来到了南海深处，终于见到了陆地，那是一片鸟语花香的道土。

四周是碧海，还有高大紫竹林，中间一座仙岛，半悬在空中，白雾弥漫，仙气蒸腾，说不出的圣洁。

实乃真仙洞府，石昊也只能如此感叹了。

其他人露出奇色，表示不理解。

因为，在他们看来，这本就是一位仙人隐居的地方，是其洞府，有什么好奇怪的。

石昊尴尬一笑，暗中自嘲，他来自三千州，根本就没有见到过什么长生者，仙离他太远了。

在这里，见到这般异象，他出于本能，自然是有些不能平静。

岛上已经来了很多人，有男有女，有老有少，都很平和，没有杀气，也无争执，彼此都带着满足的笑意，正在交谈。

岛上，有一张又一张玉石桌椅，摆放着各种果实与美酒，都是罕有的东西。

白雾流淌，没到人的膝盖处；莲花盛开，扎根在虚空中。无论叶片还是花朵等，都是金色的，特别不凡。

在这里，五色神鹿头上顶着玉盘，为众人献上果实，白猿本本分分，在这里为众人倒酒。

无论怎么看，这都是一场真仙盛会，远离尘世喧嚣，有的只是一种出世的美感。

“这才是修仙者啊。”石昊暗叹，他突然有点羡慕这些人，羡慕这个地方了，很想长住下来，不再离去。

忽然，瑞光万重。

在那南海外，一条紫金大道疾速延展而来，从海外一直抵达这座岛屿，一位中年人隐隐约约，看不清真容，但有一股强大的威严，踏着紫金大道而来。

许多人起身相迎，发出阵阵惊呼声。

“六道轮回仙王来了！”怀抱小麒麟的少女震惊，像是没有想到这个人会来。

“很有名吗？”石昊问道。

“你还是不是修行者啊，连这位仙王都不知道？”少女白了他一眼。

石昊哑口无言，他的确不知道。

然而，很快他的眼睛就直了，因为那位仙王的头顶上，悬有一件法器，或者说是几块碎裂的法器，让他心神剧震。

“轮回盘！”他忍不住心头一颤。

在下界时，他就曾见到过，当时是被那神秘火焰男子掌握，而且只有一角轮回盘。

而在这个人头顶上方，却有几角！

第784章 回仙古

轮回盘!

是这个人炼制的?

亲眼目睹，石昊当真是目瞪口呆，怔怔地看着，上界至宝的主人在此，让他有点恍惚，这过于梦幻了。

那些东西，那些混沌至宝，哪一个不是来头很大?几乎全都有惊人的过去，任何一个都有着不可复制的传奇。

今日，得见其主人，如梦似幻。

“六道轮回仙王，还在研究他的大道啊，其理想太高，不知道是否能真正实现。”凰女轻声说道。

“一定可以，六道轮回仙王，天资卓绝，拥有强大气魄，他说要研究轮回就一定会成功的。”那个怀抱着白色麒麟的小女生大眼睛扑闪，一副无比崇拜的样子。

就连她怀中的麒麟幼崽也一样眨巴着大眼睛，两只前蹄凑在一起，跟作揖似的，表示认同。

“六道轮回仙王才情高绝，道行不会比无终大人低，应该会有成功的那一天。”那个背负着光明仙金剑的青年也这般说。

“唉，他自己祭炼的轮回盘都已经四分五裂，被他弄断了，真怕他太过投入，将来把自己也搭进去。”旁边有人小声道，满是担忧。

石昊听着他们的话语，心中波澜起伏，很是震撼，有人在研究轮回，而这世间原本没有轮回!

不管怎么说，他今天来到这里，即便什么也没有得到，了解到这些隐秘也足够了。

烈火滔滔，天穹上的太阳轰然坠落，向着南海紫竹林飞来，光芒太过炽烈，照耀得海水都要干了。

“你这个老家伙，与天地同存，活了偌大一把年纪，还如孩子般顽劣，开这种玩笑。”紫竹林中有人笑道。

天空中，传来大笑声，那轮金色的太阳化成一只金乌，收敛所有炽热，从虚空中飞来，最后又化成一个身穿金色道袍的老者。

“你看，你来了，天上无人值守，天地都暗淡了，成为了黑夜。”有人埋怨。

“无妨。”这只老金乌用手一点，一抹金光飞起，飞向高天，演化为一轮大日，重新照耀万物。

这是绝世神通，一指点出，造化一颗太阳，这种手段看得石昊有点发愣，什么话也说不出来了。

一群年轻人凑到了一起，在这里谈法论道，石昊愕然发现，他有点像修炼低微的弱者，听不懂他们讲的东西。原来是体系不一样，这些知识跟他所掌握的那些格格不入。

这些人修行，必须要有仙种融合进自己身内，而后借此开启修行路。

“道兄，你怎么不说话？”那背负光明仙金剑的青年问道。

石昊苦笑道：“我实力低微，在这里听听就好了。”

此时，他也终于明白，为何柳神的法，还有十凶的法，都是宝术，很难有具体的修行大路留下了。

因为，他们跟石昊所在的世界的法门，差别很大。

“柳神他们还好说，历经两个纪元，早已摸索出了折中的路，跟我们所在的世界的法同化了，而这些人的道统太过繁复、晦涩。”

石昊叹息，不真正学会这些人的法，是不可能融入进去的，更不能进行有效的讨论。

“道兄太谦虚了，我观你有仙道气息，早已是修炼有成的样子了，怎会这样说呢？”背负光明仙金剑的男子说道，并且很诚恳地求教。

在场的人虽然身份非凡，都是各族最强精英，但是都很随和，没有趾高气扬的人，更无人会看不起谁。

石昊感受到了不一样的气氛，这些人都很谦虚，这是纯粹的切磋与交流。

“我的路有点特别。”石昊说道。

“嘻嘻，我们比试一下，看一看谁强。”那个怀抱着白色小麒麟的少女说道。

“好，我们来观摩。”

“没错，一会儿几位大人要讲道了，趁现在我们赶紧切磋，你们两个点到即止，不要耽搁时间。”

一群人都很高兴，催促他们动手。

“好嘞！”那少女痛快地答应。

石昊想了想，也没有迟疑，向前走去，跟她交手。

“哧！”

少女一点，手指发光，飞出一粒种子，在虚空中生根发芽，散发出古朴而神秘的气息。

“咦？”

石昊惊讶，对方的出手法门果然有点另类，那不是真正的植物种子，而是一粒道种，在那里演化，汲取虚空之力，而后释放大道气息。

“哧！”

他弹指间，射出一道雷电，简单而直接。

不过，那少女的道种直接绽放，开花结果，而后成为一座塔体，幽幽而鸣，震散了闪电。

“再来！”石昊惊讶，刚才他没有用力，现在加重了一些。

再次出手时，成片的电弧飞出，裹带一颗颗星辰，那是雷电所化，威力不凡。

“你怎么这么注重术，而忽略大道本质呢？”那少女不解。

她也在出手，再次弹指，一片流光飞出，凝聚成一粒仙种，而后依旧是在那里绽放，开花结果，如同植物一般，结出一颗钟体果实。

“铛！”

大钟悠悠，震荡而出，周围时间都紊乱了，直接干扰闪电，将它引导向时光乱流中。

石昊相当地吃惊，他终于明白了那少女的意思，对方不是从术的角度出发，而是直接催动大道。

这是仙古的体系吗？

从最本质的道入手，缺少变化，简单而直接。

而现在的这一世，一般都是从术回归，最终也是要阐释大道的，但路线完全不同，宝术威力巨大无边。

所谓的宝术，是将道演绎到极致，化道为己用，是再生，是蜕变。

而仙古的路，却是直接从大道着手，威力很强，但是少了一些变化。

当然，这是他在强行寻找异同。

事实上，这是两种体系，有很多差别，石昊在短时间内不可能体会到更多。

“有意思，道兄你施展的道法居然是由这种奇异的纹路组成，跟我们所用的道符完全不一样，很受启发啊，我可以向你请教吗？”旁边有人开口，背负光明仙金剑的青年上前，忍不住要跟石昊切磋。

“你们的符文也很特别，我感觉是天地摹刻出的本源符号，非特殊手段不可得吧？”石昊询问。

“嗯，是的，需要仙种传承，难道道兄你的法不是吗？”

接下来，那青年手持光明仙金剑跟石昊切磋，双方对决道法，很平和，没有舍生忘死，都是点到即止。

“你……修出了三道仙气！”凰女惊讶。

三道仙气，引发在场人的吃惊，在他们所认识的同辈人中，有这种成就的生灵可是异常稀少的。

不过，尽管石昊修出三道仙气，也没有引发巨大的波澜，因为在人群中也有这样的人。

这让石昊第一次感觉到这群人的超凡，太强大了。

而且，他感觉到，凰女就很不一般，似乎也修出了三道仙气。

两人切磋，石昊隐约间从她施的古朴道符仙种上，窥视到了天凤宝术的奥义，让他心头大受震动。

随后，石昊确信，凰女修出了三道仙气，不是错觉。

“你也有三道仙气？”石昊问道。

“我曾寻到过一片雏形宇宙，将之炼化，熔炼于我的体内，成为我的仙种，修出三道仙气自然不成问题，倒是你让我有点意外，没有看透。”凰女盯着他。

石昊听闻此言，心头剧震不已，他想到了仙古遗迹中的一些事。在那座仙药园中，白龟驮仙提到的小仙王。

事实上，石昊在那里闭关时，也看到了小仙王的修炼历程。

只要修出两道仙气，第三道仙气就能通过渡雷劫而获得。

那个时候，小仙王走的路同石昊一样，是最难的一条路，只不过最后他功亏一篑。

而在那个过程中，小仙王曾经提到过，有人曾经以世界树为仙种，有人曾经以古雏形宇宙为仙种，都化出过三道仙气。

眼下，石昊居然见到了一个活生生的例子，凰女就是一个炼化雏形宇宙的人。

“这是小仙王口中的那个人，还是用同一种修道方法的另一个人？”石昊有点不解。

接下来的气氛很融洽，石昊跟他们切磋、对决，相谈甚欢，只是彼此体系不同，很难真正理解对方的精深奥义。

不过，这样的印证，也是很受启发的。

很明显，这是一段很愉快的时光，这么多的高手，竟然都很祥和，没有争执，只有讨论。

石昊跟他们交流，彼此都觉得很投机，相处非常愉快。

“咦，大人们怎么还没有讲道？”有人醒悟。

“哈哈，看你们兴致勃勃，谈得融洽，就多给你们一些时间交流，尽管去探讨吧。”远处一位老人大笑道。

随后，一位长者告诉他们，尽可在此论道，不用担心时间问题。因为几位大人物也在探讨一些无上奥义，很是投入，需要时间。

就这样，石昊在南海紫竹林住了下来，一下子就过去了大半个月时间。

在此期间，他跟不少人都成为了朋友，相谈甚欢。

“几位大人怎么还不来？”有人问道。

“唔，几位大人在讨论时间与轮回的大问题。无终大人觉得，自己像是望穿了历史长河，看到了未来一角，他的路还不够完满，‘终’不是他的圆满道，还需要‘始’。而六道轮回仙王大人更是在推演人世轮回的可行性。”

毫无疑问，这些消息是震撼性的。

“‘终’，不是圆满道，还需要‘始’，难道无终大人要改名字了吗，哈哈……”显然，这里气氛很好，连小辈都敢开那些大人物的玩笑。

时间一晃，过去了几个月，石昊收获巨大。

他跟一些人成为了好友，比如说凰女、背负仙剑的青年，以及那怀抱小麒麟的女生等，若是这样离去，觉得有些不舍。

“唉，道兄，若是你我就此一别，相隔无尽岁月，你还能记得我们吗？”那背负仙金剑的青年开口，带着惆怅。

“是啊，也许只能见这最后一面了，这样永世不再重逢，真是有些不舍呢。”凰女也幽幽说道，身上三道仙气缭绕。

“呜呜……真是让人伤心难过，我们要走了。”那怀抱着白色小麒麟的少女带着哭腔说出这句话。

石昊一震，这是怎么回事？

“你们……知道我不属于这里吗？还是说，你们不属于这里？”石昊脱口而出，不想隐瞒什么。

这些人，个个都是人杰，都是至尊天骄，可是在石昊看来，却有点远，像是随时会逝去一般。

“你们……”他一声大叫。

“真难过啊。”凰女、青年，还有那小女生都在叹息，其他人也走上前来，拍了拍石昊的肩头。

“到底怎么回事，能告诉我吗？”石昊大声问道。

第785章 梦回那一世

眼前的这些人看着很近，其实很远，相处了几个月，难以割舍。

石昊心中有一股很难受的感觉，有种酸楚。

他有一种直觉，他们要分开了，要别离了，而且是永别，这些人今生今世再也见不到了。

怎么会这样？他不知道为什么，这是一片奇异的仙家府邸吗？他见到的是真实的人，还是说梦回仙古，只是一场不经意的邂逅？

“再见了，也许有朝一日，我们中的一个人还会在滚滚红尘中与你重逢也说不定。虽然那很荒谬，但万古中总有那么一丝侥幸，也说不定。”背负光明仙金剑的青年说道，而后转身，向着岛屿深处走去，身影逐渐模糊。

“我们也是年轻至尊，不弱于任何人，可惜啊，不能再相见了，我等随风而散，于这天地尘埃中看你等的辉煌征战。”又一人走来，跟石昊道别。

“好好活着，努力，不要让自己过早地战死。”凰女也走来，带着笑，眼中还有一些泪。

“我好难过，真的要走了，不能再相见了。”那怀抱着白色小麒麟的小女生低语道，很伤感。

石昊木然，眼前这些可是活生生的人，数月相处下来，彼此之间已经有了感情，现在居然就要彻底见不到了吗？

究竟为什么？他有点发蒙，还不了解情况。

“请你们告诉我，这是为什么？”石昊抓住凰女的手臂，又向前追去，拉住那背负光明仙金剑的青年，又看向那小女生。

“你看，他们来了。”那背负光明仙金剑的青年指向远空，那里有狰狞的巨眼，比山岳还大，从虚空中睁开。那里，有巨大的骨刺，从苍穹刺下；那里，有灰色的雾霭，从宇宙中涌动而来……

一瞬间，这片祥和的净土便被侵染了，成为了死灰色，下一刻杀声震天。

一块血色的鳞片落下，洞穿天地，“噗”的一声，数位年轻至尊被击穿，任他们法力滔滔，也挡不住这一击。

“咔嚓！”

一株黑色的藤草，从宇宙中落下，压塌山川，南海紫竹林在龟裂，碧海在蒸腾，数位年轻至尊竭尽所能去抗争，但还是在那里碎掉了。

其中有些人跟石昊很熟，这几个月来相互切磋，彼此印证，早已交情很深，可结果就这么死去了。

“啊……”

石昊长啸，他拼尽力气，向着天空中轰击，他想要阻挡这一切，想要挽回什么。

“快出手，快挡住啊！”石昊怒吼，转头看向仙府中的大人物们。

可是下一刻，他的心凉了。六道轮回仙王早已动用轮回盘跟强者激战，在那里演绎人世轮回。

还有，无终大人也在出手，大钟悠悠，震断了时间长河，干扰了时光的流向，让那里一片迷蒙。

钟波所过之处，万物皆灭！

可是，还是有恐怖的强者冲了过去，不止一两个，跟他争锋，轰在大钟上，使得大钟剧烈颤动，不断鸣响。

这是怎么回事？为何突然间就发生了这样的战斗？

石昊不解，而且他发现，自己发出的攻击于事无补，不能改变什么，他像是一个局外人，穿梭在各种画面中。

场景是如此的真实，怒吼声震得他耳膜都在生疼，那悲壮的厮杀，让他血液翻腾，跟着怒号不止。

可是，他就是融不进去，像是从那个世界剥离了出来。

“噗！”

就在不远处，那怀抱白色小麒麟的少女被一缕灰色雾气笼罩，当中有一双猩红的眸子亮起，全力扑击她，顿时香消玉殒。

石昊眼睛都红了，这个少女虽然有些调皮，但是很善良，现在就这样遭劫了？

他愤怒出手，向前猛攻，但根本起不到任何作用，他就是一个局外人。

“你……看到了吗？这就是我的结局。”灰雾散尽，那少女双目失神，双手无力，怀中的白色小麒麟呜呜哀鸣，坠落在地。

“为什么？快告诉我！”石昊眼睛都红了，呆呆地看着所有熟悉的人。

“只是为了让你看一看我们的结局。仙古地特别残酷，你要做好准备，将来你也要去迎战他们。”少女嘴里吐出血沫子，艰难地开口。

“你们，你们……”石昊红着眼睛，斗志滔天，盯着战场，实在太过惨烈，不一会儿圣洁的仙府就被染成了血红色。

“我们不甘啊。”一个年轻至尊轻叹。他是少数几个修出三道仙气的人之一，结果还是殒命了，战死在此地。

“哈哈……”那背负光明仙金剑的青年，大笑着，眼中含着泪，手持神剑，在激烈搏杀，惨然道，“仙古纪元要终结了，我们不甘啊，还没有真正成长起来，无法跟前辈去并肩大决战。”

“你看到了，还在疑惑吗？”凰女落寞地看着石昊，身上的五色战衣发光，三道仙气流转，奋力冲击，对抗入侵者。

“我看到了，这是那些前辈以大法力造就出的奇景，好让我隔着万古见证这一幕吗？”石昊望着六道轮回仙王、无终大人那里，心有所悟。

“是！”凰女点头。

“他们一个触及了轮回，一个截断了时间长河，就这样落幕，太过不甘，怎么也要告诉给后世人一二。”那小女生丢下白色小麒麟，虚弱地说出最后几句话，终究还是仰头倒了下去，再也没有了声息。

这是仙古一处洞府，也是一处非常出名的战场。

当年的无终、六道轮回仙王以大法力贯穿万道，击穿诸天，得见未来，映照仙古诸事。

“映照过去，可是我能和你们对话……”石昊伤悲时，也还有不解，看着一个又一个才熟悉却又殒命的人。

“几位大人，法力冠绝古今，道行不可揣度，营造出一个狭小的空间，自过去出手，将你拉进来，让你亲眼见证。”

“什么！”石昊震惊。

这种手段根本不可想象。在过去出手，将一个当世人拉到仙古纪元吗？

“似真似幻，并不能改变什么，你只是一个见证者，恰巧踏进这片遗迹中，或许是看到了诸多印记，或许是真的来到了我们这一世，又或许是在跟我们隔着万古岁月对话。这是几位大人的手段。”

凰女说道，带着凄容，因为她身边的同龄人越来越少了，几乎全部倒下去了。

石昊怔然，那是怎样的一种手段，才能让他踏进一片魂域中与残魂对话，还见证了这一幕。

他有些分不清真实与虚幻了，因为早先跟这些人切磋时，分明感觉他们是如此的真实，连天眼通都没有发现众人的异常之处。

修为强到一定程度，真的能够影响未来吗？

石昊不知道，心中震撼。

同时，他也有无尽凄怆，看着相交几个月的熟人，一个又一个地倒下去，他心中剧痛。

尽管知道，他们早已殒命在仙古末年，但还是忍不住伤心，因为曾经与他们相逢，相谈，相知。

许多人都已经成为了他的朋友，可是转瞬间却以这种方式告别，收局。

看着他们一个个倒在血泊中，一个又一个战死，石昊握紧了拳头，眼睛通红，目中有泪。

他改变不了什么，只能看着。

这是让他先一步接触到天地大乱时的残酷吗？未来会怎样？当世的朋友是否也会一个又一个地战死？

尽管不是一世人，但是石昊此时却心中酸苦，隐隐作痛，这些人殒灭，就好比看着真正的朋友战死。

是的，他们的确相交了几个月，尽管是那几位大人物用通天法力与道行逆转天地规则强行造就的，但是那么的真实。

“别了，仙古，再见了，我的朋友们！”石昊看着他们先后倒下去，血染战场，热泪滚滚而下。

虽然相隔了万古，但是他却像是丢掉了一些魂魄在那个纪元，伴着他们，跟他们同葬。

“我被带到了这里，与你们同在，跟你们同归，有一部分心神在此，梦回仙古，驻守在仙古。”石昊喃喃着，热泪淌满面颊。

“大人们也力不从心了。”有人低语道，凄然无比，远处大钟暗淡了，重组的轮回盘也裂开了。

“只将我一个人带到这里了吗？”石昊问道。

凰女被一根血羽击穿，仰天倒下，虚弱地开口：“还有人，大人们在寻找希望，不知道有几人梦回这一世……”

“可是，大人们也都要殒灭了，再也见不到了。”手持光明仙金剑的青年怅然，他的身体开始瓦解，看了一眼石昊，之后彻底殒灭了。

“修为足够强大，能够影响未来吗？我若是足够强大，能够造出一个轮回，影响过去吗？”石昊仰天大吼。

他看着凰女倒下去，看着手持光明仙金剑的青年化成血与骨，看着天地间一片血色，看着远处大钟残破，看着这一世才熟悉的人战死，他绝望地怒吼。

“不属于现在，不属于过去，梦回仙古，梦回那一世。仙古的朋友们，我希望有朝一日能与你们再相见！”他悲吼着。

第786章 危险禁区

清风吹来，紫竹摇动。

这是一片遗迹，土壤焦黑，像是经历过雷火，被血浸染。

石昊站在这里，一动不动，脸色木然，却挂着泪水，还不曾干掉。

“我居然哭了。”他轻语道，摸了摸脸上的泪。

那一世，所见到的所有人都消失了。竹林还在，碧海早干，这是当年的南海紫竹林吗？如今只剩下一片普通的紫竹。

它们不高，也不粗大，跟石昊梦回仙古所见到的景象完全不一样。

是梦吗？

可是，分明如此真实。

如若是梦，为何这般疼痛？亲眼目睹相处几个月的友人倒下，那种感觉难受而压抑。

石昊忍不住一声大吼，而后他快速擦去了脸上的泪水。

路还要走，他猛地抬起了头，有些话已经说出口，在那一世，在那个纪元，在那个梦中，他现在能做什么？唯有变强！

石昊在这里静静地思忖，而后在此走了一圈，进行最后的凭吊。

“铛！”

他动用天眼通，见到了一截残铁，漫长岁月过去，都不曾将它彻底腐蚀，上面还有莹白光泽闪动。

石昊瞳孔收缩，目光化成两道火炬，炽烈而刺人。

光明仙金剑！

如今只剩下了一截，不足三寸长，掺杂的一点仙金不曾腐朽，还有点点白光流动。

石昊呼吸急促，摩挲这残剑，他觉得沉闷而压抑，胸腔中有一股郁气，恨不得一吐而出，震散九霄云朵。

那不是梦，是真的！这个地方真的就是南海紫竹林，那一世曾有一群年轻至尊聚首，而他“曾经目睹”。

石昊的天眼慑人，他又有了新的发现，在地下开掘出一点残骨。一刹那，他热血上涌，身体猛烈一震。

那是一块奇异的骨，闪动五色光泽，尽管暗淡了，但还是有熟悉的气息，它属于凰女！

曾经一起切磋，曾经一起交流，那种感觉不会有错。

石昊在轻微颤抖，一切都是真的。

他在这里挖出两个坟墓，葬下残剑，埋下凰骨，默默祭拜，而后转身大步远去。

“梦回仙古……”石昊低语道，想笑，却有泪水淌出，那些朋友，相隔漫长岁月，都葬在了此地。

几许失落，几许伤感，几许悲凉，一路上，石昊默默无声，哪怕远离那里数万里了，心中还是非常难过。

怎么会有这样的经历？分明相差了一个纪元，隔着漫长的岁月，居然结识到了那样一群朋友，可是很残酷，只能眼睁睁地看着他们殒命，血染大地。

这是一个心结，很难解开，石昊胸膛剧烈起伏，他确信外界的时间没有过去多久，可是他在那一世却待了很久。

“走了，路还长，我倒要看一看，那些敌人都是什么来头，有什么奇异之处！”石昊说道。

数日后，石昊早已远离那里，但是他的心却不能平静，每当想起，都有一种灼痛，眼睛酸涩。

不过，他不是一个优柔寡断的人，很快就调整好了心绪。

过度地沉浸在悲痛当中没有什么好处，改变不了什么，他要做的是迅速崛起，变强。

有朝一日，他还会遇到那群敌人，真到了那个时候，就轮到他出手征战了。

那一刻，也正是他为友人报仇雪恨时。

“哧！”

这一日，石昊赶路时，看到一座烂石山上，一张破烂的兽皮在发光，射出成千上万的金针。太迅速了，超出他的想象。

“噗！”

周围，一群大山被击穿，千疮百孔，而后崩塌。

石昊惊出一身冷汗，那些所谓的金针都是兽皮毛发，简直比什么秘宝都厉害，太可怕了。

这是什么武器吗？

石昊后怕，这太突兀了。如果他刚才慢了一步就被击穿了，就是成群的天神也挡不住，会被打成筛子。

甚至，他觉得教主也不一定能抵挡。

而那块兽皮此时暗淡无光，像是饱经风雨，皮毛都快落光了，刚才只是凑巧爆发。

石昊愕然，那块兽皮太普通了，似乎是普通野兽所留，没有一点出奇处。

一阵很大的山风吹过，那兽皮翻腾，跟着卷飞了出去。它就是这么被吹到这里的？碰巧出现！

在它翻飞的过程中，又有兽毛落下，化成金色神针，摧枯拉朽，无坚不摧，让人心颤。

大地、山峰、虚空都被它的皮毛震裂了，它就是这么可怕。

石昊瞠目结舌，疾速躲避，才没有被落下的兽毛伤到，更不曾与那块兽皮触碰，这东西的威力太大了。

此时，他终于明白，这广袤的无人区深处有着太多不可理解的事物，就比如说这么一块破烂兽皮，威力惊世！

这到底是什么生灵身上脱落下来的，用以当武器真的很恐怖。

很快，他又想到，这多半是无上人物殒命留下的一块残皮。若是细想，仙古纪元时这里曾发生大战，是昔年的古物也说不定。

这也更加说明了，它的珍稀，它的厉害。

石昊想禁锢那块兽皮，几次尝试发现都不能靠近，根本不可能取到手中，那股狂风席卷着它没入山林深处。

事实上，石昊严重怀疑，那所谓的狂风其实也是这块兽皮自带的神威能力。

临近察看之后，他可以确信，那不是山风所致，而是那块兽皮自身能刮大风，带着自己飞行。

明白这一情况后，他果断倒退，没有跟过去，并且出了一身冷汗，好险，若是真追了上去，必死无疑。

他现在有点明白了为什么一些老教主都会死在这片禁区中了，就冲着这种妖邪的事物就足以做到。

这块兽皮太离谱了，它的威力不可揣度。当年得是从多么强大的生灵身上脱落的，也许是仙王吧？

石昊怀着心事上路，路经一座丘陵时，止步了。这个地方非常讲究，而后他猛然汗毛　立，夺路狂奔。

因为，那些丘陵会动，都是古坟，一个又一个全部在淌血，殷红无比。

并且，这些古坟汹涌而来，要将石昊淹没，将他镇压，吞食掉。

果然诡异，一系列事件让他越发体会到禁区的危险。

再回首时，他发现最起码有数千具尸骸横陈在路上。因为古坟移动后，露出了那些尸体，都是三千州的年轻天才们。

这么多人死在这里，没有活下来。

石昊意识到，这浩瀚的禁区危险太多了，不得不防，稍有不慎，就万劫不复。

自嵊州出发，到如今为止，他已经走了一个月了，还不曾看到所谓的古城。

一截被雷击过的神木！

石昊讶异，在路途上他看到了一株神树，虽然被雷击了，通体焦黑，但是依旧挺立不倒。并且，树干中隐约间有光泽闪耀。

这树成为了天材地宝，是炼制雷道法器的绝品材料。

不过，石昊临近它时，却突然心生警惕，快速逃走，没敢靠近。不久后，他祭出一件法器，尝试触碰那株古树。

“轰！”

方圆百里，虚空炸开，至于大地就更不用说了，完全崩塌，那里成为巨大的黑渊，而天穹也好似坍塌了。

“这是什么鬼木头，孕育了这么强的雷电？”石昊发傻，同时从头凉到脚，那可是教主也不能抵挡的力量啊。

石昊带着寒意，迅速离开了，继续上路。

两个月后，他遇到了一队人马，一个个都身着铁衣，气势磅礴，一看就是百战不死的高手。

这些人骑着猛兽，乘着凶禽，都很强大，皆有一股彪悍的气息，最弱的都在真神境，当中不乏几位天神。

“你是何人？”对面的人喝道。

“我是一个求道者，也是一个探索者，要去禁区中的古城。”石昊答道。

他也很好奇，这些人来自哪里，难道说，距离那座古城近了？

“你是来寻找古城的？一个人闯过了大荒，从三千州到了这里？”有人吃惊地问道。

“是，我是求道者，这条路是我的试炼路。”石昊答道。

“唔，你说的那座古城不远了，我们就来自那里，负责侦察周围的情况。”当中一人说道。

说罢，骑着坐骑向前而来。

“哧！”

突然，为首的那人出手，直接祭出一件秘宝，镇压石昊。

与此同时，耀眼的光芒冲霄而起，照亮这片天地，有人发出信号，请求援助。

对方想杀自己，石昊自然不会客气，抬手间，剑芒如虹，横扫四方敌，瞬间而已，就让几人毙命。

然而，他们像是死士，根本不怕死，活着的人再次冲来。

“你们到底什么来头？”石昊喝问，与此同时，他感觉到了别样的气息。

“噗！”

石昊没有犹豫，将剩余的人斩杀。也是在这个时候，他看到了一群黑衣人，乘着血色古兽，化成一股洪流而至。

这队人马，居然每一个人都在天神境！

“杀了他！”有人指着石昊道。

石昊不解，距离古城不远了吗？这些人怎么出手对付他？他们实力强大，气息凛冽，一看就是从尸山血海里爬出来的。

第787章 敌人

这一队人马，每一个都不是易与之辈，不是整日闭关修道的人，就是从战场死人堆中爬出来的人。

这样的人达到天神境，是非常可怕的。他们有远超常人的搏杀经验，更有可怕的战斗力。

因为，他们是用死亡磨砺出来的可怕强者。

一般的天神就已经高高在上，代表了强大，而这群人则是天神中的狼群、死神，更让人害怕。

不过，石昊不是一般人，经历得太多了，见识过的高手更是数不胜数，亲手杀的天神更不在少数。

他没有迟疑，背后冲起上百根柳条，根根晶莹，散发黄金光，快速向前冲去，并且右手持大罗仙金，用力劈了过去。

真要搏杀，他的战斗经验也不弱于这些人，所杀的天神绝不会比他们少。

那些人冲来，并未因他的不凡而止步，气势反而更盛了。各自驾驭坐骑，来了一个死亡重创。

一头血角兽上，那个中年人披头散发，眸子闪烁猩红光芒，手持一杆血色大戟，力劈而下，他是当中的头领。

在其旁边，还有几人，坐骑都跟小山似的，一个个闪动赤红光芒，带着野性，还有一种血腥，全都施展秘法，击杀前方那少年。

“轰！”

上百根柳条纷舞，发出炽盛的金光，将一群人抵住，爆发了惊人的波动，天神级战力可不是说说而已。

像这种级别的战斗，足以让整片大地沉陷，彻底崩塌，会毁掉这片山脉，还有更远处的古木狼林等。

不过，这里遗迹众多，有古代的法阵留下，不会那么轻易毁掉的。

果然，大地上有神秘符文绽放，一下子定住了山岭，护住了这片山川。

石昊惊讶，那符文不是这一纪元的，而是属于上一纪元的神秘道符。

“咔嚓！”

在闪电交织中，在宝术对决中，上百根金色枝条将一些秘宝裹着，定在了虚空中。

而石昊则如一头猛虎，通体发出金色斑纹，照亮这片虚空，手持大罗仙剑冲了过去，单独迎上了那个头领。

“锵！”

火星四溅，那根血色大戟被剑胎劈得出现豁口，几乎折断，且反弹力巨大，让那位天神虎口崩裂，尽是鲜血。

两人都吃惊。

石昊看着那杆大戟，非常讶异，居然没有断，要知道他手中的兵器可是无坚不摧，是以多种仙金铸成的。

很快，他明白了，对方那武器很特别，有教主级符文，曾被大人物祭炼过，是准教主级兵器。

“哧！”

那个头领比石昊更为震惊，但他战斗经验丰富，大戟被震起的刹那，他抡动手臂，猩红的戟刃斜扫了下来，伴着密密麻麻的符文，将石昊淹没。

石昊执剑，运转轮回符文，这是他自己的至尊宝术，透过这柄剑施展了出去。

“铛！”

大罗仙剑跟那血色大戟碰撞，再次在上面留下恐怖的豁口。随后符文绽放，直击四方，笼罩了那个头领。

不过，那杆大戟真的不凡，有教主符文冲出，削弱了轮回之力。

但即便如此，那男子也一下子满头白发，衰老了不少，血气瞬间下降，走下了人生巅峰。

“哧！”

石昊再次抬剑，向前击去，轮回符文浩荡。

“铛！”

这个男子张口祭出一张符纸，灰黑色，没有什么神奇之处，可是真当剑胎落下时，它却爆发了，如一轮黑太阳炸开，让这里一片破败，混乱无比。

石昊气血翻涌，因为除却宁川等少数几人外，这还是石昊在面对天神级战力时，少有的受阻。

“锵！”

剑鸣声响起，石昊逆着乱流，剑胎笔直地刺了过去，直指那人眉心。

“铛！”

大戟格挡，横在身前，但终于神威不再了，被一剑斩落半截。

接着石昊腾身而来，长剑所向，符文剧增，光芒绚烂如彗星横空，过于辉煌，照得人睁不开眼。

旁边，其他人呼喝，一起出手，奈何那上百根金色枝条结成网笼罩这里，禁锢一片领域，其他人无法靠近。

“铛！”

这个人扔出断戟，与剑胎碰撞，并且张口吐出一道刺目的光，那是他的道行凝聚成的先天精气。

剑胎受阻，被一股无形的力量挡住。

那个人则飞速倒退。他虽然是百战不死的强人，但也不会轻易舍弃自己的性命，能活着自然要退。

“哧！”

可是，石昊勇猛直进，不肯放过，斩开那道光束，强行突破了过来，而后猛力抡动剑胎。

“噗！”

伴着鲜血飞起的声音，那个头领张口吐出一道血箭，燃烧自己的肉身，想保护住元神。

“哧！”

可惜，一道剑光扫过，他的头颅飞起，而后在虚空中炸开，元神没有能够逃走。

旁边的人都震惊了，没有想到这个年轻人如此厉害。他们身上有秘宝，可感知一个人的年龄与境界等。这个年轻人不过二十岁上下，应该还没有达到天神境，居然有这么恐怖的战力，将他们的头领击杀了。

这变化太快了，结果出乎他们的预料。

事实上，石昊也相当地吃惊。自他圣祭后，实力比肩天神，再加上自身经历过雷劫、有三道仙气等，现在可说是勇冠这个境界。

正如域外修士林天，可以杀得数百州的天神噤若寒蝉，少有人可以接住他十招，而石昊自然有此战力。

只是，他没有想到，这个人会这么强，接连挡住他多次施展的绝招。

“很强！”他发自真心地说道，这才入禁区深处，就遇到了这样杀伐气惊人的一队人马，如此强大，让他心惊。

可是听在那些人耳中就是一种讽刺了，一个二十岁左右的年轻人而已，这般迅速击杀了他们的头领，实在是让他们难以接受。

“啊！”

有人吼道，他们一起祭出斑斓彩石，迅速布阵，要将石昊击杀在这里。须知这可是一群天神，他们联手布阵非同小可。

只是，石昊怎会坐以待毙？刹那间，他释放出鲲鹏翅，将速度提升到极限，而后动用自己各种宝术，在这里展开激战。

“你们究竟是什么人？为何听到我来自三千州，就出手杀我？我与你们无仇，只想寻到那座古城，不曾招惹你等，为什么要害我？”

石昊接连喝问，他不知道如何得罪了这些人。

可是这些人一语不发，只是出手。

双方激战，风云突变，顿时天昏地暗……

石昊在这里火力全开，既然有人想出手杀他，他自然不会手软。

这些人虽是亡命之徒，但也被杀怕了，开始逃遁。

但是，石昊铁了心要留下他们，分出六七道灵身，一路追了过去。

结果，无一人走脱，全部被截住了。

“为什么？”石昊喝问。

可是，这些人全都出现异常，眼睛变得血红，像是入魔了一般，疯狂嘶吼，毫不畏死。

石昊发现了，这些人的眼睛太诡异了，跟他梦回仙古时在朦胧的雾霭中见到的那些眼睛有些相似。

这一刻，石昊怒血狂涌，不久前才走出一群朋友殒命的黯然神伤，现在心中杀意剧增。

他强忍着怒火，捉住一人，想要探寻他的元神，结果这个人直接自杀了，元神燃烧，就此炸开，差点伤到他。

下一刻，石昊不留情，长剑所向，这群人虽然发疯，红着眼与他拼杀，但还是被他击杀了，没有一人逃脱。

“近了，我离他们不远了！”石昊咬牙，觉得离敌人不远了。

他不会忘记仙古那群英才殒命的情景，每当想起，心中都有一种痛楚。

“我接近边荒了吗？敌手闯关成功了？”

石昊自语，并且在这个时候，他突然打了个冷战。

难道说，边荒被攻破了，那些人入关了？

他想到了不久前的那一战，与那眼睛血拼，十分艰难地才将其杀死，那只眼睛曾说过，他们的大军肯定会过来，而且不远了。

石昊被自己的想法惊住了，边荒被攻破了吗？难道烽火遍地、天下大乱的局面要从此开启了？

如若是这样，绝对是一场大祸。

石昊觉得身体一阵发寒，他还没有准备好，不曾真正走到巅峰，如果这样就跟那些生灵遇上，会不会也如凰女等人一般，带着不甘，在成长期就被人扼杀？

他不甘，梦回仙古的经历还在眼前，他想为那些朋友报仇，而不是自己也被人诛杀。

石昊在这里呆立片刻，默默思忖，他没有转身遁走，而是化成一缕轻烟，一路疾驰了下去，他要看一看，禁区深处到底发生了什么，究竟怎样了？

数日后，石昊也不知道走了多少万里，横渡无数山川，终于进入了一片奇异之地。

隔着很远，他就看到了地平线上的一座巨城，恢宏而浩瀚，气势磅礴，如同一座皇都坐落在那里。

“到了，我终于找到它了！”石昊神色凝重，他要看一看，那里究竟发生了怎样的变故。

第788章 一座城

一座城!

这是一片平原，虽有古木，但很稀疏，大地干硬，没有山峰阻隔，故此这座城建在这里，越发显得雄浑、巍峨。

石昊怔然，就这么寻到了?

这就是太古签订盟约的地方吗? 它是如此的肃穆、恢宏，有一种无比的大气。

到了这里是否也意味着，临近了边荒，或者说这就是最边缘地带了?

石昊心中波澜起伏，面色复杂，从上一纪元到现在，这片区域恐怕都是必争之地吧? 绝对恐怖!

在那历史长河中，一定有很多绝代英杰在这里出没，有不少人埋骨于此地，那些可歌可泣的往事值得追思。

这些也许太遥远，却跟现在密不可分，因为那些敌人还在，或者说敌人的后代还存于世间。

甚至，昔日那最原始的敌人也还活着!

而他们就是从边荒过关的。

石昊很想知道，那是怎样的一群人，确切地说是生灵，因为他不确信那是人，尽管可能有人形。

虽然梦回仙古，但是他看到的太少，那些生灵被灰雾淹没，只有爪子、鳞片等偶尔一现，还有人影匆匆一晃。

“我得接近这座城池，看个究竟。”

平原上，古木稀疏，但都很高大，每一株都有数百丈高，如同一座又一座绿色的小山。

临近了，城中人不少，似乎还算热闹，因为各种嘈杂声传来，声音不小。

“嗯?!”

很快，石昊又看到了一队人马，从城中冲出，向着这个方向而来。

被发现了吗? 石昊目光幽幽。

还好，他们又冲向了另一个方向，同样是一批铁骑，由天神领军。这个地方真是高手林立啊。

让他庆幸的是，城中还有不少人修为不算高，甚至有尊者。

在这样一座奇异的城池，实力这样弱的人也算少见了。

因为在石昊的想象中，此城无论是失陷了，还是依旧被上界人掌控着，都应该有大量的强者才对，任何一个弱者都很难在这里活下来。

随后，他看到了一个人——魔女！

她在城中，看上去依旧那么的古灵精怪，而且怎么看都像是在悠闲地溜达，并没有任何紧张感。

石昊愕然，这家伙怎么混进去了？而且似乎很悠闲的样子，一点都不担心什么。

而且，最为重要的是，她怎么都跑到他前面去了？

这里离城门不是很远，石昊可以清楚地看到里面的一切，人真的不少，种族很多，有极其强大的人物，也有弱小者。

很快，魔女诧异，转过身来，朝他这个方向望了一眼，而后竟扭动着小蛮腰，迈开莲足，向这里而来。

石昊想要沿着来时的路离开。

然而，魔女已经传音，道："小子，别躲了，早就看到你了。"

石昊一阵惊异，最终止步，看着已经出城、来到面前的魔女，有各种疑问。

"喂喂喂，没见过我吗？发什么呆，跟一根木头一样杵在那里。"魔女美则美，但嘴巴从来很犀利，没有不利索的时候。

"你投敌了？"石昊说道，当然自己也不怎么相信，而后心中刹那明悟，自己闹了个大乌龙，这座城池绝对跟想象的不一样。

"你说什么乱七八糟的话，莫名其妙，就跟你这个人一样。"魔女奚落他。

石昊明白了，这座城不曾被攻占。

"你怎么跑到我前头来了，比我还先赶到？"石昊追问。

"少年，你什么意思？"魔女斜睨他，非常的不满，带着一种挑衅，还有一种笑意，道，"是不是觉得自己很差劲，修出三道仙气，反倒落在我的后面？特别不服气是吧？这就是现实，少年你还差得远。"

石昊被她一顿奚落，还真是说不出话来，他的确有这种想法，他觉得自己很强，已经够快了，结果还是落后了。

"咦，你怎么不嘚瑟啦？是不是察觉到了你我间的差距？小家伙努力吧。"魔女一副老气横秋的样子，说到最后，她自己都忍不住笑了起来。

“你有什么手段，到底是怎么跑到我前面去的？”石昊不甘心地问道。

“你忘记那三大至尊了，他们一挥袖袍，将我等都送到了不同的地方。我被送到了前面，自然快上很多。”魔女坦言。

石昊不信，因为三大至尊最多就将众人送出去百万里，而他这几个月来所走的路程，也不知道有多少个百万里，难以计量。

他觉得，可以追上在前面的任何人，故此不相信魔女的话。

“很不巧，我落脚的地方有一个古传送阵，直接就到了这座城池。”魔女进一步解释。

石昊哑口无言，这也太不公平了，他九死一生，在路途上遭遇各种凶险，而魔女则一步就到了这里，太轻松了。

“你怎么发现了我？”石昊问道，他确信自己的隐匿功夫还是很强的，在城外怎么就被魔女瞬间寻到了呢？

“因为你太弱，我要想找到你，翻手间便能捉来。”

石昊听到这样的话语，牙根直痒痒，魔女这是在成心嘚瑟，让他气恼。

“说，怎么回事？”石昊神色不善，一副要出手的样子。

“你身上曾有一座残塔，而我身上有一颗石珠，你应该记得，那两个家伙认识。”魔女说道。

石昊闻言怅然，小塔离去很久了，跟柳神一同进入了原始之门，如今在何方，去了哪里，真的到达了最前沿的战场吗？

抑或是说，它们超脱了，进入了最神圣之地？

石昊很想再见到它们，只是知道不现实，最起码，现在还没有那种能力。

很明显，魔女身上的超凡石珠感应到了石昊，故此她第一时间知道他来了。

“你在城外鬼鬼祟祟，怎么不敢进去？”魔女问道。

“你能不能用一些好词，我怎么就鬼鬼祟祟了，这么英武的人你也好意思贬斥，说得出口？”石昊瞪他。

“一个吃货，一个小贼！”魔女咕哝。

随后，石昊从她口中得悉了真相。这座城很特别，但还不是要寻到的那座巨城。

他被惊得呆住，这样一座宏伟之城，还不是目的地？

“禁区中有很多这样的古城吗？”他难以理解，本是无人区，怎么还有这么多城池。

“也不多，数量很少。”魔女说道。

她告诉石昊，真正要找的那座古城，比这还要宏大上百倍，气势磅礴，如同一座天帝之城，镇压在边缘地。

“你应该已经知道，从古至今，一直有绝代高手进入那座城池，履行太古地盟约，而他们有些弟子，有些后代则在这片地域扎根。”

“你是说，前方这座城池，就是那些绝代高手的后裔栖居的地方？”

“没错，人越来越多，便成为城池。”

石昊恍然，这座城池同样拥有非凡的意义，而且既然寻到了这里，那说明离那座真正的巨城不远了。

“你怎么还不离开？”石昊不解，既然魔女已经走到了这里，应该继续前往那座真正的巨城才对。

很快，他得到了一个让他吃惊的消息，这片区域有机缘，传说有一枚麒麟蛋。

“纯血麒麟？”石昊惊问。

“没错，最近时常出现异象，有时在山川中，有时在地下，很多人都看到了一头白色的小麒麟，幻化在虚空中。”

当听到魔女的话，石昊不淡定了，因为想到梦回仙古时那个小女生，她曾经抱着一只白色的小麒麟。

石昊跟魔女进城，在路上告诉了她，曾遭遇一队强者截杀。

“果然有这种人！”魔女也是一惊。

她在这里了解到很多情况。近年来边荒溢出的可怕气息，让一些人疯魔了，确切地说是被侵蚀了，迷失了心智。

只是这样的人隐藏得很深，一般很难寻到。

而这一次，石昊居然遇到了一群人，属于城中的高手，这情况就非常严重了。

“这边荒要乱了，他们果然要入关了！”石昊自语。

魔女也是神色凝重，预感到大乱将起，事态糟糕到了极点！

石昊入城后，也没有立即离去，跟着暂住在这里，因为他也想寻一寻那颗麒麟蛋。

事实上，城中很多人都在寻觅，因为最近那头白麒麟异象时时浮现，很多人都知道了。

“不能让六冠王得到！”石昊说道，宁川出生时就具有麒麟纹，若是让他见到麒麟蛋，定会充满变数。

仅两日后，石昊也见到了异象，就在远处的山川中，有瑞光腾起，一只白色的小麒麟出现，栩栩如生。

众多修士全都疯狂地冲了过去，就是石昊也不例外，疾速前往。

随后，他心神剧震，一下子呆住了，那异象中的小麒麟分明是梦回仙古时所见到的那一只，不会有错！

最让他震惊的是，有一个奶声奶气的声音在他心中响起，道："我怎么看着你有点眼熟？"

"我们不久前才见过啊，你没有死，活了下来？"石昊声音都有点发抖。

"胡说，我都沉睡无尽岁月了，怎么可能见过你！"小麒麟说道。

"梦回仙古，我们在南海紫竹林见过，你被一个少女抱在怀中！"石昊说道。

"什么，是你，你……居然就在这一世！"小麒麟惊叫，而后又哭了，无比伤心，对石昊道，"我在等，等了无尽岁月，等着她再出现，可是她不见了，再也没有来找我。"

（本册完）

一粒尘可填海，
一根草斩尽日月星辰，
弹指间天翻地覆。